HANS ERNST

Licht vom andern Ufer

HANS ERNST

Licht vom andern Ufer

Roman

rosenheimer

7., überarbeitete Auflage 1998

Titelbild: Michael Wolf, München
Satz: Buch-Werkstatt GmbH, Bad Aibling
Druck und Bindung: Ebner Ulm
Printed in Germany

ISBN 3-475-52157-1

Kein Laut war an dem schönen Frühlingsmorgen zu hören. Die Nebel hatten sie gelichtet und die Bergspitzen lagen in der klaren Luft. Über dem Goldenen Grund schien die Sonne und ließ die weißen Mauern des Grundhofes vor dem dunklen Fichtenwald wie carrarischen Marmor schimmern.

Lautlos zogen die beiden Goldfüchse des Grundhofers den Pflug durch den Acker. Nur die Pferdegeschirre knarrten leise und einmal kam der laute Ruf eines Kuckucks aus dem Wald. Die Mondsichel stand blass am morgendlichen Himmel, dann hörte man vom Dorf herüber dünn die Wandlungsglocke läuten, die einzige, die sie in Blockstein noch hatten. Die anderen hatte man heruntergeholt, um sie in Torpedorohre zu verwandeln. Drei Stück hatte man aus dem Turm geholt, aber als man sie abtransportieren wollte, waren es nur noch zwei. Die große St.-Josefs-Glocke war verschwunden, und zwar spurlos verschwunden.

Das war ein Aufruhr damals. Das ganze Dorf war scharfen Verhören ausgesetzt gewesen. Aber alle hatten geschwiegen. Sie wussten einfach nichts. Der Hakl von Reit saß ein halbes Jahr in Untersuchungshaft – praktisch stellvertretend für das ganze Dorf. Auf Hakl von Reit lag der größte Verdacht. Aber es war nichts aus ihm herauszubringen gewesen. Die Glocke blieb einfach verschwunden.

An all das dachte der Grundhofbauer Peter Rauscher, als er die Wandlungsglocke läuten hörte. Seine Fäuste hielten die Pflugsterze umklammert. So setzte er Fuß vor Fuß, den Kopf mit dem grauen Haar leicht gesenkt. Er war ein großer, kräftiger Mann, bald sechzig Jahre alt.

Sein Gesicht war hager, doch dabei von einer gesunden Röte. Die grauen Augen maßen zuweilen die Linie der Furche, um zu überprüfen, ob sie auch schnurgerade verlief.

Hinter ihm legten sie die Kartoffeln ein. Die beiden kriegsgefangenen Franzosen Jean und André, die Polin Natascha, Anna, die Tochter des Grundhofes, und Emma Brommesberger, eine junge Tagelöhnerin, die sonst im kleinen Gemeindehaus in Blockstein wohnte.

Immer höher stieg die Sonne. Anna schob das Kopftuch in den Nacken und streckte für ein paar Minuten den Rücken gerade. Ihr Blondhaar glänzte in der Sonne. Anna war groß und schlank und hatte das schmale Gesicht ihres Vaters. Nur ihre Augen schimmerten mehr ins Bläuliche.

Neben ihr erschien Emma wie das Kind einer südländischen Rasse. Sie war klein und schmal. Ihr Haar war schwarz und borstig wie das Gefieder eines Raben. Beim Sprechen stieß sie ein bisschen mit der Zunge an und das war schade, denn ihre Stimme war dunkel und von einem schönen Klang. Wie bei allen, die sich nicht dazugehörig fühlen, war ihr Herz von einer drängenden Sehnsucht nach Liebe erfüllt, nach Geborgenheit und Wärme. Und wenn es nicht so streng verboten gewesen wäre, so hätte Emma dem kleinen, blassen Franzosen Jean gerne etwas mehr geschenkt als nur dieses schüchterne Lächeln unter gesenkten Brauen hervor. Sie war voller Mitleid für diese Menschen. Aber sie durfte nicht einmal die Hand heben, um über die gefurchten Stirnen zu streicheln. Einen Hund durfte man streicheln, aber diese Menschen nicht. Das wäre ein Verbrechen gewesen in dieser Zeit. In der Kreisstadt hatten sie deswegen wie in früheren Jahrhunderten einem Mädchen die Haare abgeschnitten und es an den Pranger gestellt. Emma dachte zwar, dass es um ihren zerzausten Haarschopf nicht schade wäre, aber vor dem Pranger hatte sie Angst.

Nein, Emma war kein Mädchen, das den Burschen schlaflose Nächte bereitet hätte. Keiner klopfte an ihr Fenster, obwohl sie sehnsuchtsvoll darauf wartete. Sie hätte nur ein bisschen etwas von dem gebraucht, was Anna an Anziehendem hatte. Zu der sah sie auf wie zu einer unerreichbaren Idealgestalt. Anna brauchte gewiss ihrem Nachtgebet nicht hinzufügen: »Lieber Gott, wenn du es machen kannst, dann schenk mir auch einen Burschen, den ich mögen kann.«

Ja, so betete Emma jeden Abend und fügte ihrer Bitte noch ein paar Einschränkungen hinzu. »Es muss ja nicht gleich ein Prinz sein«, bettelte sie. »Bloß brav soll er sein und nicht ganz so arm wie ich. Ein Häuschen, wenn es sein könnte, oder einen kleinen Bauernhof …«

Aber bisher waren ihre Bitten noch nicht erhört worden und Emma sah ihr Leben schon vorgezeichnet bis ins Alter hinein. Solange sie konnte, würde sie auf den Höfen der Bauern arbeiten, die sie jeweils brauchten. Und wenn sie nicht gebraucht würde, dann saß sie in ihrem Stübchen mit den alten Möbeln, die die Mutter ihr hinterlassen hatte, die auch nur Erntehelferin gewesen war.

Am liebsten ging Emma zum Grundhof. Dort war man immer gut zu ihr gewesen. Dort ließ man sie nie fühlen, dass sie arm war, und Anna schenkte ihr über den Tagelohn hinaus oft einen Spenzer, einen Rock oder ein Paar Schuhe. Sonst aber war Emmas Leben ohne jeden Glanz. Mit schmerzendem Rücken kehrte sie abends in ihr Stübchen zurück und verbrachte einsam ihre Abende.

Der Bauer wendete den Pflug, stieß ihn nochmals in die Erde und spannte dann den linken Zugstrang aus.

»Brotzeit!«, schrie er über den Acker. Dann setzten sich alle in den Schatten der Haselnussstauden am Fuß des Hügels, der sich mit sanften Schwingungen hinunterzog bis ans Ufer der Riss, die weit hinter dem Goldenen Grund entsprang und die Gemeinde mit Strom versorgte. Sie trieb auch das Sägewerk Staffner und die Mühle am westlichen Dorfausgang an. Im Gasthaus »Zu den vier Aposteln« gab es zuweilen Forellen aus der Riss. Jetzt freilich nicht mehr für die gewöhnlichen Sterblichen, sondern nur für die »Herren dieser Zeit«, die den Draht von der Kreisstadt her spielen ließen und sich zum Forellenessen anmeldeten. Diese Herren tranken dann auf den Sieg und hatten blank gewichste Schaftstiefel an.

Hier unter der Haselnussstaude hatte niemand blank gewichste Stiefel an, sondern derbe Lederschuhe, an denen Erde klebte. Die Emma hatte bloß Holzpantoffeln an. Man aß auch keine Forellen zur Brotzeit, sondern nur trockenes Brot. Dazu tranken alle bitter schmeckendes Dünnbier.

Der Wind kam lau aus dem Goldenen Grund, der seinen Namen von einer Sage herleitete, wonach dort hinten ein goldener Sarg mit einem erschlagenen Abt vor vielen hundert Jahren tief in der Erde vergraben worden sei. Aber es war noch keinem vergönnt gewesen, auf diesen Sarg zu stoßen, obwohl sie zuweilen nach ihm gegraben hatten, heimlich oder offen. Zuletzt der junge Matthias Rauscher, bevor man ihn, ein halbes Kind noch, zu den Soldaten geholt hatte.

Schweigend saßen sie im Halbkreis beisammen. Es war eine stille Stunde und jeder hing seinen Gedanken nach, die bitter waren und manchmal weit abschweiften, bis sie doch wieder hier zusammenströmten im Schatten der Haselnussbüsche. Es war, als hielte ein stählerner Ring sie alle umklammert. Niemand konnte aus diesem Kreis ausbrechen. Jean und André konnten nicht nach Westen gehen und Natascha nicht nach Osten. Sie konnten höchstens die Köpfe heben und lauschen, ob der Klang der Freiheit nicht schon in den Lüften rausche. Und sie konnten auf ihre Herzen horchen, ob sie schneller schlugen bei dem Gedanken, dass mit jedem Tag die Freiheit näherkam, obwohl auch das niemand auszusprechen wagte, weil es ein Verbrechen war, am Endsieg zu zweifeln.

Peter Rauscher dachte an seinen Sohn Matthias, der im Westen stand, und Anna schickte ihre Gedanken nach Bingen am Rhein, von wo sie aus einem Lazarett vor vier Wochen eine Nachricht von Thomas Staffner erhalten hatte. Vielleicht lebte er schon nicht mehr. Vielleicht war er gestern an seiner schweren Verwundung gestorben. Gestern oder heute Morgen oder gerade jetzt, in diesem Moment. Sie sah sein ernstes, gutmütiges Gesicht vor sich und dachte, dass es für alle schwer sein würde, wenn er nicht mehr käme. Schwer für seine alten Eltern, schwer auch für sie, denn sie war diesem ruhigen, gesetzten Menschen recht zugetan. Nein, es war keine flammende, verzehrende Liebe, nur ein stilles Gefühl von Geborgensein in seiner Nähe. Anna Rauscher war viel zu herb und zu kühl in ihrem Wesen für eine tiefe Leidenschaft. Oder es war noch nicht der Richtige gekommen. Sie wusste, dass ihre Eltern es gerne sähen, wenn sie Sägemüllerin würde. Dagegen hatte sich immer etwas in ihr aufgelehnt und manchmal war sogar etwas wie eine zornige Abneigung über sie gekommen, weil Thomas Staffner es wie eine Selbstverständlichkeit hinnahm, was seine Eltern über ihn beschlossen haben mochten.

»Der Vater und die Mutter sind halt der Meinung«, hatte er einmal gesagt, »dass du gut in die Sägemühle passen würdest.«

»So?«, hatte sie gefragt und ihn mit schmalen Augen angesehen. »Und deine Meinung? Wie ist die?«

Ganz verwundert hatte er sie angesehen. »Das musst du doch wissen, dass ich dich für mein Leben gern hab.«

Ich merke nichts davon, hatte sie sagen wollen. Aber sie verschwieg es und wartete, dass er sie in die Arme nähme. Aber er hatte nicht den Mut dazu. Diesen groß gewachsenen Menschen fiel eher ein leichtes Zittern an, hinter dem sich seine ganze Scheu verbarg, als dass er sie leidenschaftlich umarmt und geküsst hätte. O ja, Anna Rauscher sehnte sich oftmals unsagbar danach, begehrt zu werden, fortgetragen zu werden von einer hohen Welle des Glücks. Und weil Thomas dies nicht verstand, war sie ihm immer ferner gerückt, bis zu dem Tag, an dem er in den Krieg musste.

Unterm Halbmond hatten sie an der leise rauschenden Riss gestanden und es war wohl das Mitleid, das sie zwang, sein Gesicht mit ihren Händen zu umschließen, um die ungeheure Traurigkeit aus ihm fortzunehmen.

»Bleibst mir treu, Anna?«, hatte er gefragt.

Sie hatte genickt, weil sie nicht wusste, was Untreue ist, und weil sie dachte, dass es ihm das Fortgehen etwas erleichtere. Das andere war jetzt sowieso nicht mehr spruchreif. Erst musste der Krieg vorbei sein.

»Komm nur gesund wieder heim«, sagte sie und sie war froh vor sich selber, dass dieser Wunsch ihr aus ehrlichem Herzen kam. Thomas aber nahm es als Versprechen, dass sie voller Sehnsucht auf ihn warten werde. Mit diesem Glauben im Herzen war er gegangen und Anna wartete vergebens darauf, dass er in seinen spärlichen Briefen einmal die Worte finden würde: »Ich hab dich lieb.«

Nein, das konnte Thomas einfach nicht schreiben. Es war nicht seine Art und Anna dachte, dass der Krieg ihn vielleicht doch noch zum Mann formen werde oder dass sie sich mit dem Los abfinden müsse, nicht aus einer himmelhoch jauchzenden Liebe heraus zu heiraten.

Aber da sie ihm Treue versprochen hatte, verschloss sie sich anderen Werbungen. So kam es, dass sie als stolz verschrien wurde, obwohl sie doch alles andere als hochmütig war. Sie waren eben so, die Rauschers, wie sie sein mussten, ein zäher Schlag in allen Dingen, mit einem strengen Maß an Selbstdisziplin, heftig aufbegehrend, wenn es sein musste, und gerecht, wenn Unrecht aufstehen wollte, jenes schreiende Unrecht der Zeit, in der schon das Abhören eines fremden Senders ein Verbrechen war, das mit dem Tod bestraft wurde. Und weil die Rauschers so waren, darum hatten sie es nicht leicht. Und weil sie es nicht leicht hatten, darum waren sie vorsichtig. Wenn der Rauscher spät am Abend an seinem Radio drehte, stand Anna draußen Posten. Gestern hatten sie ein Schwein ohne Schlachtschein geschlachtet, und zwar um zwei Uhr früh, weil nicht anzunehmen war, dass sich da noch jemand herumtreibt. Am wenigsten der Polizeikommissar Frankenberg, den man im ganzen Tal »General Franko« nannte. Er war alt und müde geworden, ein Mann, der anfing, den Glauben an ein gutes Ende zu verlieren und den der Heldentod seines Lieblingssohnes schneeweiß hatte werden lassen.

Nein, Franko war weniger zu fürchten. Schon eher der Urban Loferer, den man weithin den »Schleicher« nannte. Kein Mensch wusste eigentlich, warum er nicht Soldat hatte werden müssen. Er war einfach immer unentbehrlich, tat vielerlei Dienste, die Spitzeldiensten nicht unähnlich waren. Er hatte die Fleischbeschau vorzunehmen, das Milchmessen, den behördlich genehmigten Holzeinschlag. Ferner hatte er die Aufsicht darüber, dass die Bauern ihr Ablieferungssoll erfüllten, und er wurde in einer geheimen Liste als »Vertrauensmann« geführt.

Unter seiner niederen Stirn blickte ein Paar kleine, grünlich schillernde Augen in die Welt. Um seinen schmalen Mund spielte fast immer ein überlegenes Lächeln, das Satanslächeln einer zwiespaltigen Natur, die hinter allem etwas Verdächtiges witterte.

Gerade als die Grundhoferleute ihre Brotzeit beenden wollten, bog der Schleicher wie aus dem Erdboden gewachsen um die Haselnussstauden. Er trug einen grauen, abgeschabten Lodenanzug und einen grünen, verwaschenen Hut mit einer Spielhahnfeder. Niemand hatte ihn kommen hören. Der Rauscher runzelte die Brauen, in seinen Fäusten zuckte es und er hätte am liebsten geknurrt: Schleichst schon wieder umeinander, du Gauner? Aber er wusste, wie gefährlich dieser Urban Loferer werden konnte und verschluckte seinen Ärger.

Mit dem sonnigsten Lächeln der Welt strich der Schleicher sein dünnes Bärtchen auf der Oberlippe. In seinen Augen aber war ein eiskaltes, tückisches Glitzern.

»So ist's recht«, sagte er mit seiner dünnen Fistelstimme. »Schön einträchtig sitzen sie beim Rauscher wieder bei der Brotzeit beieinander. Deutsche, Franzosen und Polen. Ganz nah beieinander wie eine Familie.«

»Ganz recht, wie eine Familie«, antwortete der Rauscher und trank den Rest aus seiner Bierflasche.

»Du weißt aber doch, dass das verboten ist. Aber der Herr Rauscher kümmert sich ja nie um das, was verboten ist. Der Herr Rauscher macht sich seine Gesetze selber.« Die flinken Augen des Schleichers huschten über die Gesichter der beiden Franzosen und blieben an der Polin Natascha hängen. »Was seh ich denn da? Wo hat denn der Trampel sein ›P‹ wieder?« Ruckartig stieß er sein schmales, verlebtes Gesicht vor wie ein Raubvogel. »Weiß du vielleicht nicht, dass du das tragen musst? Aber natürlich, der Herr Rauscher kümmert sich ja um nichts. Da werd ich halt einmal eine Meldung machen müssen.«

Langsam war der Rauscher aufgestanden und zog jetzt seine Hose am Bund hoch.

»Tu, was du nicht lassen kannst. Es wäre ja nicht das erste Mal.«

»Und das musst ausgerechnet du sagen. Hab ich dich vielleicht schon einmal angezeigt?«

»Weil ich dir noch keine Gelegenheit gegeben habe.«

»So, meinst du?« Loferer zwinkerte mit dem linken Auge in einer Art schlampiger Vertraulichkeit. »In welcher Einbildung du lebst! War mir doch, als hätte ich heute Nacht so um zwei Uhr herum eine Sau plärren hören. Wenn mich nicht alles täuscht, war das im Goldenen Grund. Aha, jetzt schießt dir die Farbe ab. Also, nur nicht gar so großmaulig sein. Es kostet mich nämlich bloß ein Wort.«

»Und Beweise«, sagte der Rauscher mit engem Atem.

»Die lassen sich finden.«

Der Rauscher konnte nichts mehr antworten. Es war die Furcht, die ihn schweigen ließ, die Furcht eines Mannes, der in seinem ganzen Leben nie Angst gehabt hatte. Er schämte sich vor Anna, vor den Franzosen, vor der Polin und vor Emma. In diesem Augenblick trat Anna zwischen ihn und Urban Loferer. In ihren Augen glühte eine dunkle Flamme.

»Und das muss mein Vater sich von dir gefallen lassen«, schrie sie, lodernd vor Zorn. »Wer bist denn du schon? Ein hergelaufener Kerl, ein Spion, ein Schleicher, einer, der dem Herrgott den Tag stiehlt, während andere in deinem Alter im Krieg fallen.«

»Anna«, sagte der Rauscher warnend.

»Ach was, lass mich Vater. Ich könnte keine Stund ruhig schlafen heute Nacht, wenn ich dem die Meinung nicht einmal sagen könnte. Das brennt mir schon lange auf der Zunge. Regt der Kerl sich auf, wenn wir hier gemeinsam bei der Brotzeit sitzen. Du hast dir ja noch keine verdient. Was tust denn du schon? Umeinanderschleichen und anständige Leute aushorchen.«

Loferer war grau geworden im Gesicht. »Noch ein Wort, dann …«

»Dir sag ich noch mehr, wenn du es haben willst. Aber die Zeit ist zu schade, um sie mit dir zu verschwenden. Kommt Leute, wir müssen Kartoffeln legen.«

Mit schmalen Augen starrte der Schleicher hinter der Gruppe her.

»Wart nur, das zahl ich dir heim, du hochmütiges Luder. Auf den Knien sollst du mich noch bitten. Aber dann zeig ich dir, wer wem was zu sagen hat.«

Den Hut aus der Stirn schiebend, stelzte er mit seinen dürren Beinen über die Wiesen hinunter ins Dorf, blieb eine Weile auf der hölzernen Brücke stehen, die über die Riss führte, und suchte dann sein Stübchen auf.

Am Nachmittag dieses Tages ging der Rauscher auf seine Niederalm, die auf der anderen Seite der Riss in einer breiten Mulde im Fichtenwald lag. Das Futter war in diesem Jahr schon sehr knapp geworden, und wenn da oben schon einigermaßen Gras gewachsen war, dann sollte Anna gleich in den nächsten Tagen mit einem Teil der Herde hinaufziehen.

In seinem Innern loderte immer noch die Wut über die Auseinandersetzung mit dem Schleicher am Vormittag. Die Wut und die Ohnmacht darüber, dass man in dieser Zeit wie ein lästiger Wurm zertreten werden konnte, wenn man sich mit den Mächtigen auf Auseinandersetzungen einließ. Er selber hatte sich ja mühsam beherrscht. Aber Anna war aus dem Rahmen gefallen, und darum war es vielleicht ganz gut, wenn sie in den nächsten Tagen auf die Alm zog, weg aus dem Blickfeld dieses verdammten Schleichers, von dem man nie wusste, was er wieder ausspionierte. Zunächst rechnete der Rauscher mit einer Hausdurchsuchung, die nichts ergeben würde, denn es war ja nicht schwer, eine geschlachtete Sau so zu verstecken, dass nichts davon zu finden war, wenn man nicht einmal eine zwölf Zentner schwere Glocke gefunden hatte.

Außerdem war damit zu rechnen, dass der Schleicher jetzt noch mehr im Goldenen Grund herumspionieren würde. Also musste der Bauer noch vorsichtiger sein, wenn er im Radio die Wahrheit hören wollte, er musste in Zukunft lieber die erfolgreichen Rückzugsbewegungen schlucken als sich über den siegreichen Vormarsch der anderen zu freuen. Es war ja nicht ratsam, kurz vor Schluss noch den Kopf zu riskieren.

Überall drang der Frühling schon mächtig aus der Erde. Die jungen Fichten setzten schon die hellen Triebe an, und als dem einsamen Wanderer ein Wiesel über den Weg lief, sah er, dass es nicht mehr weiß war, sondern schon braune Flecken hatte. Das war ein Zeichen, dass die warme Jahreszeit kam.

Nach einer knappen Stunde sah der Rauscher seine Almhütte vor sich. Es war ein fest gemauerter Bau, schon fast ein kleiner Hof. Die Fensterläden waren dicht geschlossen und mit breiten Eisenbändern zusätzlich gesichert. Genauso die Türen. Niemand war in der langen Zwischenzeit dort gewesen, wie im Vorjahr, als zwei flüchtige englische Gefangene die Hütte aufgebrochen und sich darin acht Tage versteckt hatten, bis ihnen der Schleicher auf die Spur gekommen war. Für diese Heldentat hatte man dem Schleicher das Verdienstkreuz I. Klasse verliehen und ihn als leuchtendes Beispiel hingestellt und als eine verlässige Stütze des Staates.

Der Rauscher setzte sich auf die Bank vor der Hütte, legte den Hut neben sich und fuhr sich mit der Hand über die feuchte Stirn. Ringsum war tiefer Friede. Nur einmal hörte man einen Specht seinen rasenden Wirbel ins Holz schlagen. Und ringsum war das Gras schon handbreit hoch geschossen. Wenn man es recht betrachtete, so war alles um acht Tage früher daran, gerade so, als ob die Natur wüsste, dass heuer das Futter in den Tennen schon recht knapp geworden war.

Ach ja, dachte der Bauer vom Goldenen Grund, es wird dann doch alles wieder recht. Und bald muss auch dieser unsinnige Krieg sein Ende finden. Dann konnte man auch mit diesem Schleicher ein deutliches Wort reden. Man brauchte sich nicht mehr vor ihm zu ducken, wenn seine Macht zerbrach und das zum Vorschein kam, was er in Wirklichkeit war, ein Narr, der in normalen Zeiten nur ein mitleidiges Lächeln wert war, bei dessen Anblick einem die Schamesröte aufsteigen musste, weil man vor einem solchen Jammerburschen sich einmal geduckt hatte, als die Macht hinter ihm stand.

Eigentlich konnte der Rauscher sich gar nicht vorstellen, dass einmal wieder normale Zeiten kämen und dieser ungeheure Druck sich von den Menschen löste und die kleine Glocke auf dem Kirchturm zu Blockstein nicht mehr so jämmerlich ängstlich die traurige Kunde über die Dächer hinbimmeln musste, dass wieder einer für »das Reich« gefallen war. Wie es wohl sein musste, am Morgen nicht mehr mit dem schweren Druck auf dem Herzen aufzuwachen, mit der bösen Angst, ob heute nicht in den Goldenen Grund der Bote käme mit der Nachricht, dass nun auch der Gefreite Matthias Rauscher im Krieg gefallen sei. Er sprach zu niemandem über seine Angst davor, um all seine Hoffnungen betrogen zu werden. Auch zu seiner Frau Barbara nicht, obwohl sie von der gleichen Bedrängnis erfüllt war. Aber es war wie ein stilles Einverständnis, dass sie auch nicht darüber sprachen, wenn sie stundenlang wach lagen. Er sah in sie hinein, sah ihr Haar langsam ergrauen, das bis über die Fünfzig hinaus immer noch ganz dunkel gewesen war und nur ein paar graue Fäden gezeigt hatte. Und er sah auch, wie sie oft und oft mit angstvollen Blicken über den Goldenen Grund hinaussah auf den Weg, der zum Dorf führte, ob nicht jemand daherkäme, von dem man wusste, dass er schlechte Botschaft bringen könnte.

Zweiundzwanzig Jahre war Matthias Rauscher nun alt. Seit drei Jahren war er Soldat und seine letzte Nachricht war kurz nach Weihnachten, nach der missglückten Ardennenoffensive, gekommen. Seitdem hatten sie kein Lebenszeichen mehr von ihm erhalten. Das Haar der Mutter wurde mit jedem Tag grauer, aber ihr Mann sagte es ihr nicht, wie auch sie verschwieg, dass sein Haar unter der gleichen Sorge vom Schimmelgrau ins Weiße wechselte.

Seufzend erhob er sich, sperrte die Tür auf und trat ein. Es war alles noch in Ordnung. Nur Spinnweben hingen in den Ecken und eine Maus hatte ein Loch in das Sofakissen gefressen, das unter dem Herrgottswinkel auf der Bank lag.

Im Stall war noch alles so, wie sie es im Spätherbst verlassen hatten. Die Ketten lagen im blank gescheuerten Barren und die Streu war aufgeschichtet.

Morgen konnte also Anna mit der Herde hier heraufziehen und für die nächsten sechs Wochen hier bleiben. Dann erst konnte der Auftrieb zur Hochalm erfolgen.

Mit ein paar müde blinzelnden Sternen lag die Nacht über den Häusern und Höfen von Blockstein. Kaum wahrnehmbar hörte man das leise Plätschern der Riss. Ein weinerlicher Wind strich durch die Bäume am Kirchberg und einmal jaulte ein Kater die Not seiner Liebe durch die rabenschwarze Finsternis. Kein Lichtschein fiel aus den abgedunkelten Fenstern, und wenn aus den »Vier Aposteln« nicht gelegentlich die Stimmen vom Stammtisch geklungen wären, hätte man annehmen können, dass bereits Mitternacht wäre und alles schliefe. Aber es war erst neun Uhr, am zweiten Mittwoch im April.

In ihrem Stübchen saß Emma Brommesberger und nähte an einem Kittel. Das Licht der Lampe fiel auf ihr zerzaustes Haar. Die Finger führten flink die Nadel und ein Wecker, der auf der Kommode stand, tickte die Sekunden in die Stille.

Auf einmal fuhr Emma zusammen. Hatte es nicht am Fenster geklopft? Sie hielt den Atem an und horchte.

»Ist jemand draußen?«

»Ja, mach auf.«

Weil Emma die Stimme des Schleichers erkannte, beschloss sie nicht aufzumachen. Aber da hörte sie bereits den Schritt im Gang. Die Haustür war ja selten zugesperrt, weil im oberen Stockwerk noch der alte Flickschuster Haberl wohnte, der um diese Zeit noch in den »Vier Aposteln« saß.

Urban Loferer rüttelte an der Zimmertür.

»Mach doch auf, ich tu dir doch nichts«, sagte er mit betonter Freundlichkeit, aber doch so, als habe er ein Recht, eingelassen zu werden. »Brauchst doch keine Angst zu haben.«

Die Emma schob den Riegel zurück. »Ich hab keine Angst.«

»Das hoff ich auch nicht«, antwortete der Loferer und huschte in das Zimmer. Er legte seinen Lodenumhang, den er über der Schulter getragen hatte, über die Stuhllehne und rieb sich die Hände.

»Nett hast es hier. Und so schön warm.«

»Es ist draußen auch nicht kalt.«

»Sag das nicht. Es geht ein ganz frischer Wind. Darf ich Platz nehmen?«

»Hock dich nur nieder. Was willst du?«

»Höhö, nur keinen so patzigen Ton. Das mag ich nicht. Immer schön freundlich sein zu mir.« Er nahm umständlich Platz und zündete sich eine Zigarette an. »Wirklich gemütlich hast du es hier.« Er sah sich in dem kleinen Raum um und nickte anerkennend. »Und alles blitzsauber. Das hätt ich dir gar nicht zugetraut.«

Emma strich sich eine Haarsträhne aus der Stirn. Dann lehnte sie sich gegen die Kommode und verschränkte die Arme über der Brust.

»Jetzt möcht ich wissen, was du von mir willst.«

»Ich von dir?« Er sah sie mit strengem Ausdruck an. »Nichts! Obwohl, wenn du nicht dein Arbeitsgewand trägst, schaust du gar nicht so übel aus. Wirklich, du müsstest ein bissl mehr auf dich halten. Dann könnt's leicht sein, dass ich Appetit bekäm.«

Die Emma lachte laut heraus. Und dieses Lachen machte sie irgendwie schön. Sie bekam zwei Grübchen in die Wangen und ihre schwarzen Augen hatten einen seltsamen Glanz. Der Loferer bekam größere Augen und schluckte.

»Tatsächlich, heut seh ich dich zum ersten Mal anders.«

»Der Herr Schleicher hat mich halt noch nie richtig angeschaut.«

Er runzelte die Stirn. »Loferer heiß ich, das bitt ich mir aus. Oder musst du auch die Dummheit der anderen nachplappern? Ich weiß schon, wer mir den Namen angehängt hat. Aber mit dem rechne ich schon noch ab.«

»Dann musst mit dem ganzen Dorf abrechnen, weil es alle sagen.«

Es blieb eine Weile still. Nur der Wecker tickte. Der Loferer war auf einmal nachdenklich geworden. Es war, als horche er in sich hinein und denke darüber nach, dass niemand ihn mochte. Sie taten ihm schön ins Gesicht, weil sie Angst vor ihm hatten. Allerdings auch nicht alle. Die Anna vom Goldenen Grund zum Beispiel. Oh, wie die Schmach noch immer an ihm brannte, die sie ihm heute Vormittag bei den Haselnussstauden angetan hatte. Und er konnte es ihr nicht heimzahlen. Wenigstens noch nicht.

Achtlos klopfte er die Asche seiner Zigarette auf den Boden.

»Ferkel«, sagte Emma mit sprödem Klang in der Stimme. »Siehst den Aschenbecher dort auf dem Tisch nicht?«

Er lachte belustigt auf und musterte sie wieder mit staunenden Augen. »Teufel! Du gefällst mir immer besser. Ferkel sagt sie zu mir! Komm, setz dich her zu mir. Ich möcht dich was fragen.«

Emma stieß sich von der Kommode ab und setzte sich ihm gegenüber auf die Bank, stemmte die Ellbogen auf den Tisch und legte den Kopf in die Fäuste. »Frag«, sagte sie hart.

»Na, na! Musst du mich denn gleich anbellen wie ein Hund? Kann man mit dir überhaupt nicht vernünftig reden?«

»Was kann von dir schon Vernünftiges kommen?«

Loferer drückte seine Zigarette im Aschenbecher aus

und lehnte sich weit in den Stuhl zurück. »Ich seh schon, du bist auch verhetzt. Und das ist schad, denn dich hab ich immer recht gut leiden können.«

Emma sah ihn unentwegt an, so durchdringend, dass er seinen Blick senken musste. Seine letzten Worte ließen sie aufhorchen. Sie waren über sie hingegangen, wie im Frühling ein leiser Wind die jungen Ähren eines Kornfelds streichelt.

»Ist das wahr, Loferer?«

Loferer verbarg ein Lächeln und legte Kummer in seinen Blick. »Auf mein Wort, Emma. Du glaubst gar nicht, wie oft ich schon von dir geträumt hab.«

»Wirklich?« In ihre Augen war eine scheue Neugier gekommen.

Der Loferer, mit allen Wassern gewaschen, merkte sofort, dass seine Worte ein offenes Ohr fanden und strich sein Bärtchen. »Wenn ich es dir sag!«

Die Emma rückte die Ellbogen weiter auf den Tisch. »Was hat dir denn geträumt, Loferer?«

Tief schnaufend, beugte auch er sich weiter vor. Ihre Stirnen kamen sich ganz nahe.

»Genau weiß ich's auch nicht mehr«, log er. »Auf alle Fälle war es recht schön. Soweit ich mich erinnern kann, hab ich mit dir irgendwo auf einer Bank gesessen – ich hab den Arm um dich gehabt und du hast dein liebes Köpfchen so vertrauensvoll an mich hingelehnt.« Plötzlich fasste er nach ihren Händen und hielt sie fest. »Schau, Emma, du bist ein armes Luder, und – was bin denn ich schon recht viel mehr? Könnten wir zwei denn nicht zusammenhalten?«

Das Mädchen zog mit einem Ruck die Hände zurück. »Arm bin ich, ja, aber Charakter hab ich. Und das kann man von dir leider nicht sagen.«

Er biss sich auf die Lippen. »Du kennst mich eben nicht, wie ich wirklich bin.«

»Ja, du bist undurchsichtig.« Sie sagte es ganz trocken und lachte plötzlich laut. »Heut früh hat dir's eine wenigstens richtig gesagt. Ich hätt mich kranklachen können dabei.«

Nur mit großer Mühe bezwang er seinen aufsteigenden Zorn und brachte es fertig, eine ergebene Duldermiene aufzusetzen. »Sie verkennen mich halt alle. Dabei mag ich die Anna wirklich gern. Zwar nicht so gern wie dich, aber sie war mir bisher nicht unsympathisch. – Arbeitest du eigentlich immer beim Grundhofer?«

Emma schüttelte den Kopf. »Morgen soll ich zum Lechner hoch.«

»So, so, zum Lechner. Aber beim Grundhofer ist doch ein gutes Arbeiten, oder?«

»Ja, beim Grundhofer helf ich gern aus.«

»Das Essen ist auch gut dort?«

»Recht gut sogar.«

»Fleisch ist halt überall wenig jetzt, weißt. Aber es kommen ja auch wieder bessere Zeiten, wenn wir den Krieg erst gewonnen haben.«

Hier lachte Emma wieder, aber er überhörte es geflissentlich.

»Die längste Zeit hat er ja schon gedauert«, sagte er.

»Ja, das glaub ich auch. Die Amerikaner sind ja schon über den Rhein.«

»Wer sagt dir denn das?«

»Das hört man halt so.«

»Ja, ja, ich weiß schon, das täten manche gern sehn. Aber da bleibt ihnen der Schnabel sauber. Kann ja sein, dass ein paar Männer rübergekommen sind übern Rhein. Er geht ja zur Zeit nicht recht hoch. Aber die werden schon bald wieder zurückgetrieben. Und wie. Unser Führer weiß schon, was er will.«

»Wer?«

»Unser Führer.«

»Ach so, der.«

»Brauchst gar nicht so spöttisch zu lachen. Aber dir nehm ich's gar nicht übel, weil du ja geistig doch ein bissl beschränkt bist.«

»Was bin ich?«, fragte Emma und man sah in ihren Augen den Zorn glimmen.

»Nicht direkt, mein ich. Du weißt halt nicht, wie du dich ausdrücken musst.«

»Das kann schon sein. Aber jetzt weiß ich wenigstens, für was du mich anschaust.«

»Geh, nimm es doch nicht so wörtlich. Vorhin hab ich gemeint, wir zwei könnten uns ganz gut verstehn. Und wenn du dir's genau überlegst – du hättest kein so schlechtes Leben bei mir, wenn der Krieg erst vorüber ist.«

»Wenn der Krieg vorbei ist, musst du abhaun, weil sie dich sonst erschlagen.«

Urban Loferer verfärbte sich. »Wer sagt denn das?«

»Das hab ich schon ein paarmal gehört. Zum ersten Mal, als du von allen am eifrigsten nach der verschwundenen Glocke gesucht hast.«

Loferer schlug nach einer Fliege an seiner Wange. »Weißt du vielleicht, wo sie ist?«

Emma schüttelte den Kopf. »Und wenn ich's wüsst, dir tät ich es am allerwenigsten sagen.« Sie drehte den Kopf nach dem Wecker. »Halb zehn ist es schon. Jetzt musst gehn, ich möcht mich schlafen legen.«

Der Mann war mehr verdutzt als verärgert über ihre Art, wie sie ihn hinausbefördern wollte. Er lächelte. Als ob man ihn so einfach fortweisen könnte. Dieses Mädchen schien noch keinen Begriff davon zu haben, wie mächtig er war. Langsam stand er auf und schob sich zu ihr in die Bank, drückte sie bis in den Herrgottswinkel hinein, dass sie nicht mehr wegkonnte. Sein Gesicht war plötzlich wieder von jener Undurchsichtigkeit, die Angst einflößen konnte.

»Wenn du das Gutsein nicht verstehst, kann ich auch anders mit dir reden. Also, raus mit der Sprach. Der Grundhofer hat doch gestern Nacht ein Schwein geschlachtet.«

»Wie soll denn ich das wissen?«

»Weil es heut zu Mittag dort Schweinernes mit Kraut gegeben hat.«

»Das stimmt schon – aber«, platzte die Emma heraus und merkte sofort, dass sie in die Falle gegangen war. Sie wollte es noch etwas abschwächen und fügte hinzu: »Wahrscheinlich wird der Grundhofer einen Schlachtschein gehabt haben.«

»Eben nicht. Ich hab bereits nachgefragt auf der Gemeindekanzlei.«

Da wurden die Augen der Emma ganz schmal vor Verachtung. »Du bist doch ein ganz gemeiner Hund.«

Der Loferer zwirbelte sein Bärtchen. »Von dir nehm ich es hin, weil von dir sogar Frechheiten sich recht nett anhören. Wenn du mit der Zunge anstößt, das gefällt mir so gut, dass ich dir am liebsten ein Bussl geben möcht.«

Und schon hatte er den Arm um sie geschlungen. Er hatte nur nicht mit ihrer Behändigkeit gerechnet. Mit einem derben Stoß rückte sie den Tisch zurück und stand dann mitten in der Stube.

»Meinst du, mir graust vor gar nichts!«

Verwundert zog er die Augenbrauen hoch. »Grausen? Das ist bloß, bis du auf den Geschmack kommst. Ich wett, dass dich noch keiner richtig geküsst hat.«

Das war die Wahrheit und Emma hätte es schrecklich gerne gewusst, ob das ein Erlebnis wäre. Aber diesen Schleicher küssen? Es schüttelte sie bei dem Gedanken. Sie selbst war gewiss keine Schönheit, aber sein Mund schreckte sie ab. Sein Mund und seine Augen.

Sie sah ihn auf sich zukommen und wusste, was sie tun würde. Er traute ihr das bloß nicht zu. Die Emma, das wär doch zum Lachen! Sie seufzte doch direkt nach einem Mann.

»Stell dich doch nicht gar so blöd an«, sagte er und wollte sie an sich reißen.

Da gab ihm Emma eine gestochene Ohrfeige auf die glattrasierte rechte Wange. Ihre Hand war arbeitsgewohnt, und es gab einen heftigen Knall und einen roten Fleck im Gesicht des Fleischbeschauers Urban Loferer.

Zufrieden hob Emma die Hand noch einmal und drehte sich etwas zur Seite, um diesmal die andere Wange zu treffen. Aber er drehte sich schnell weg und ging zur Tür.

»Blödes Ding«, knirschte er und warf die Tür hinter sich zu, dass der Mörtel über dem Türstock herunterbröckelte. Emma hörte voller Genugtuung seine sich entfernenden Schritte auf der Straße, schob den Riegel wieder vor und legte sich zu Bett.

Beim Erwachen am anderen Morgen, einem von sehr schweren Träumen noch belasteten Erwachen, fiel es Emma sofort bleischwer aufs Herz, was gestern am Abend geschehen war. Sie hatte sich dummerweise verplappert, und so, wie sie den Schleicher kannte, würde er wahrscheinlich heute gleich zur Polizei gehen und verlangen, dass man beim Bauer im Goldenen Grund eine Hausdurchsuchung vornehme. Also musste er gewarnt werden.

Draußen tagte es bereits und der Unteroffizier Felix Eichlmaier, der von den Landesschützen in Moosburg nach Blockstein abkommandiert war, um die gefangenen Franzosen zu bewachen, sperrte das Feuerhaus auf und ließ seine Schäflein heraus mit dem alltäglichen Morgengruß: »Auf geht's, Buam!«

Dreißig Mann unterstanden ihm, gefangene Franzosen, die er jeden Morgen um halb sechs Uhr vor dem Feuerhaus antreten und abzählen ließ.

Eichlmaier war sonst die Gutmütigkeit selber, weich in seinem Gemüt und in seinen Bewegungen. Er spielte sich nur ein wenig auf, wie alle Menschen mit wenig Geist, wenn man ihnen Macht in die Hände legt. Aber seine Schäflein kannten ihn und nahmen ihn nicht ernst. Überdies, Ordnung musste sein. Das verlangen alle Unteroffiziere in der ganzen Welt.

»Also, nachher packen wir's halt wieder, in Gottes Namen«, brüllte er. »Stillgestanden! Wird's bald oder dauert's noch ein bissl? Nur sagen, wenn einer der Herren noch nicht ausgeschlafen hat.«

Wenn das vorbei war, lächelte er zufrieden.

»Also dann sind wir alle wieder gesund und munter beisammen. Ohne Tritt, marsch.«

Als Eichlmaier sich mit seinem Karabiner an die Spitze setzte, weil er schon wusste, dass ihm von seinen »Buam« keiner abhaute, huschte ein Schatten über die Straße und drückte dem Jean einen Zettel in die Hand.

»Gib ihn dem Grundhofbauern«, flüsterte Emma ihm zu. Dann verschwand sie wieder hinter dem mächtigen Misthaufen des Brandlhofes, ohne dass der Eichlmaier etwas gemerkt hatte.

Immer, wenn ein Hof kam, zweigten einer oder zwei Franzosen ab, auf irgendeinen Bauernhof zu, auf dem sie arbeiteten. Zum Schluss waren es nur mehr der Jean und André, die in den Goldenen Grund mussten. Eichlmaier blieb beim Wegkreuz stehen und ließ die beiden den Rest des Weges allein zurücklegen. Das war zwar verboten, aber er kannte seine »Buam« und sie kannten ihn.

Mittlerweile war die Sonne hinter den Bergen hochgestiegen. Eine etwas müde, wässrige Sonne, die zu keiner rechten Wärme kam, weil ein ruppiger Westwind durch das Tal strich.

Im Geviert des Grundhofes stand der hohe Zweiräderkarren, voll bepackt mit Kisten und Körben. Mit läutender Glocke trottete gerade die Leitkuh aus dem Stall und hinter ihr drängten sich noch weitere vierzehn Kühe. Für den Almgang gerüstet, den Bergstecken in der Faust, trat Anna aus der Haustür. Über das blonde Haar hatte sie einen niederen, grünen Strohhut mit heruntergebogener Krempe gestülpt. Die Füße steckten in genagelten Bergschuhen. Ihr Blick ging über den Hof zu den Bergen hinauf, auf deren Spitzen noch Schnee lag.

Dann trat sie zum Karren hin und half dem Vater, die Körbe festzubinden.

In diesem Augenblick kamen die Franzosen in den Hof. Jean überreichte dem Bauern den Zettel.

»Von Emma«, sagte er.

Mit gerunzelter Stirn las der Grundhofer die schnell hingeworfenen Sätze. Dann nickte er grimmig.

»Gedacht hab ich mir's aber. So ein Misthakl.« Und zu Jean gewandt: »Führ den Haflinger raus und spann ihn ein.«

»Was ist, Vater?«, fragte Anna.

»Der Schleicher wird uns die Polizei auf den Hals hetzen, wegen der Schwarzschlachtung. Die Emma schickt uns eine Warnung.«

Er drehte sich auf dem Absatz um und ging in die Küche.

»Horch einmal, Mutter, wenn die Polizei kommen sollte, wir haben vom Hölzl zwanzig Pfund Schweinernes zu leihen genommen.«

Erschrocken schaute die Frau ihn an. »Hat denn er wenigstens einen Schlachtschein gehabt?«

»Ja, ja, da fehlt nichts.«

»Hast wenigstens das andere gut weggeräumt?«

Trocken lachte der Bauer vor sich hin. »Da können s' acht Tag lang suchen und finden nichts. Sei bloß ganz ruhig, und schimpf nicht wieder über den Krieg. Man kann nicht vorsichtig genug sein. Der Franko ist zwar nicht zu fürchten, aber der Federl ist ein Spinner.«

Zehn Minuten später zogen sie aus dem Hof. Anna ging voraus, der Grundhofer mit dem Fuhrwerk hinterher. Auf einem Feldweg kamen sie hinunter zur Riss, überquerten die hölzerne Brücke, dann ging es ein Stück steil bergauf bis zum Wald. Immer weiter blieb das Dorf zurück. Schneeweiß stand die Kirche auf ihrem Hügel, umgeben von der Friedhofsmauer. Im Pfarrgarten blühten die Kirschbäume, das Leben im Dorf war erwacht.

Kurz bevor sie in den Wald einbogen, hielt der

Grundhofer den Gaul an und rief nach vorn, dass Anna einen Augenblick warten möge. Dann stieg er über den Weidezaun und ging auf den Einödhof zu, dessen Dach man unter den blühenden Birnbäumen schimmern sah. Der Hölzl stand gerade auf dem Misthaufen und sprang herunter, als er den Grundhofer kommen sah.

»Hör zu, Adam«, überfiel der Grundhofer ihn gleich ohne jede weitere Einleitung. »Wenn die Polizisten zu dir kommen und nachfragen sollten, ich hab von dir zwanzig Pfund Fleisch zu leihen genommen.«

»Aha, aus dem Loch pfeift der Wind«, grinste der Hölzl und suchte in der Jackentasche nach seiner Pfeife. »Hast einem Hutzifackerl versehentlich das Beil auf den Kopf fallen lassen.«

»Hutzifackerl ist gut. Zweieinhalb Zentner hat sie gehabt. Und der Schleicher muss was in die Nase gekriegt haben. Also, du weißt Bescheid, Adam.«

»Fehlt nichts, Peter. Was gibt es sonst? Hat euer Matthias schon geschrieben?«

»Immer noch nicht. Und die deinen?«

»Ja, vom Wastl haben wir gestern einen Brief gekriegt. Vom Alois haben wir auch schon sechs Wochen nichts mehr gehört. Weißt du sonst was Neues? Ist der Schwindel schon bald gar?«

»Ich hab nichts abhören können heute Nacht. Ich trau dem Schleicher nicht übern Weg. Aber lang kann es ja nimmer dauern.« Der Grundhofer warf einen Blick auf den ziemlich hohen Misthaufen. Tief unter dem Mist lag die St.-Josefs-Glocke in einem dicht abgeschlossenen Bretterverschlag. »Auf den Tag freu ich mich heut schon, wenn die wieder läutet. Dann wissen wir, dass wir es hinter uns haben. Also, Adam, mach's gut.«

»Du auch, Peter. Treibst du schon auf die Alm?«

»Ja, mir geht's Futter aus. Behüt dich, Adam.«

Eine Stunde später kamen sie auf der Niederalm an. Die Kühe sprangen gleich übermütig, wie berauscht von so viel saftigem Grün, mit aufgedrehten Schwänzen über das Almfeld dahin, bis sie nach einer Weile ruhig zu grasen begannen. Anna hatte alle Fenster aufgerissen und sich mit dem Inhalt der Kisten und Körbe wohnlich eingerichtet. Danach saß sie mit dem Vater auf der Bank. Die Sonne schien herrlich warm, es konnte kein Wind in den Kessel kommen. Schwalben huschten geschäftig hin und her und einmal sah man drei Rehe langsam über den Grat wandern. Eine Stille war ringsum wie in einer Kirche, bevor die Orgel erklingt.

»Am liebsten würde ich selber hier oben bleiben«, sagte der Grundhofer und seufzte. Daran erkannte Anna, wie schwer er alles trug, und sie schob ihre Hand in die seine. Sie hing mit tiefer Liebe an diesem Mann, der nie klagte und der so empfänglich war für alles, was nach Trost aussehen mochte, weil er der Meinung war, nur ihm allein stände es zu, andere aufzurichten. Solange Anna denken konnte, hatte sie den Vater noch nie schwach oder unentschlossen gesehen. Nur in letzter Zeit war etwas Grüblerisches in seine Züge gekommen und manchmal, wenn er sich unbeobachtet glaubte, ließ er die Schultern nach vorn sinken wie unter einer schweren Last. Zu anderer Zeit hätte er es sich auch verbeten, dass eine Hand die seine streichle. Jetzt aber hielt er ganz still.

»Es wird nicht mehr lange dauern, Vater«, sagte Anna.

»Bis du im Herbst wieder vom Berg herunterkommst, wird alles vorbei sein«, antwortete er. »Aber wir wissen nicht, was in der kurzen Zeitspanne noch alles passiert. Und wenn der Matthias nicht mehr zurückkäme –«

»Daran sollst du nicht denken, Vater.«

»Ich muss es aber.«

»Aber dadurch wird nichts besser.«

Vom Berg herunter kam der Schrei eines Habichts und der Grundhofer blickte hoch. Wie ein silberner Punkt schwebte der Vogel dahin, stand dann über den

Fichtenwipfeln eine lange Weile ganz unbeweglich, bis er mit einem scharfen Stoß herunterfiel. Er war so nahe jetzt, dass man in seinen Fängen die Beute sah, mit der er hochzog.

»Wie der Schleicher«, sagte der Bauer nachdenklich und stand auf. »Der wartet auch auf einen günstigen Augenblick, dann haut er einem die Krallen hinein.«

»Es wird nichts vergessen werden«, sagte Anna.

Der Grundhofer sah seine Tochter aufmerksam an. »Alles wird vergessen werden, Anna. Man soll ja nicht Schlechtes mit Schlechtem vergelten und uns Menschen steht die Rache nicht zu. Wer kümmert sich danach, wenn das große Elend vorbei ist, noch um so einen armseligen Wurm, wie der Loferer es im Grunde genommen ist.«

»Es denken nicht alle so wie du, Vater.«

»Ja, das weiß ich. Und wenn er schlau ist, verschwindet er rechtzeitig. So – jetzt werde ich mich langsam auf den Heimweg machen.«

Er ging an den Zaun, wo das Geschirr des Haflingers aufgehängt war. Ein kurzer Pfiff mit den Fingern und der Gaul kam hinter der Almhütte hervor.

»Glück und Segen, Anna«, sagte der Bauer und reichte dem Mädchen die Hand. Dann ging er hinter dem Karren her in Richtung Tal.

Acht Tage später säten die Leute vom Grundhof auf dem Bergacker den Hafer. Es war ein Morgen voll goldener Schönheit. Kaum eine Wolke stand am Himmel und es war kaum daran zu denken, dass so viel Schönheit in knapp vierundzwanzig Stunden weggewischt sein könnte. Und doch würde es so sein, denn der Wind kam mit Ofenwärme von Süden her und die Berge hatten jenes trockene Blau und waren greifbar nahe – das sicherste Anzeichen für einen baldigen Wetterumschwung.

Der Grundhofer hielt die Leitstange der Sämaschine wie ein Spielzeug in den Händen, obwohl bald das eine, dann das andere der hohen Räder sich plumpsend aufhob, wenn es über einen großen Stein lief. Aber seine Hände hielten fest wie Eisenklammern. Neben ihm trippelte die Natascha und säuberte mit einem Stecken die Pfeifen der Sämaschine, wenn Steine sie verstopfen wollten.

Jean eggte mit einem Ochsengespann die Körner unter die Erde, weil man bei Kriegsbeginn zwei Pferde vom Grundhof geholt hatte und das Dieselöl für den Traktor nur spärlich zugeteilt wurde. Auf diesem Bergacker hätte man sowieso nicht mit dem Traktor arbeiten können. Da waren immer noch Pferde und Ochsen das Beste.

Beim Umwenden setzte der Grundhofer die Maschine genau eine Handbreit neben die Saatreihe, die er gerade eben gezogen hatte. Dann schaute er plötzlich auf. Ein horchender Ausdruck kam in sein Gesicht. Zugleich vernahm auch Natascha das eigentümliche Geräusch, das fern über den Bergen heraufstieg.

»Hü«, sagte der Bauer und trieb die Füchse mit dem Leitseil an, dass die Maschine einen heftigen Ruck machte und Natascha sich beeilen musste mitzukommen. Es war gerade, als ob der Grundhofer mit seinem Gespann vor etwas davonrennen wollte. Das Kettenzeug der Sämaschine klirrte durcheinander und übertönte für eine kleine Weile das näher kommende Geräusch.

Und dann war die träumende Mittagsstille von einem gewaltigen Summen durchbrochen, das immer stärker wurde und schließlich zu einem tiefen Gebrumm anschwoll.

Jean hielt sein Gespann an und starrte zum Himmel hinauf. Was manchem anderen Angst und Schrecken einjagte, bewirkte in ihm ein herrlich befreiendes Gefühl. Dieses Lied aus den Lüften war für ihn keine Melodie des Schreckens, sondern der brummende Singsang nahender Freiheit.

Ja, da kamen sie wieder, vom Süden her über die Berge ziehend. Zwanzig – sechzig – hundert Viermotorige. Silbern flimmerten sie in der Sonne. Das gewaltige Lied der Motoren kam als Echo aus den Wäldern. Wie eine Schar Kraniche zogen sie unter der Sonne hin, wie zur Parade ausgerichtet, eine herrliche Armada im unschuldsvollen Blau des Frühlingshimmels. Wie Kettenhunde schossen blitzschnelle Jäger schutzgebend um die Luftflotte herum. Aber sie brauchten gar keinen Schutz, denn es war keine Abwehr mehr da.

Der Rauscher brachte sein Gespann in den Schutz der Erlenstauden am anderen Ende des Ackers. Mit gefurchten Brauen starrte er in die Höhe. Die Pferde hatten die Ohren gespitzt und standen mit geblähten Nüstern da. Natascha drückte sich ängstlich unter die Sämaschine, als ob die etwas Schutz gewährt hätte, wenn einer von den Jägern ausgeschert wäre und mehr zum Spaß als in berechtigter Abwehr seine Gurte leergeschossen hätte auf das, was sich da unten furchtsam an die Erde duckte.

»Dummes Gänsl«, lächelte der Rauscher gutmütig. »Die tun uns nichts.«

Dann öffnete er den Deckel der Sämaschine und sah nach, ob der Hafer noch mal für eine Feldbreite ausreiche. Die feindlichen Flieger zogen jetzt gerade über das Dorf Blockstein. Aber auch Blockstein mit seinen knapp fünfhundert Einwohnern war wohl kein lohnendes Ziel. Sie zogen majestätisch weiter. Aber gnade Gott denen, die es heute traf.

Seufzend griff der Bauer nach den Zügeln. Auf der Gegenseite zog Jean mit dem Ochsengespann vorüber. Seine Arme rissen die Egge hin und her und in seinem schmalen Gesicht lag etwas wie heimliche Freude oder stille Genugtuung, wenn nicht gar eine heiße Freude. Es war diesen Deutschen zu gönnen, dass sie nun am eigenen Leib zu spüren bekamen, was sie so vielen angetan hatten. Nicht dieser Bauer mit seinem grauen Haar. Nein, dieser Mann war gerecht. Nie hatten Jean und André oder Natascha in seinem Haus zu spüren bekommen, dass sie Fremde waren. Der Grundhofer und auch die Bäuerin boten allen Widerlichkeiten die Stirn. Es war zum Beispiel verboten, dass die ausländischen Arbeitskräfte im gleichen Raum oder gar am gleichen Tisch essen durften. Der Rauscher hatte schon am ersten Tag diesem Verbot getrotzt. Wer bei ihm arbeitete, sollte auch als Mensch behandelt werden. Diese Meinung vertrat er ganz offen und unverblümt. Daran hatte auch der etwas draufgängerische Wachtmeister Federl nichts ändern können, der ihn deswegen einmal gemeldet hatte.

Der Rauscher hatte eine scharfe Verwarnung bekommen mit der Drohung, dass man ihm andernfalls die ausländischen Arbeitskräfte entziehen werde.

»Gut«, hatte der Rauscher darauf geantwortet. »Dann lasse ich eben meine Felder brach liegen. Ist das dann besser?«

Nein, das war nicht besser. Das sah man ein. Überdies war der Wachtmeister Federl nach vier Jahren Krieg nicht mehr so draufgängerisch und ließ sich von seiner Frau sagen, dass er gefälligst selber zusehen sollte, wie er mit den Marken etwas Ordentliches auf den Tisch brächte, wenn er sich's mit den Bauern verdürbe.

Der Bergacker war jetzt bestellt. Jean lud den Rest Hafer, der noch übrig geblieben war, auf den Wagen und spannte die Ochsen davor. Der Rauscher fuhr mit der Sämaschine voraus und sie waren noch nicht ganz bis zum Hof gekommen, da ging es los.

Unsichtbare Wellen ließen alles vibrieren und die Fenster klirren. Die große Stadt war wohl weit weg, aber das Flügelrauschen des Todes wehte bis in dieses entfernte Tal hinein. Die Flak schoss wild und aufgeregt in das dumpfe Gepolter der Bombendetonationen.

Nach einer halben Stunde war alles vorüber. Es war

auf einmal ganz still, bis das singende Brummen wieder näher kam. Der Bomberstrom flutete nun südwärts, und weil den Kettenhunden kein anderes Ziel angeboten worden war, machten sie sich einen Spaß daraus und schwenkten auf dem Rückflug von der Bomberflotte ab und schossen herzhaft auf alles, was sie da unten auf der Erde beweglich fanden. Jean kam mit seinen Ochsen gerade noch rechtzeitig unter die schützenden Baumkronen, als hinter ihm ein paar Fontänen aufspritzten. Ja, mit der gleichen Souveränität, wie sie gekommen waren, zogen die Bomber wieder zurück. Waren es nicht mehr so viele? Fehlten nicht einige?

Da – inmitten des silbernen Geflimmers ein langer, weißer Streifen. Eines der Flugzeuge scherte aus und kam in rasender Schnelligkeit auf die Erde zu. Wahrhaftig, es brannte!

Auf einmal waren zwei, drei Fallschirme sichtbar. Wie große Wattebäusche hingen sie über dem brennenden Flugzeug in der Luft, wurden vom Wind über Blockstein getrieben, jeder in eine andere Richtung, während das Flugzeug am Fuß des Blocksteins zerschellte mit einer ungeheuren Detonation. Mit ihm drei Besatzungsmitglieder, die nicht mehr hatten abspringen können.

Anna Rauscher saß um diese Zeit vor der Hütte und las zum dritten Mal den Brief, den der Vater ihr gestern, als er die Almerträgnisse abholte, mitgebracht hatte. Er war von Thomas Staffner. Nun wusste sie es also, dass man ihm den linken Arm abgenommen hatte. Er schrieb das so trocken wie alles andere.

»Der linke Arm ist futsch. Aber ich habe mir sagen lassen, dass man auch mit dem rechten Arm allein den Traktor noch steuern kann.«

Vergeblich suchte Anna nach einem Wort der Liebe. Ein anderer hätte vielleicht Angst gehabt und gefragt, ob sie ihn als Krüppel noch möchte. Für Thomas schien dies eine Selbstverständlichkeit zu sein. Er schloss seinen Brief wie immer mit recht freundlichen Grüßen.

Nun musste sie ihm wohl schreiben und seit gestern quälte sie sich bereits mit den Gedanken herum, was auf einen solch trockenen Brief zu antworten wäre. Es blieb ihr wohl nichts anderes übrig, als das Mitleid sprechen zu lassen und zu fragen, ob er Schmerzen habe, und ihm zu sagen, dass er in all diesem Missgeschick als Trost sehen möge, dass der Krieg für ihn ja nun zu Ende sei.

Ach, und wie gerne hätte sie ihm geschrieben: »Geliebter Thomas.« Oder auch: »Mein innigst geliebter Thomas …«

Sie horchte in sich hinein, aber in ihrem Herzen fanden diese Worte keinen Widerhall. In ihrem Herzen war kein Jubel, keine Sehnsucht und keine aufgeregte Freude auf ein baldiges Wiedersehen. Nur ehrliches Mitleid, wie man es für jeden Menschen empfindet, der einen Arm verliert, zumal, wenn er noch so jung ist wie Thomas Staffner.

Als sie aufblickte, sah sie durch die schmale Gasse eines Kahlschlags einen kleinen Ausschnitt des Dorfes Blockstein. Ein paar Häuser nur, und hoch über ihnen die Kirche mit dem Friedhof.

Die Sonne flutete warm über den Hang und beschien das Feldkreuz, das hinter dem Brunnentrog stand. Der Gekreuzigte spiegelte sich im Wasser des Troges, aber weil aus einem Eisenrohr immer neues Wasser in den ausgehöhlten Baumstamm rann, stand es nie ganz still, so dass die Gewalt des Heilands immer ein wenig verzerrt und in Bewegung war.

Den Kopf gegen die Wand lehnend, schloss Anna die Augen. Sie dachte daran, dass Thomas ja nun bald kommen werde. Sie sah es genau vor sich, wie er den Hang heraufkommen und dann neben ihr sitzen würde, still und schweigsam, wie er immer neben ihr gesessen hatte.

Sie schaute auf, als die Flugzeuge heranbrummten,

und hörte die heftige Detonation des abstürzenden Flugzeugs.

Plötzlich kam Leben in sie. Vor Schreck sprang sie auf und ihre Augen weiteten sich dem weißen Punkt entgegen, der immer größer wurde und über die Fichtenwipfel niederschwebte. Ein Fallschirm! Und der kleine, schmale Strich am unteren Ende des Fallschirms mochte wohl ein Mensch sein, der hilflos in den Schnüren hing und weder dem Wind Widerstand gebieten, noch die Richtung bestimmen konnte.

Gott steh ihm bei. Wenn es ihn gegen die Felswände trieb, war er rettungslos verloren.

Sollte er etwa nicht verloren sein? Hatte nicht auch Thomas seinen Arm verloren? Und bekam die Mutter nicht mit jedem Tag weißeres Haar, seit von Matthias keine Nachricht mehr kam? Nein, nein, nur kein falsches Mitleid. Mochte es ihn nur gegen den Felsen treiben. Es wäre nur ausgleichende Gerechtigkeit.

Auf einmal wurde der Fallschirm wie von einem Sog erfasst auf das Almfeld zugetrieben. Er glitt eigentlich jetzt ziemlich schnell nieder. Die Leitkuh rannte mit bimmelnder Glocke erschrocken davon. Gleich darauf berührte der Mensch den Boden, überschlug sich ein paarmal und blieb erst liegen, als der große, bauschige Fallschirm sich im Almzaun verfing und langsam in sich zusammenfiel.

Mit raschen Sprüngen hetzte Anna den Hang hinauf. Ihr Schritt verlangsamte sich erst, als sie sich dem Abgesprungenen näherte. Der rührte sich nicht. Regungslos lag er da, seine Augen waren geschlossen. Vielleicht war er tot.

Zögernd näherte sie sich, kniete neben ihm nieder und legte ihre Hand auf seine linke Brustseite. Plötzlich merkte sie, dass ihre Finger etwas Warmes, Klebriges berührten. Es war Blut, das auf der linken Brustseite in einem dünnen Rinnsal durch einen Schlitz der Fliegerkombination sickerte.

Erschrocken zog sie ihre Hand zurück und horchte um sich. Nichts rührte sich. Nur der Wind sang leise über den Fichtenwipfeln und einmal gurrte ein Vogel in der Tiefe des Waldes.

Was muss ich denn jetzt nur tun?, überlegte Anna. Es war wohl am besten, wenn sie ins Tal hinunterlief und Hilfe holte, denn tot war der Mann nicht, das sah sie jetzt. Sein Atem bewegte die dünnen Gräser vor seinem Mund.

Wenn sie sich beeilte, konnte sie in einer halben Stunde im Dorf sein. Nach einer weiteren Stunde konnte die Hilfe da sein.

Anna sah noch einmal in sein blasses Gesicht. Dann hetzte sie los. In ihr war nur noch der eine brennende Wunsch, ihm zu helfen. Ausgelöscht waren alle Nebengedanken, jede Feindseligkeit war verschwunden. Nur mehr der hilflose, leidende Mensch existierte in ihren Gedanken.

Plötzlich hielt sie mitten im Lauf inne. Wie sah die Hilfe denn aus? Was würde mit ihm geschehen? Sie hatte gehört, dass man anderenorts abgesprungene Feindflieger gelyncht oder gar erschlagen hätte.

Der Vogel rief wieder in der Tiefe des Waldes und über die Berge zogen dunkle Stockwolken herauf. Friedlich grasten die Rinder über den Almboden hin und der Rauch aus der Esse, der zuerst kerzengerade in die Höhe gestiegen war, schlich nun geduckt in östliche Richtung.

Anna kehrte um. Der fremde Soldat lag immer noch regungslos da. Aber als sie sich niederbeugte, um sein Gesicht näher zu betrachten, schlug er die Augen auf und sah sie an. Es war nicht gewiss, ob er erkannte, dass es ein Mädchen war. Aber plötzlich schien er hellwach zu sein und griff nach seiner Pistole.

Anna blieb unbeweglich stehen. Nur ihre Brauen zogen sich finster zusammen. »Lass das«, sagte sie mit einem Anflug von Zorn.

Müde fiel seine Hand mit der Pistole herunter. Dabei knirschte er mit den Zähnen. Wahrscheinlich hatte er Schmerzen. Er legte den Kopf gerade und nun stand nur das blaue Himmelsgewölbe über ihm, ein ungeheurer Dom in makelloser Reinheit, aber am westlichen Rand waren schon die aufsteigenden Wolken eines Wetterumschwungs zu sehen.

Auf einmal schien ihm alles wieder einzufallen. Seine Brauen bewegten sich schmerzlich zuckend und in seinem Blick war etwas wie flatternde Angst.

»Hast du Schmerzen?«, fragte Anna und dachte gleichzeitig: Ach, er versteht ja meine Sprache gar nicht.

Der Amerikaner aber verstand sie sehr gut. Er sah sie nun an, ganz ohne Angst und sehr gefasst. Seine Augen waren hellblau und Anna musste sofort an die Augen ihres Vaters denken. Unter der verrutschten, ledernen Fliegerkappe stahl sich ein Büschel blonder Haare hervor.

»Du wirst mich kaum verstehen«, meinte Anna und überlegte, wie sie sich sonst verständlich machen sollte.

Da huschte ein Lächeln um seine Lippen. »Doch, ich versteh dich sehr gut. Die Schmerzen sind auszuhalten. Aber – was willst du jetzt mit mir tun?«

Anna wusste genau, dass sie ihm helfen würde. Aber in ihr war der leise Groll, der allgemein gegen diese Feindflieger vorhanden war, weil ihre Bomben auch Frauen und Kinder trafen.

Sie setzte sich neben ihn nieder und schlang die Arme um die aufgezogenen Knie. »Vielleicht werde ich zusehen, wie du stirbst«, sagte sie.

Der Flieger hob die Pistole wieder und reichte sie ihr.

»Geladen und gesichert«, sagte er, als gäbe er einem Rekruten auf dem Schießstand die ersten Instruktionen. »Du musst nur den kleinen Hebel an der Seite zurückschieben, dann kannst du mich erschießen. Mach möglichst schnell, dann brauchst du nicht lange zu warten, bis ich sterbe.« Er deutete auf seine Schläfe hin. »Genau hierher musst du halten. Um keinen Zentimeter tiefer, sonst schießt du mich nur blind.«

Das Metall lag kühl in Annas heißer Hand. Sie wunderte sich über sein klares Deutsch. Dann betrachtete sie die Pistole wieder. Sie hatte noch nie so ein Ding in der Hand gehabt und begriff kaum, dass man damit einen Menschen töten könne.

Langsam stand sie auf, holte weit aus und warf die Pistole in das Gebüsch. Dann sah sie wieder auf ihn nieder.

»Dummkopf«, sagte sie. »Warum soll ich dich umbringen?«

»Ich bin wehrlos in deiner Hand. Es wäre immer noch tröstlicher für mich, von deiner Hand schnell zu sterben, als wenn du mich auslieferst. Ich weiß ja, was mir blüht.«

»Es wird mir aber nicht anderes übrig bleiben. Was soll denn ich mit dir sonst anfangen?«

»Ja, was sollst du mit mir anfangen«, sprach er nach, fast ohne dabei die Lippen zu bewegen. »Es wäre ja auch absurd, zu glauben, dass es in diesem Land Humanität gäbe. Warum solltest du mich schonen?«

»Weil ich gerade bedenke, dass du so jung sein magst wie mein Bruder Matthias.«

Da begegneten sich ihre Augen zum ersten Mal. Ruhig und still gingen ihre Blicke ineinander und der fremde Flieger erkannte, dass kein Hass in ihren Augen war. Das wunderte ihn ein wenig, denn es war auch ihm eingepredigt worden, dass man in diesem Land nur abgrundtiefem Hass begegnen könnte und dass Güte ausgestorben sei. Das Mädchen aber sah ihn an mit offener Neugierde. Kinder zweier Völker, die nur Schlechtes voneinander denken konnten, weil man es sie so gelehrt hatte.

Nun suchte er mit der rechten Hand in der tiefen Seitentasche seines Anzuges nach einer Zigarette und schob sie zwischen die Lippen. Aber er konnte sie nicht anzünden, weil er den linken Arm plötzlich nicht mehr heben konnte.

»Gib mir Feuer«, bat er.

Anna nahm ihm die Streichholzschachtel aus der Hand und riss ein Zündholz an.

Gierig zog er die ersten Züge ein und brauchte nicht zu husten, was ihm die Gewissheit gab, dass wenigstens die Lunge nicht verletzt war. Dann sah er den blauen Wölkchen nach, die langsam aufstiegen und davonwanderten. Die grauen Wolken überzogen nun schon weit über die Hälfte des blauen Himmels. Wenn es am Morgen schon so überzogen gewesen wäre, wären die Flieger nicht gekommen, überlegte Anna. Dann säße sie jetzt nicht hier neben dem fremden Soldaten, mit dem sie nichts anzufangen wusste. Hätte er nicht weiter entfernt niedergehen können? Im Dorf unten vielleicht oder auf einer anderen Alm?

Es hatte keinen Sinn, sich den Kopf darüber zu zerbrechen. Das Schicksal musste es so gewollt haben.

Sie sah wieder auf ihn nieder. Seine Stirn war umwölkt und wahrscheinlich dachte er jetzt über sein weiteres Schicksal nach.

»Was geschieht nun mit mir?«, fragt er.

Sie zuckte mit den Schultern. »Ich – weiß es nicht.«

»Am besten wäre es, wenn du den nächsten Fliegerhorst anrufen könntest, bevor andere kommen und das vollbringen, was du nicht tun kannst. Ein deutscher Fliegerhorst wäre immer noch das Sicherste für mich.«

»Hier gibt es kein Telefon.«

»Wenn wir wenigstens noch über die Berge gekommen wären«, sprach er weiter. Seine Stimme war ganz leise und ohne Kraft. Auf einmal ließ er die Zigarette fallen. Sein schmales Gesicht wurde noch gelber. Er musste doch sehr viel Blut verloren haben.

Anna aber saß schon ein paar Minuten in lauernder Gespanntheit da. Ihr scharfes Ohr hatte aus der Tiefe verworrene Stimmen vernommen. In ihrem Innern stritten für eine Weile noch mal die Gefühle ... Sollte sie ihn denen, die ihn wohl schon suchten, überlassen, oder sollte sie ihn verbergen? Anna Rauscher wurde in diesem Augenblick von etwas erfasst und der Verstand setzte vor dem Sturm innerer Gefühle beinahe aus. Alles verwirrte sich und sie konnte keinen Ausweg erkennen.

In dieser Minute wendete das Schicksal ein Blatt im Lebensbuch der Anna Rauscher.

Sie griff dem fremden Soldaten unter die Achsel und half ihm, dass er auf die Füße kam. Kalte Entschlossenheit war über sie gekommen und es war genauso, als ob jemand ihr den Auftrag gegeben hätte, so und nicht anders zu handeln. »Komm, wir müssen fort von hier.«

Einen Augenblick taumelte der Mann. Dann schien er zu begreifen und deutete ihr an, sie möge die Karabinerhaken lösen, weil man ja den Fallschirm nicht hinter sich erziehen könne.

Mit fiebernden Händen arbeitete sie jetzt, knüllte die Seide mit den Schnüren zusammen und fasste mit der anderen Hand den Mann unter. Zuerst gab er sich Mühe, mit ihr Schritt zu halten und glaubte sogar, auf ihren stützenden Arm verzichten zu können. Aber dann stürzte die Schwäche über ihn, er konnte nur noch unbeholfen stolpern, so dass Anna noch fester zugreifen musste. So brachte sie ihn mühsam bis zur Hütte hinunter. Dort brach er ihr unter den Händen einfach zusammen. Wie ein Sack sank er in die Knie und Anna musste ihn auf die Arme nehmen und wie ein Kind über die Schwelle tragen.

Ohne noch lange zu überlegen, trug sie ihn die drei Holzstufen hinauf und brachte ihn in die kleine Kammer, die eigentlich ihr selbst zum Schlafen diente. Dort legte sie ihn auf das Bett und stieß den Fallschirm mit dem Fuß unter die Bettstelle.

Ein Blick aus dem kleinen Fenster sagte ihr, dass es höchste Zeit gewesen war, denn am Waldrand wurde etwa ein Dutzend Männer sichtbar, allen voran der Polizeiwachtmeister Federl mit dem Karabiner unter dem Arm. Die anderen trugen Jagdgewehre oder dicke Prügel und Armbinden mit der Aufschrift »Volkssturm«.

Annas Herz klopfte wie rasend. Einen kurzen Blick warf sie noch auf den fremden Flieger. Seine Augen sahen sie starr an.

»Hab nur keine Angst«, flüsterte sie. »Es wird alles gutgehen. Du musst dich nur ganz still verhalten.«

Sie schloss die Tür hinter sich ab und steckte den Schlüssel ein. Ein paar Sekunden stand sie dann wie gelähmt im großen Hüttenraum. Dann trat sie vor den Spiegel, um ihr Haar zu ordnen, das sich bei der Anstrengung gelöst hatte. Zu ihrem Schrecken gewahrte sie, dass ihr Hals und der Spenzer voller Blut waren. In fliegender Eile riss sie das Kleidungsstück herunter, wusch sich und schlüpfte in ein anderes Hemd. Dann hörte sie schon Stimmen auf die Hütte zukommen. Kurz presste sie die Hände noch an die hämmernden Schläfen, dann gab sie sich einen Ruck und öffnete die Tür.

Es gelang ihr, ihren Augen ein Staunen aufzuzwingen und ihrem Mund ein kleines Lächeln. Vor ihr stand der Wachtmeister Federl und hinter ihm die Bauern. Kriegerisch und voller Tatendrang sah nur der Federl aus. Die anderen Gesichter waren recht missmutig und von keinem kämpferischen Geist erfüllt. Vielleicht kamen sie sich vor wie die Treiber einer Großjagd, die hinter einem Hirsch her waren, der ihnen entkommen war. Der Lachner lehnte erschöpft am Zaun, weil er an Asthma litt, und der Kondula schnaufte mit seinem Kopf wie der Elfuhrzug. Der Knecht vom Söllerbauer hockte sich auf einen Felsbrocken und sagte in aller Seelenruhe:

»Jetzt mag ich nicht mehr.«

Der Federl legte den Sicherungsflügel an seinem Karabiner um und hängte ihn über die Schulter. Mit einer Amtsmiene, die so scharf war wie das Messer einer Häckselmaschine, fragte er: »Es sind drei Fallschirme niedergegangen. Einer musste meiner Schätzung nach hier irgendwo niedergegangen sein. Es ist unsere Pflicht, ihn zu finden. Hast du etwas beobachtet?«

»Der Schirm allein nützt gar nichts«, sagte der Bachl.

»Natürlich nicht«, antwortete der Federl. »Aber das, was dranhängt. Also, Anna, hast du etwas wahrgenommen? Weit kann er nicht gekommen sein und nach meiner unmaßgeblichen Meinung –«

Weil er so lange geredet hatte, hatte Anna genügend Zeit gehabt, sich zu sammeln, und sie unterbrach ihn nun:

»Ich hab keine Menschenseel' gesehn.«

Kaum hatte sie das gesagt, war ihr bewusst, dass sie sich jeden Rückweg verbaut hatte.

Es war nur gut, dass der Federl nicht mehr der forsche Polizist der ersten Kriegsjahre war, denn sonst hätte er jetzt unweigerlich befohlen, die Hütte zu durchsuchen. Vielleicht fühlte er auch, dass die Bauern ihm nur mit Widerwillen folgten. Immerhin raffte er sich noch zu dem lahmen Befehl auf:

»Weit kann er nach meiner unmaßgeblichen Meinung nicht gekommen sein. Wir wollen jetzt noch den Wald da oben durchstreifen. Vielleicht hat er sich dort irgendwo verhängt.«

Da sagte der Knecht vom Söllerbauer ganz ruhig:

»Du kannst mir jetzt nach deiner unmaßgeblichen Meinung den Buckel runterrutschen. Ich bin mit meinen sechzig Jahren nimmer so gut auf die Füß wie du. Und überhaupt, ich werd ja dafür nicht bezahlt. Lasst ihn doch laufen, den armen Teufel.«

Das konnte der Federl nicht mehr so ohne weiteres schlucken. Noch war Krieg und diese Männer standen unter dem Gesetz dieses Krieges, genauso wie er. Mit schnarrender Stimme schrie er den Alten an: »Das will ich überhört haben, Ferdinand.«

Der Ferdl kicherte. »Hab ich vielleicht nicht laut genug geredet? Dann muss ich es halt noch mal sagen: Ich mag nicht mehr.«

»Ferdinand Bichler, ich erinnere dich daran, dass du einen Eid geschworen hast und dass es deine verdammte Pflicht ist mitzuhelfen, den abgesprungenen Terrorflieger zu fangen. Sonst müsste ich dich melden.«

»Meld mich halt. Dann sollen sie mich einsperren. Es tut mir grad gut, wenn ich einmal ein paar Wochen ausruhen kann. Ich hab sowieso in meinem ganzen Leben noch keinen Tag Urlaub gehabt.«

»Eigentlich hat er Recht, der Ferdl«, pflichteten jetzt andere dem Söllerknecht bei. »Daheim lassen wir die Arbeit liegen und rennen statt dessen hier oben umeinander. Wer weiß, wo der niedergegangen ist! Die Richtung täuscht oft.«

Es ging dann tatsächlich so aus, dass der Polizeiwachtmeister Federl mit nur mehr zwei Mann den Almhang hinaufzog, während die anderen sich talwärts wandten.

Ein befreiender Zug hob Annas Brust. Sie hatte immer Angst gehabt, dass es einem der Männer vielleicht einfiel, in das kleine Fenster hineinzusehen, oder dass vielleicht der Verwundete plötzlich herausschauen könnte. Gott sei Dank, diese Gefahr war nun vorüber. Eine zweite würde jetzt wohl nicht mehr kommen. Und doch war ihr klar, dass eine große Bürde auf ihre Schultern gelegt war.

Immer kleiner wurden die Gestalten, bevor sie ganz hinter der Kuppe verschwunden waren. Inzwischen war auch das Abendrot aufgestanden, ein rotes, feuriges Leuchten zwischen den grauen Wolkenschüben. Mit feierlicher Ruhe stand es über dem sinkenden Tag, der in Annas Leben so bedeutungsvoll geworden war.

Etwa zwischen Fleck und der Ortschaft Blockstein stand in einer Waldlichtung eine halb verfallene Hütte. In ihr wohnte die Kräutersammlerin Notburga Krenkl. Sie war schon eine alte Frau, hoch über die siebzig, von einer wunderlichen Einfalt und etwas verwildert. Die Kinder machten gerne einen weiten Bogen um die Hütte der Kräuter-Burgl, wie man sie überall nannte, denn man sagte, dass es dort nicht recht geheuer sei und dass die Burgl einen mit einem Hexenbann belegen könnte.

Nichts als törichter Aberglaube. Die Burgl war ein wenig wunderlich, das sei zugegeben. Sie verstand die Zeichen der Zeit nicht mehr und hatte sich eingesponnen in ihre kleine, verträumte Welt, die längst versunken war. Sie war alles andere als eine Hexe, hatte ein stilles, freundliches Gesicht und ein Herz, das für alle schlug, die ihrer Hilfe bedurften. Ja, sie wusste mit ganz einfachen Mitteln zu heilen, und es suchte sie so mancher auf, wenn es dunkel wurde, weil er bei Tageslicht den Mut nicht dazu fand und es niemand wissen sollte, dass man ihrer Heilkunst mehr vertraute als der des Tierarztes oder des Doktors. Die Burgl gewann ihre einfachen Mittel aus der Erde, aus Wurzeln, Kräutern und Blumen.

Die Lichtung lag so still, wie sie vor tausend Jahren gelegen haben mochte. Sie war nur einmal vor etwa achtzig oder neunzig Jahren belebter gewesen, als man hier Torf abbaute. Italiener hatten die Hütte zu diesem Zweck erbaut und nicht mehr abgerissen, als sie gingen. Moos wuchs in grünen Flecken auf dem Dach und die Fensterläden hingen schief an der wurmdurchfressenen Holzwand. Aber die Burgl brauchte auch in dieser Zeit die Fensterläden nie zum Verdunkeln, denn sie ging mit den Vögeln schlafen und stand mit ihnen auf.

Auch heute lag sie bereits auf ihrem harten Lager aus Seegras. Sie schlief noch nicht, hatte die Hände über der Brust gefaltet und dachte daran, mit welch hingebendem Eifer heute gegen Abend der Polizeiwachtmeister Federl in ihrer Hütte einen abgesprungenen Feindflieger gesucht hatte.

Im Raum roch es scharf nach Kräutern und Salben. An der Decke hingen, an langen Schnüren aufgereiht, dürre Blätter und Wurzeln, die im Zwielicht des Mondes, das durch das kleine Fenster fiel, ein wunderliches Gewirr von Schattenbildern an die Wände warfen.

Plötzlich waren Schritte zu vernehmen. Die Alte hob horchend den Kopf und fragte sofort beim ersten Anklopfen ans Fenster: »Wer ist draußen?«

Wahrscheinlich rief man sie wieder in irgendeinen Stall. Vielleicht konnte eine Kuh nicht kalben oder es hatte ein Ross die Kolik.

»Ich bin es, Burgl, die Rauscher Anna.«

Sofort stand die Alte auf, schlüpfte in einen Kittel und in eine Art Männerjacke. Dann öffnete sie die Tür.

»Komm rein, Anna. Was gibt es denn?«

Anna fiel wie erschöpft auf die Kiste, die neben dem Herd stand. »Du musst mir helfen, Burgl. Ich bitte dich, du darfst mich nicht im Stich lassen.«

»Was fehlt dir denn, Kindl?«

»Mir nichts, aber in meiner Hütte liegt einer.«

Die Alte zündete eine Kerze an, die in einer alten Weinflasche steckte, und strich sich die grauen Haarsträhnen aus der Stirn. Ohne dass Anna sagte, wer in ihrer Hütte liege, wusste die Burgl bereits Bescheid. Dennoch fragte sie:

»Und wer liegt in deiner Hütte?«

»Ein Flieger – ein amerikanischer. Mit dem Fallschirm ist er heute abgesprungen und ist verwundet. Burgl – ich weiß mir keinen Rat mehr.«

»Wer käm schon zu mir, wenn er sich selber einen Rat wüsste. Bei dir ist er also.« Sie kicherte lustig vor sich hin. »Denkt hab ich mir's aber gleich, als ich dich gesehen hab. Und bei mir hat der Federl ihn gesucht.«

»Bei mir waren sie auch. Komm, Burgl, hilf mir. Ich will nicht, dass er in meiner Hütte stirbt.«

»Ich komm schon«, antwortete die Alte und begann eilig ein paar Sachen in eine Strohtasche zu packen.

Der wachsende Mond hatte alle Wolken vertrieben und die Sternbilder hingen hoch über den Bergen, ein Bild von betäubender Schönheit, die der Erde einen seligen Frieden vorgaukelte, den es nicht gab. Es gab nur Hass auf dieser Erde und niemand wusste eigentlich, warum er hassen musste.

Anna ging mit zügigen Schritten den schmalen Serpentinenweg entlang. Die Burgl hatte Mühe ihr nachzukommen. Gesprochen wurde auf dem ganzen Weg kein Wort.

Erst als sie auf der Kuppe angelangt waren, stöhnte die Burgl, nach Luft schnappend:

»Renn doch nicht so! Ich möcht doch auch noch mitkommen. Oder brauchst mich vielleicht gar nicht?«

»Doch, doch, Burgl. Mir kann sonst niemand helfen.«

»Dann musst dir ein bissl Zeit lassen. Ich kann nicht mehr so schnell.«

»Ich hab bloß Angst, wir kommen zu spät. Als ich wegging, hat er sich überhaupt nicht mehr gerührt.«

»Aber tot war er noch nicht? So schnell stirbt nämlich ein Mensch nicht, schon gar kein junger Mensch.«

»Das wär ja furchtbar, wenn er sterben müsste.«

»Wieso, er ist schließlich doch unser Feind.«

»Trotzdem! Stell dir bloß die Scherereien vor.«

In der Tiefe sah man jetzt den Schatten der Almhütte liegen. Der Abstieg ging etwas langsamer vonstatten, obwohl Anna am liebsten den Hang hinuntergerannt wäre. Der Alten wegen aber musste sie sich an den Weg halten.

»Sag, Anna, ging es dir sehr nah, wenn er sterben tät?«

Anna ärgerte sich über das Gerede der Alten und wehrte ab: »Sei doch still jetzt.«

Sie kamen auf die Hütte zu und Anna sperrte auf.

»Schau zuerst, ob die Fensterläden dicht sind«, sagte die Burgl. »Die Nacht hat oft unerwünschte Augen.«

»Sie sind dicht«, bestätigte Anna, die vor dem Weggehen schon nachgeschaut hatte.

Sie legte den hölzernen Querbalken vor, fasste die Alte an der Hand und führte sie durch den dunklen

Hüttenraum in die kleine Kammer, in der die Kerze mittlerweile schon weit niedergebrannt war.

Der Verwundete lag, wie es schien, immer noch in tiefer Ohnmacht. Seine Nase stach spitz und gelb aus dem schmalen Bubengesicht. Nur manchmal kam ein gequältes Stöhnen aus seinem zusammengepressten Mund.

Auf dem Boden lag die Fliegerkombination. Der Uniformrock mit den Silberwinkeln hing über dem Stuhl. Das Hemd war auf der linken Seite blutgetränkt.

Die Burgl betrachtete ihn eine Weile schweigend. »Mein Gott, so ein Büberl noch«, klagte sie voller Mitleid. Dann begann sie, ihm das Hemd über den Kopf zu ziehen. Anna stand daneben und leuchtete mit der Kerze. Beim Anblick der Wunde musste sie wegsehen.

Es dauerte keine zwei Minuten, da wusste die Burgl bereits Bescheid. In der linken Achselhöhle steckte ein spitzer Splitter. Die Wunde hatte sich bereits darüber geschlossen. Entzündung und verkrustetes Blut ließen das Ganze unwirklich groß und gefährlich erscheinen.

»Lass mich zuerst die Händ' waschen«, sagte die Alte, und Anna brachte in fliegender Eile eine Schüssel mit Wasser und Seife. Dann griff die Burgl mit spitzen Fingern nach der Kante des Splitters. Die grauen Haarsträhnen hingen ihr schon wieder ins Gesicht. Ihre Augen glühten. Sie sah jetzt wirklich unheimlich aus und Anna erschrak ein wenig, als ihr Blick sie traf.

Noch mal richtete die Alte sich auf und schärfte dem Mädchen ein: »Wenn er schreit, dann musst du ihm sofort das Kissen auf den Mund pressen. Die Nacht hat oft auch unerwünschte Ohren.«

Und er schrie. Er brüllte wie ein Tier, aber da war schon das Kissen auf seinem Mund.

Triumphierend hielt die Burgl den scharfen, kantigen Splitter in der Hand und legte ihn dann auf das Tischchen. Dann arbeiteten ihre Hände ganz ruhig. Gegen ein eventuelles Fieber legte sie Huflattichblätter auf, die sie zuerst mit einer Flüssigkeit benetzte. Um den entzündeten Rand der Wunde strich sie eine gelbliche Salbe, die aus Güldenkraut und Salbei gerührt war. Schließlich musste Anna in Ermangelung anderen Verbandstoffes ein paar lange Streifen vom Fallschirm herunterreißen. Eine Viertelstunde später war die Wunde so fachgerecht versorgt und verbunden, als hätte ein erfahrener Stabsarzt das Werk vollbracht.

Schweiß stand nun auf der Stirn der Alten. Sie strich ihn mit dem Handrücken fort. Dann kramte sie aus ihrer Strohtasche noch irgendwelche Tropfen.

»Nimm einen Löffelstiel und halt ihm den Mund auf«, befahl sie. »Nur kein falsches Mitleid. Es muss sein. Auf die Tropfen wird er zunächst einmal zwölf Stunden durchschlafen. Wenn er dann nicht über den Berg ist, will ich nicht mehr Burgl heißen.«

Es war schon ein schweres Stück Arbeit, dem Ohnmächtigen den Löffelstiel zwischen die Zähne zu schieben und dann den Mund aufzusperren. So mochte einst Doktor Eisenbart mit seinen Patienten umgegangen sein. Aber die Burgl zeigte kein Mitleid. Was sein musste, das musste sein. Als es ihr glücklich gelungen war, ihm die Tropfen einzuträufeln, kicherte sie ganz glücklich vor sich hin.

»Tut er dir Leid?«

»Ich denke, er wird nicht viel gespürt haben«, meinte Anna.

»Gar nichts hat er gespürt. Hoffen wir jetzt, dass alles gut wird.«

Tiefe, regelmäßige Atemzüge zeigten an, dass der Flieger in tiefen Schlaf gefallen war. Die Burgl schlüpfte wieder in ihre Jacke und nahm ihre Strohtasche auf.

»Lösch das Licht«, sagte sie. »Bis er wach wird, ist es heller Tag. Lass aber ruhig die Fensterläden noch zu. Man weiß ja nie, ob nicht jemand hineinschaut.«

Anna begleitete die Alte hinaus. Der Mond war inzwischen weitergewandert. Das Wasser im Brunnentrog lärmte, und wie ein ungeheurer Schatten stand das Kruzifix in diesem vagen Licht zwischen Nacht und Mondschein.

»Ist dir jetzt leichter ums Herz?«, fragte die Burgl.

»Ja, aber trotzdem wäre es mir lieber, ich wüsste von der ganzen Geschichte nichts.«

»Wichtig ist nur, dass nichts aufkommt. Wenn es bekannt wird, dass du ihn versteckst, sperren sie dich ein.«

»Was hätte ich denn tun sollen? Hättest du es anders gemacht, Burgl?«

Sofort schüttelte die Alte lebhaft den Kopf. »Ich hätte es genauso gemacht. Aber zwischen mir und dir ist doch ein großer Unterschied. Ich bin ein altes Weib, mit mir können sie nicht mehr viel anfangen.«

Tief atmend sog Anna die kühle Nachtluft ein. »Es ist halt Schicksal, da kann man nichts machen. So etwas kommt plötzlich auf einen zu und man kann sich nicht dagegen wehren.«

»Schicksal?«, kicherte die Burgl. »Dass auch du das abgedroschene Wort brauchst. Nichts kommt unangemeldet auf einen zu. Auch das Schicksal nicht. Es schickt seinen Wind voraus und man muss die Segel richtig stellen, um es aufzufangen.«

»Jetzt redest halt schon wieder so spaßig daher, dass es kein Mensch versteht. Was hätt denn ich schon tun können in dem Fall?«

»Das ist gar nicht so leicht zu sagen. Du fragst auch ein bissl viel, jungs Weiberl. Du hast zwischen der Lüge und der Wahrheit gestanden. Jetzt musst es mit deinem Gewissen vereinbaren, was besser war.«

Anna brauchte keine Minuten zu überlegen. Entschlossen reckte sie sich.

»So, wie ich es gemacht habe, halte ich es für richtig, Burgl. Aber wenn er wieder halbwegs gesund ist, werde ich ihn weiterschicken. Solange er jedoch hilflos daliegt, werde ich ihn versteckt halten.« Die Stirn vorschiebend, sah sie der Alten fest in die Augen. »Er wird doch wieder gesund, Burgl?«

Die Burgl fand zu dieser bangen Frage nur ein verstehendes Lächeln. Sie hatte schon längst bemerkt, worin Annas Angst in der Hauptsache bestand. Nicht das Entdecktwerden fürchtete sie, sondern dass dieser fremde, junge Mensch sterben könnte.

»Der wird wieder gesund, Anna, verlass dich drauf. Wenn es morgen dunkel wird, komm ich wieder.«

Impulsiv griff Anna nach der Hand der Alten.

»Ich werde mich schon dankbar zeigen, Burgl, wenn alles gut vorbeigeht. Ach, da steht man in der Früh auf und denkt sich gar nichts. Am Nachmittag fällt ein Mensch vom Himmel und mit ihm kommen Unruhe und Angst. Auf einmal hat man eine Last auf seinen Schultern und weiß nicht, wie man sie abwerfen soll.«

»Manchmal ist es so«, erwiderte die Alte in ihrer hinterlistigen Art, »dass eine schwere Last plötzlich ganz leicht wird. Leicht und süß. Aber denk jetzt nicht so viel, Anna. Zu viel denken ist Gift; es wird schon alles recht werden. Leg dich schlafen. Morgen, beim Tag, schaut sich alles viel leichter an. Gute Nacht, Anna.«

Langsam begann die Alte, den Berg hinaufzugehen. Man hörte ihren keuchenden Atem noch eine Weile. Anna sah ihr nach, bis die Gestalt nicht mehr sichtbar war. Dann ging sie in die Hütte. Weil ja nun ihre Schlafkammer belegt war, blieb ihr nichts anderes übrig, als die schmale Treppe zum Heuboden hinaufzusteigen und sich dort schlafen zu legen.

Kaum war es Tag, da kam sie wieder herunter und öffnete vorsichtig die Tür zur kleinen Kammer. Der fremde Flieger lag in tiefem Schlag. Seine Brust hob und senkte sich in gleichmäßigem Rhythmus. Die eine Hand hing schlaff über die Bettstelle herunter und berührte fast den Boden. Es war schon wieder etwas Farbe in sein Gesicht zurückgekehrt und das blonde Haar hing ihm in leichten Wellen in die Stirn.

Vorsichtig, um ihn ja nicht zu wecken, zog Anna das

Deckbett bis zu seinem Kinn hinauf und ging leise wieder hinaus. Sie begann die Arbeit im Stall, ließ danach die Milch durch den Separator laufen und richtete das Butterfass her. Am Nachmittag musste der Vater kommen, um abzuholen, was sich angesammelt hatte.

Der Tag war etwas trüb. Nur manchmal lugte für wenige Minuten die Sonne aus den Wolkenschleiern. Um die Flanken der Berge trieben Nebelfetzen.

Anna setzte sich mit dem Butterfass auf die Bank vor die Hütte hinaus. Die Kühe weideten weiter unten im Grund, und einmal wanderte ein Rudel Rehe ganz gemächlich den Hang herunter.

Auf einmal schrak sie zusammen, um dann zu lächeln. Das konnte ja gut werden, wenn sie vor jedem Schatten, der auftauchte, gleich derartig erschrak.

Wer da unten aus dem Jungwald herauskam, war niemand anders als Emma. Vor ihr brauchte sie wirklich nicht zu erschrecken.

Langsam kam Emma den Hang herauf, geradewegs auf die Alm zu. Als sie am Brunnen vorbeiging, bekreuzigte sie sich vor dem Kruzifix.

»Wo hinaus denn heut schon, Emma?«, rief Anna ihr zu.

»Nicht mehr weiter. Bloß dich hab ich heute aufsuchen wollen.«

Annas Brauen schoben sich gleich nachdenklich zusammen. Sofort war sie misstrauisch. Hatte man vielleicht Emma geschickt, um zu spionieren? Sofort verwarf sie den Gedanken wieder und fragte: »Hast heut keine Arbeit?«

»Doch, zum Angerer hätt ich gehen sollen. Aber heut hab ich mir gedacht, machst dir auch einmal einen freien Tag. Darf ich mich zu dir setzen?«

»Freilich, setz dich nur her.« Hoffentlich bleibt sie nicht zu lange, dachte Anna. Im Laufe des Vormittags musste der Verwundete doch einmal aufwachen. Sie betrachtete Emma eingehender, die sich heute ganz manierlich herausgemacht hatte. Ihr Haar war sauber gekämmt, sie trug ein dunkelbraunes Lodenkostüm, das früher einmal Anna gehört hatte.

»Dass du dich heut so gut angezogen hast?«

»Gelt, schön?«, lächelte Emma und machte gleich darauf eine abwehrende Handbewegung. »Aber es hilft nichts. Es beißt keiner an.«

»Deine ewige Sorge«, lachte Anna. »Lass dir doch Zeit, mittendrin kommt einer. Man muss bloß warten können.«

»Das sagst du leicht. Wenn ich so aussehen würde wie du, bräucht ich nicht zu warten. Und jeden mag ich auch nicht. Dem Loferer hab ich eine runtergezogen, als er frech worden ist.«

»Dem Schleicher?«

»Ja, stell dir vor – kommt der Kerl plötzlich am Abend, als es schon dunkel war, in meine Kammer und wollt von mir wissen, ob ihr eine Sau geschlachtet hättet. Und danach wollt er dann mit mir anbandeln.«

»Das sieht ihm ähnlich.« Anna hob den Deckel des Rührfasses und schaute hinein. Der Rahm begann bereits grießlig zu werden.

Die Emma plapperte weiter: »Ich bin zu dir raufkommen, Anna, weil du die einzige bist, zu der ich Vertrauen hab, und weil ich weiß, dass du es gut meinst mit mir. Ich möcht dich gern was fragen, Anna.«

»Wenn ich dir helfen kann, gern, Emma. Um was dreht es sich denn?«

»Ja weißt, das ist nämlich so. Seit gestern ist eine Kompanie Soldaten in Blockstein einquartiert.«

»So? Deutsche?«

»Freilich, was meinst denn du? Es kann sein, dass noch mehr kommen. Und da hab ich einen gesehen, der tät mir schon damisch gut gefallen. Ich hab vorm Häusl draußen gesessen und da ist er dreimal vorbeigegangen. Ein kleiner Dicker ist es. Er hat mich angelacht und ich hab ihn angelacht. Aber gesagt hat er nichts. Jetzt mein ich, ob das recht dumm ausschaut, wenn ich ihn anreden tät.«

»Ja, das schaut dumm aus, Emma. Was möchtest denn auch schon sagen zu einem fremden Menschen?«

»Ich hab mir halt gedacht, wenn ich ihn fragen tät, ob er nicht Lust hat, ein bissl reinzukommen zu mir. Wenn er nur einmal drin wär in meinem Stüberl –«

Anna hielt mit ihrer Arbeit inne und lachte.

»Das kannst nicht machen, Emma. Ich versteh dich gar nicht. Das wär zu forsch. Das könnt dir schlecht ausschlagen, Emma. Morgen vielleicht ziehen die Soldaten schon weiter und du bleibst zurück, um eine Erfahrung reicher. Schlag dir das nur aus dem Kopf.«

Emma ließ verdrossen das Kinn sinken. Sie war so voller Hoffnung heraufgekommen, von Anna einen guten Rat zu erhalten. Und nun war das auch wieder nichts. Konnte denn kein Mensch begreifen, dass sie sich endlich verlieben wollte? Musste sie denn wirklich allein durchs ganze Leben gehen, nur am Rande des Glücks hinpilgern und zusehen, wie andere alles aus dem Vollen schöpften, das Glück der Liebe, die Ehe und Kinder?

»Dann meinst also nicht?«, fragte sie zaghaft.

»So nicht. Du kannst doch keinen fremden Mann auf der Straße anreden und ihn zu dir einladen.«

»Er wär ja bloß ein Soldat.«

»Ach, Emma«, lächelte Anna. »Das ist doch ein und dasselbe. Du musst dir nicht einbilden, dass man das Glück zu sich herzwingen kann. Wenn dir einer bestimmt ist, wird er kommen, verlass dich drauf.«

»Na ja, in Gottes Namen, wart ich halt noch«, sagte Emma entmutigt und horchte auf das leichte Klatschen, das jetzt im Butterfass zu vernehmen war. »Wenn du mir schon keinen anderen Rat weißt, dann gib mir wenigstens ein Butterbrot.«

»Das kannst haben«, lachte Anna und hob den Deckel wieder. Goldgelb lag die Butter zwischen den

Schaufeln. Sie holte Brot heraus und ein Messer und Emma durfte sich gleich direkt aus dem Fass fingerdick aufstreichen. Sie war jetzt wieder ganz zufrieden. Aber sie hatte schon noch eine Idee in ihrem verworrenen Köpfchen. Vielleicht wusste die alte Burgl einen Rat. Vielleicht hatte die irgendeinen Trank, der sie begehrenswert machte.

»Dann mach ich mich wieder auf den Weg«, sagte sie.

Anna hielt sie nicht. Sie hatte vorhin aus der Kammer einen Laut vernommen und war unruhig geworden. Sie begleitete Emma noch bis zum Gatter und hatte plötzlich einen Gedanken. »Was sagt man denn unten, Emma? Kommen die Amerikaner schon bald?«

»Lang wird es nimmer dauern.«

Anna fasste Emma mit drängender Hast an der Schulter. »Pass auf, Emma. Ich muss es sofort wissen, wenn sie kommen.«

»Lauf ich halt rauf zu dir, wenn sie da sind.«

»Oder du gibst mir ein Zeichen, wenn es dunkel wird. Zum Kirchbergl seh ich von da aus hinunter. Wenn du abends um neun dreimal mit einer Taschenlampe winkst, weiß ich, dass sie da sind.«

»Gut, das mach ich. Kannst dich auf mich verlassen.«

Und so trippelte die Emma nun wieder talwärts, aber nur bis sie im Jungwald angekommen war und von Anna nicht mehr gesehen werden konnte. Dann bog sie rechts ab zur Waldlichtung und war wieder voller Hoffnung, als sie die Burgl vor ihrer Hütte sitzen sah.

Sie klagte der Alten in bitterwehen Tönen ihr Leid und bat herzerweichend um ein »Trankerl« für die Liebe. Es solle so stark sein, dass keiner ihr entrinnen könne, wenn er in ihre Nähe käme.

Die Burgl hatte Mitleid mit dem Geschöpf und gab ihr aus Mitleid ein Fläschchen, das völlig harmlos war und nur den Kreislauf anzuregen vermochte. Aber die Emma machte sich glückselig auf den Heimweg und dachte immerzu an den kleinen dicken Gefreiten, der gestern dreimal vor ihrem Häuschen auf und ab gegangen war und den Mut nicht fand sie anzusprechen.

Als sie im Dorf ankam, nahm die Kompanie gerade Aufstellung zum Abmarsch. Ein paar scharfe Kommandos fielen und die Truppe setzte sich in Marsch. Den Schlussmann bildete der kleine Gefreite mit einem Maulesel. Der Marschtritt dröhnte auf der Holzbrücke über die Riss. Die Emma lehnte am Geländer und suchte nur den einen. Dann sah sie ihn und er sah sie. Er hob die Hand an seine Jägermütze und lächelte sie an. Emma konnte nicht lächeln. Es war ihr todtraurig ums Herz. Aus verschwommenen Augen sah sie den Soldaten nach, und als sie um eine Wegbiegung verschwunden waren, drehte Emma sich um und warf das Fläschchen mit dem »Liebestrank« in die Riss.

Um drei Uhr am Nachmittag kam der Rauscher mit dem Almgespann und brachte Brot, Mehl und Fleisch in die Hütte. Anna sah den kleinen, gedrungenen Haflinger mit seiner hellen Mähne schon, als er aus dem Wald herauskam. Der Rauscher ging hinter dem Gefährt. Die Jacke hatte er ausgezogen und seine weißen Hemdsärmel pluderten sich im Wind.

Mit pochendem Herzen stand Anna beim Brunnen und sah das Gefährt langsam heraufkommen. Ob sie es dem Vater sagen sollte?

Vorhin war sie in der Kammer gewesen. Groß, aber ganz ohne Angst hatte der Flieger sie angesehen, als wüsste er, dass ihm von ihr keine Gefahr drohe. Sie hatte ihm warme Milch eingeflößt und er hatte sie dankbar angelächelt – dieses Lächeln war wie ein Sonnenleuchten in seinem schmalen Gesicht.

Jetzt war das Gefährt herangekommen und Anna half dem Vater, den Gaul auszuspannen und das Geschirr abzunehmen. Sofort begann die Haflingerstute in dem saftigen Gras hinter der Hütte zu weiden.

Der Rauscher setzte sich auf die Bank und hängte sich

seine Jacke über die Schultern. Anna brachte ihm ein Glas kalter Milch aus dem Keller und setzte sich zu ihm.

»Was gibt es Neues, Vater? Wie geht es der Mutter?«

Nachdem er getrunken hatte, wischte sich der Rauscher den Mund ab. »Wie soll es ihr gehn? Seit der Matthias nicht mehr schreibt, sorgt sie sich schrecklich.«

»Hat er immer noch nicht geschrieben?«, fragte Anna und dachte voller Sorge an ihren Bruder, der um zwei Jahre älter war als sie. Dann meinte sie, etwas Tröstliches sagen zu müssen. »Man darf doch nicht gleich das Schlimmste annehmen, Vater. Recht lang kann ja der Krieg auch nicht mehr dauern.«

»Hoffentlich«, seufzte der Bauer. »Im Übrigen, seit gestern rennen sie wie aufgescheuchte Wespen umeinander. Der Federl ist ganz durchgedreht, weil niemand mehr mitgehn will. Ist ja auch verständlich. Draußen auf dem Feld wartet die Arbeit und unsereins soll spazieren gehn und suchen helfen.«

Anna horchte auf. »Warum, was suchen sie denn?«

Statt einer Antwort griff Rauscher in seine Jackentasche und reichte ihr ein hektographiertes Flugblatt, das am frühen Morgen schon in allen Häusern von Blockstein verteilt worden war. Anna nahm das Blatt und las:

»Fahndung!

Die Bevölkerung von Blockstein und Umgebung wird aufgefordert, tatkräftig mitzuhelfen bei der Fahndung nach dem feindlichen Terrorflieger Oliver Pratt, der gestern Nachmittag gegen vierzehn Uhr mit dem Fallschirm aus einem brennenden Flugzeug abgesprungen ist. Einer der feindlichen Flieger wurde tot geborgen. Ein zweiter konnte festgenommen werden. Sein Verhör ergab, dass es sich bei dem dritten um den sechsundzwanzigjährigen Leutnant Oliver Pratt handelt, von dem bisher jede Spur fehlt. Pratt ist 1,80 Meter groß, hat ein schmales Gesicht, blaue Augen und blondes Haar.

Vorsicht bei Festnahme, trägt Pistole bei sich. Sachdienliche Mitteilungen sind an den nächsten Fliegerhorst oder an den Polizeiposten Blockstein zu richten. Wer dem Gesuchten Unterschlupf gewährt oder ihn sonst wie unterstützt, hat mit der ganzen Strenge des Gesetzes zu rechnen.«

Anna ließ das Blatt sinken und starrte vor sich hin. In ihrem Gesicht war kein Tropfen Blut mehr. Ihre Hände zerknüllten nervös das Flugblatt. Sie seufzte laut. Da erst wurde der Rauscher aufmerksam. Sie scharf in seinen Blick nehmend, stellte er das Milchglas neben sich auf die Bank. »Was ist mit dir, Anna?«

Anna starrte ihn aus verstörten Augen an. Dann lachte sie gereizt auf. »Was soll ich denn haben?«

Der Vater griff nach ihrem Handgelenk und zwang sie, ihn anzusehen. »Ich kenne dich zu gut, Anna, als dass du mir etwas verbergen könntest. Also, was ist los?«

Da machte sich Anna los und stand auf. Sie reckte sich in den Schultern. »Vater – ich muss dir etwas gestehen. Der – den sie suchen – er ist bei mir …«

Der Rauscher schob ruckartig das Kinn vor. So sehr er sonst beherrscht war in allen Lagen, diese Nachricht traf ihn empfindlich.

»Anna – das darf nicht wahr sein.«

»Die Sache ist zu ernst, Vater, um damit zu scherzen.«

Mit weiten Augen sah er sie an. »Bist denn du verrückt, Anna?«

Sie hob die Schultern und ließ sie wieder sinken. »Vielleicht bin ich verrückt, Vater. Ich kenne mich selber nicht mehr aus. Ich fand ihn gestern auf dem Almfeld oben – verwundet und hilflos. Was hätte ich denn um Gottes willen tun sollen? Sag doch du mir wenigstens, wie ich mich hätte verhalten sollen.«

»Verhalten?« Der Rauscher lachte gequält auf. »Gar nicht verhalten hättest du dich sollen. Dich nicht um ihn kümmern. Er geht uns nichts an und außerdem – er ist unser Feind.«

»Nicht dein Feind und auch nicht meiner«, antwortete Anna ruhig. »Zugegeben, ein Feind des Vaterlandes, wie sie so schön sagen: ein Terrorflieger. Immerhin auch ein Mensch wie du, wie ich, wie alle, die da unten im Tal leben. Ich habe an unseren Matthias denken müssen, Vater. Wenn es ihm auch so erginge! Er müsste verbluten, irgendwo draußen unter einem fremden Himmel, und niemand würde sich um ihn kümmern, weil er ja auch ein Feind ist.«

Der Rauscher presste die Lippen hart zusammen. Sein Atem ging schwer. »Du magst ja Recht haben. Aber, was wird aus dir und aus uns allen, wenn aufkommt, dass du ihn verborgen hältst?«

»Man kann nichts Halbes tun, Vater. Gerade du hast uns Kindern das immer gesagt. Nie etwas Halbes tun im Leben. Ich habe ihn aufgenommen und ich muss jetzt zusehen, dass sie ihn nicht finden.«

Schwer ließ der Bauer den Kopf hängen und starrte vor sich hin. Dann wandte er den Blick zum Feldkreuz hinüber. »Wenn dir jetzt der nicht hilft, seh ich schwarz, Anna.«

Anna verschwieg, dass sie gestern und heute schon immer wieder dort vor dem Kreuz gestanden und die Hände gehoben hatte, um die Hilfe des Gekreuzigten zu erflehen.

»Wo ist er jetzt?«, fragte der Rauscher plötzlich.

»In meiner Kammer.«

Langsam stand der Bauer auf, ging in die Hütte und öffnete die Tür zu der kleinen Kammer.

Der Flieger wandte mühsam den Kopf. Er war gerade dabei, wieder einzuschlafen. Als er den wuchtigen Mann, der mit seiner Gestalt den ganzen Türrahmen ausfüllte, stehen sah, ging ein unruhiges Zucken über seine Stirn.

Der Rauscher merkte, wie aller Zorn und alle Erregung in ihm zusammenfiel. Ganz ruhig fragte er: »Wer sind Sie?«

Die blauen Augen begegneten ihm ohne Angst.

»Oliver Pratt«, kam die Antwort.

»Also doch. Einen Augenblick habe ich gemeint, meine Tochter könnte sich geirrt haben.« Und die Stimme ein wenig bebend: »Sie werden gesucht. Wissen Sie das?«

»Ich weiß seit gestern Nachmittag nicht recht viel. Aber das begreife ich jetzt.«

»Und ist Ihnen auch klar, in welche Situation Sie meine Tochter und damit meine ganze Familie gebracht haben?«

Oliver Pratt drehte den Kopf gegen die Wand und sagte leise: »Es ist mir vollkommen klar. Entschuldigen Sie bitte, ich werde gehen, sobald ich kann.«

»Was heißt, sobald ich kann? Mein guter Mann, Ihre Lage ist ernster, als Sie denken. Und unsere auch ... Sie können heute noch kommen, spätestens morgen. Sie durchsuchen jedes Haus, jeden Heustadel, jede Torfhütte.«

Ein hilfloses Lächeln zuckte um Oliver Pratts Mund. Seine schmalen Hände glitten unruhig über das Deckbett.

»Ich verstehe Sie vollkommen – und es tut mir Leid, dass ich Sie in diese Situation gebracht habe. Sie und Ihre Tochter.«

»Verstehen Sie mich nicht falsch. Ich sehe in Ihnen keinen Feind. Und ich möcht Ihnen auch ganz gern helfen, aber ich weiß beim besten Willen nicht, wie.«

»Es tut gut, zu wissen, dass es auch hier noch Menschen gibt, die nicht vom Hass allein leben. Und ich will Ihnen auch keine Unannehmlichkeiten machen. Bitte – gehen Sie jetzt – und melden Sie mich denen, die mich suchen.«

»Nein, denen nicht. Es muss auch einen anderen Weg geben.«

»Versuchen Sie nur irgendwas. Vielleicht könnten Sie den nächsten Fliegerhorst erreichen. Mir ist bekannt, dass man dort wenigstens nicht erschlagen wird. Nur eine Bitte hätte ich noch. Dort – in der Uniformjacke steckt meine Brieftasche. Bitte, nehmen Sie die zu sich. Nehmen Sie sich die Dollars heraus – und sollte ich wirklich sterben müssen, dann – wenn alles vorbei ist – schicken Sie diese Brieftasche an meine Eltern. Die Adresse liegt dabei.«

Etwas widerwillig nahm Peter Rauscher die Brieftasche an sich. Er brachte es einfach nicht fertig, die Bitte abzuschlagen und er verstand auf einmal auch, dass seine Tochter nicht anders hatte handeln können. Sie wäre sonst nicht seine Tochter gewesen.

Dann warf er noch einen Blick auf den Verwundeten, der die Augen schon wieder geschlossen hatte. Langsam ging er hinaus und schloss die Tür leise hinter sich.

Anna stand im Hüttenraum an den Herd gelehnt und sah ihm mit brennenden Augen entgegen.

»Was wirst du jetzt tun, Vater?«

Mit schwerer Hand fuhr sich der Bauer über das Haar. »Herrgott, ist das schwer. Er tut mir Leid und darf mir nicht Leid tun. Ich müsste ihn melden und kann es nicht. Auf der anderen Seite – wenn es aufkommt, dass du ihn versteckt hast – Anna, die machen dir den Prozess und verurteilen dich zum Tode. Recht gut sind sie auf uns Rauschers sowieso nicht zu sprechen. Und sie werden kommen, verlass dich drauf.«

»Sie waren gestern schon da, Vater.«

»Ja, ich weiß. Der Federl und ein paar Bauern. Hättest ihnen doch die Wahrheit gesagt, dann hättest du die Last von dir.«

»Ich weiß, Vater. Und ursprünglich wollte ich es auch tun, aber ich hab es nicht können. Es wäre mir wie Verrat vorgekommen. Verrat an einem hilflosen Menschen.«

Über die Stirn des Bauern zuckte es wieder. »Verrat

werden sie auch das nennen, was du getan hast. Vaterlandsverrat. Aber er will gehen, sobald er kann.«

»Ja, er hat aber auch gesagt, dass du ihn denen melden sollst, die ihn suchen.«

»Du hast gehorcht?«

»Die Tür war nur angelehnt. Ich hab jedes Wort verstanden. Ich hab deiner Meinung nach falsch gehandelt. Wirst du jetzt richtig handeln, Vater?«

Der Rauscher schwieg eine Weile. Dann brach es in verhaltenem Groll aus ihm heraus: »Dass aber auch ausgerechnet dir das passieren muss. Hätte der Fallschirm nicht woanders niedergehen können? Aber ich weiß schon, grad das, was man nicht will, wird einem zugeschoben. Wie man damit fertig wird, danach fragt niemand. Weiß überhaupt jemand was davon?«

»Ja, die Kräuter-Burgl.«

»Die ist verlässlich. Gott sei Dank. Vielleicht geht doch noch alles gut aus. Es ist ja nichts Schlechtes, was du tust.«

»Nein, nur Menschliches. Wer weiß, ob nicht hundert andere auch so handeln würden.«

»Täusch dich nicht, Anna. Es gibt nicht mehr so viel Hilfsbereitschaft unter den Menschen. Das Gewissen ist bei manchem abgebröckelt wie der Mörtel von einem alten Bauwerk. Und die Angst treibt manchen zu etwas, was er sonst nicht tun würde. Aber wollen wir hoffen, dass alles gut vorbeigeht. Hilf mir einspannen, damit ich heimkomme. Hast du die Sachen hergerichtet, die ich mitnehmen muss?«

»Ja, es ist alles hergerichtet. Und was ich noch sagen wollte, Vater. Gib mir die Brieftasche.«

»Warum das? Meinst du, bei dir wär sie besser aufgehoben?«

»Kann sein, Vater. Gib sie mir nur. Und meinst du – dass der Federl nicht ein Auge zudrücken würde, wenn er dahinterkäm, dass ich den Flieger versteckt hab?«

Der Rauscher schnallte den Bauchgurt am Geschirr

des Haflingers enger. »Der Federl wär ja nicht der Schlimmste. Aber seit heute früh haben andere die Fahndung übernommen. Aus der Stadt sind drei oder vier Scharfmacher hergekommen und wie man hört, wollen sie die Genesungskompanie, die in Albach liegt, auch noch zuziehen. Die sollen die Wälder durchstreifen. Vermutlich werden sie heute kaum mehr so weit heraufkommen. Sie haben nämlich unten angefangen mit dem Durchsuchen und stellen jedes Haus auf den Kopf. Ich rechne damit, dass sie morgen ins Gebirg heraufkommen werden. Bis morgen kann aber vielleicht der da drinnen wieder soweit beieinander sein, dass er abhauen kann. Gib ihm nur anständig zu essen, dass er wieder zu Kraft kommt. So – und jetzt behüt dich Gott, Kind. Verlier nur die Nerven nicht, wenn sie kommen. Vielleicht wird doch noch alles recht. Weit können ja die Amerikaner nicht mehr weg sein.«

»Ich hab der Emma gesagt, sie soll mir ein Blinkzeichen geben mit der Taschenlampe, vom Kirchbergl aus, wenn die Luft rein ist.«

Erschrocken hob der Rauscher den Kopf. »Das ist gefährlich. Hast du ihr denn gesagt, dass –?«

Anna schüttelte den Kopf. »Natürlich hab ich ihr nichts gesagt.«

Als der Rauscher mit dem Fuhrwerk im Wald verschwunden war, wurde es Anna wieder recht bang. Nachdenklich sah sie den Kahlschlag hinunter und sah den Kirchturm wie eine weiße Säule aufragen, auf deren Spitze etwas flimmerte. Dann wandte sie den Blick hinauf zu den Bergen. Kleine, flaumige Schäferwölkchen schwammen friedlich über ihnen und der Südwind wehte warm durch den breiten Taleinschnitt. In seinem Atem lagen alle Düfte des erwachten Frühlings und einmal kam schrill der Pfiff eines Murmeltieres vom Kar herunter.

Anna merkte, dass sie wieder ganz ruhig wurde. Ruhig und entschlossen. Sie hatte A gesagt, nun musste sie auch B sagen. Nur durfte sie dabei die Hände nicht müßig in den Schoß legen und ruhig warten, bis sie kamen, um ihn festzunehmen. Er musste versteckt werden, und zwar so, dass sie ihn nicht fanden. Mit glühendem Eifer überlegte sie und stand für Minuten in lauernder Gespanntheit da, so, als horche sie tief in sich hinein und erkenne plötzlich, dass sie um sich selber überhaupt keine Angst hatte, sondern nur mehr um ihn, den fremden Flieger. Sie durften ihn unter keinen Umständen finden.

Dann wusste sie auf einmal auch, was sie zu tun hatte. Sie warf nur noch einen Blick in die Kammer. Oliver Pratt sah ihr gespannt entgegen.

»Kommst du schon, um mich fortzuschicken?«

Er sah sie zum ersten Mal lächeln. Tapferkeit und feste Entschlossenheit lagen in diesem Lächeln.

»Nein, ich komme, um dir zu sagen, dass du jetzt etwas essen musst. Ich werde dir sofort etwas bringen.«

Sie rückte den Stuhl an sein Bett, stellte einen vollen Krug mit Milch hin, strich ihm ein paar Butterbrote und schnitt ein Stück Rauchfleisch in kleine Stücke.

Gierig griff er nach dem Krug mit der Milch und trank ihn mit einem Zug leer. Dann ließ er sich wohlig in die Kissen zurückfallen. Aber Anna war energisch und bestand darauf, dass er auch essen müsse.

»Wenn ich wiederkomme, musst du alles aufgegessen haben«, sagte sie. »Nein, nur keine Ausrede. Es wird gegessen. Du musst doch wieder zu Kräften kommen. Oder willst du ewig so daliegen?«

»Nein, ich weiß ja, dass du mich los sein willst.«

»Davon ist jetzt nicht die Rede. Du isst jetzt, und dann wirst du wieder schlafen. Du verstehst mich doch?«

Er nickte und griff nach einem der Brote.

Anna sah noch nach, ob der Fensterladen dicht geschlossen sei. Dann ging sie hinaus und sperrte die Tür hinter sich ab.

Wenig später war sie oben auf dem Heuboden. Dort

war noch ein Heustock vom vorigen Jahr, eine Reserve gewissermaßen, wenn plötzlich ein Wetterumsturz käme und man das Vieh nicht auf die Weide lassen könne.

Nicht von oben, sondern von der hinteren Seite her begann sie dann mit den Händen das Heu herauszureißen in kleinen Büscheln. Es entstand ein Loch, das immer größer und tiefer wurde. Es war eine mühsame Arbeit. Das herausgerissene Heu verstreute sie ringsum auf dem Boden. Nach Stunden war das Loch zu einer tiefen Höhle erweitert, so dass der Flieger sich notfalls darinnen verstecken konnte.

Vielleicht war es kindisch, was sie tat. Sicher würden sie mit Sonden auch den Heustock durchstöbern. Aber es gab doch eine kleine Hoffnung, und vor allem die Beruhigung, dass sie ihrerseits alles tat, um diesen Menschen vor Schlimmerem zu bewahren.

Als sie dann ihr Werk betrachtete, überkam sie eine stille Heiterkeit und ihr Bewusstsein rückte weit in die Vergangenheit zurück, wie sie als Kinder gespielt und sich tief im Heu verkrochen hatten. Das hier war allerdings kein Spiel. Hier ging es schließlich um einen Menschen.

Nun ging sie wieder hinunter und schaute in die Kammer. Oliver Pratt hatte alles aufgegessen und schlief ganz tief. Sie sperrte die Tür wieder ab und ging nochmals auf den Heuboden hinauf, um zu überlegen, wie sie dem Flieger notfalls noch einen Ausweg verschaffen könne, falls man ihn entdeckte. Vielleicht müsste sie das Loch noch weiter vorgraben, bis zu der Luke, durch die er sich in den Stall hinunterlassen könnte. Es war merkwürdig, was sie alles bedachte, nur um ihn zu retten.

Auf einmal hatte sie einen Schreck, der ihr schmerzhaft bis in die Kniekehlen hineinfuhr. Sie hatte unten im Hüttenraum Schritte gehört. Waren sie schon da?

Jetzt rief eine Stimme nach ihr.

Sie schüttelte ihren Kittel aus, dass die Heuhalme

abfielen. Dann stieg sie die Leiter hinunter. Ihr Herz klopfte bis zum Hals hinauf. War alles umsonst gewesen, dachte sie. Sprosse für Sprosse stieg sie abwärts, und bei jedem ruckartigen Abgleiten betete sie innig darum, dass der Mut die Angst betäuben möchte, die sie fast erstickte.

Dann stand sie unten und ihre Augen mussten sich erst an das Taglicht gewöhnen, denn oben auf dem Heuboden war es ziemlich düster geworden. Dann aber, als sich ihre Augen an das Licht gewöhnt hatten, atmete sie so laut und befreit auf, dass der Mann es hören musste, der mit krummen Beinen an den Tisch gelehnt dastand. Die Angst war wie weggeblasen. Mut erfasste sie und mit unauffälliger Gleichgültigkeit konnte sie sagen:

»Ach – du bist es.«

»Jawohl, ich bin es«, sagte Urban Loferer und lüftete seinen speckigen Hut mit der verwaschenen Spielhahnfeder. »Hast du einen andern erwartet?«

Anna fror plötzlich bei dieser Frage. War er nur ein Vorbote? Sollte er nur das Terrain erkunden und kamen die Spürhunde schon nach? Alles ringsum war plötzlich wieder voll drohender Gefährlichkeit.

»Wen soll ich denn erwartet haben?«, fragte sie, sich zur Ruhe zwingend.

»Mich wahrscheinlich nicht. Aber vorbeigehen hab ich doch nicht können. Schönheit zieht mich immer an wie das Licht die Motte.«

Ich muss ihn so schnell wie möglich loswerden, dachte Anna. Und sich zur Freundlichkeit zwingend, fragte sie: »Willst eine Milch, Loferer?«

Der Schleicher stemmte sich vom Tisch weg. Ihre Freundlichkeit überrieselte ihn wie warmer Regen.

»Und vielleicht ein Stück Hausbrot mit etwas Butter, wenn ich bitten darf. Es sei denn, du denkst wieder, dass ich mir heute noch nichts verdient hab.«

Anna wusste sofort, worauf er anspielte, ging aber nicht darauf ein. Wichtig war jetzt nur, ihn bei guter

Laune zu halten und ihn dann baldmöglichst wieder fortzuschicken. Sie stellte ihm ein Glas Milch hin, den Brotlaib und ein großes Stück Butter. Er nahm hinter dem Tisch Platz und Anna lehnte sich mit verschränkten Armen etwas abseits vom Fenster, so dass sie bequem das Almfeld übersehen konnte.

»So viel Butter gleich«, sagte er. »Ist das nicht Verschwendung in so schlechten Zeiten?«

»Iss nur und lass es dir schmecken«, sagte sie kurz.

Bedachtsam strich er sich fingerdick Butter aufs Brot, blickte sie auf einmal durchdringend an und fragte mit tückischem Schmunzeln:

»Hast du ein schlechtes Gewissen, weil du heute gar so freundlich bist?«

Anna spürte einen Stich und fühlte, wie ihr die Farbe aus dem Gesicht schoss. »Warum sollte ich ein schlechtes Gewissen haben?«

Und weil sein Gesicht wieder glatt und freundlich war, fügte sie hinzu: »Wär deines so rein wie das meine.«

Er lachte über diesen Witz und biss herzhaft in das Brot. Dann sah er sie wieder an.

»Bist du im Heu gewesen?«

»Warum?«

»Weil –« Er streckte den Arm aus und zupfte ihr ein paar Heufäden vom Spenzer. »Tatsächlich, es ist Heu.«

»Ich hab oben ein bissl zusammengeräumt«, antwortete sie und schob seine Hand fort.

»Schad, dass ich's nicht gewusst hab. Mit dir wär ich nämlich ganz gern im Heu gewesen.«

»Und sonst bist du gesund?«, fragte Anna gezwungen lachend.

»Sonst fehlt mir tatsächlich nichts. Aber zu mir bist du ja so hart wie Beton, wenn er zwei Tag angezogen hat.«

Anna griff nach einem Kamm und kämmte ihr Haar vor dem Spiegel durch. Dabei blickte sie immer wieder einmal schnell durch das Fenster auf das Almfeld hinaus. Ihre Gedanken gingen wie gehetzt. Weiß er was? Hat er einen Verdacht? Warum ist er gekommen, wo ich ihn erst vor ein paar Tagen so heruntergekanzelt hab?

Oh, wie sie ihn hasste. Sein faunisches Lächeln, sein Schmatzen, sein Schlürfen. Es wäre ihr eine Wonne gewesen, ihn hinauswerfen zu dürfen. Seit dieser Kerl im ersten Kriegsjahr in Blockstein aufgetaucht war – niemand wusste eigentlich woher er kam – hatten die Menschen sich vor ihm geduckt – obwohl er nie polternd in die Höfe gestolpert war, sondern immer auf huschenden Sohlen, gleich einem Teufel aus der Finsternis mit einer Knute in der Hand, die er nie offen zeigte, sondern hinter dem Rücken verborgen hielt. Aber wehe, wenn er zum Schlag ausholte. Dann saß es. Er kannte keine Gnade, war erbarmungslos wie die Zeit selber, und Anna wusste in diesem Augenblick, dass sie ihn hätte liegen und verbluten lassen, wäre er mit dem Fallschirm aus den Lüften gefallen.

»Setz dich halt ein bissl zu mir«, sagte Loferer plötzlich, nachdem er sich satt gegessen hatte. »Ich beiß dich nicht.«

»Wer weiß grad«, antwortete Anna kurz, setzte sich aber doch nieder, zwar nicht an seine Seite, sondern auf den äußersten Rand der Bank. Er zündete sich eine Zigarette an, blies den Rauch gegen die Decke und meinte mit schmeichlerischer Stimme:

»Wenn ich dich so anschau, möcht ich gar nicht glauben, dass du so kalt sein kannst.«

»Kalt?«, fragte sie.

»Ja, wie ein Fisch. – Hast keinen Aschenbecher? Ich möcht mir nicht deinen Unwillen zuziehen, wenn mir ein Bröserl Asche auf den Boden fällt.«

Anna griff nach dem Aschenbecher, der auf dem Fensterbrett stand. Es war ein uraltes, eisernes Monstrum aus einer Granathülse vom Ersten Weltkrieg.

»Wie manierlich du sein kannst«, spöttelte sie.

Geschmeichelt strich er sein Bärtchen und dachte daran, dass eine andere ihn kürzlich ein »Ferkel« genannt hatte. Eingenommen, wie er von sich war, kam er auf den törichten Gedanken, dass es Anna Leid täte, ihm kürzlich in einer bösen Aufwallung die heftigsten Grobheiten an den Kopf geworfen zu haben.

»Wenn du so nett bist«, sagte er plump, »dann möcht man nicht glauben, dass du Haare auf den Zähnen hast.«

»Das hat mir noch niemand gesagt.«

»Du bist vielleicht sonst zu niemand so abweisend wie zu mir.«

»Ich bin zu allen gleich.«

Skeptisch wiegte er den Kopf hin und her. »Wenn ich bloß dran denk, wie du zu mir schon warst.«

»Wie man in den Wald hineinschreit, hallt es draus zurück«, antwortete Anna. »Bei dir weiß man ja nie, wie es gemeint ist.«

»Ehrlich. Grundehrlich«, beteuerte er und legte dabei drei Finger seiner Rechten aufs Herz. »Du müsstest mich bloß besser kennen. Freilich bin ich kein Thomas Staffner, aber auf der Brennsuppe bin ich grad auch nicht dahergeschwommen.« Er rückte näher heran und wurde noch vertraulicher. »Wenn du bloß ein bissl netter wärst zu mir. Von mir könntest du alles haben. Und wer weiß, ob du mich nicht einmal notwendig brauchen könntest.«

Anna warf einen Blick in seine lauernden Augen. Eine kalte Welle ging durch sie hindurch. »Wie meinst du das?«

Er betrachtete seelenruhig den Brand seiner Zigarette in seinen Fingern, bis er die Augen wieder hob.

»Genauso, wie ich es sage. Jeder Mensch kommt einmal in eine Situation, wo es ganz gut ist, wenn man den Loferer auf seiner Seite hat, oder, was noch besser wäre, wenn man mich zum Freund hätte.«

Er weiß etwas, durchzuckte es sie. Man nannte ihn ja nicht umsonst den Schleicher. Vielleicht hatte er alles beobachtet und wusste genau, dass da in der Kammer der amerikanische Flieger Oliver Pratt lag.

Loferer fasste ihr Schweigen verkehrt auf und dachte, dass seine Worte sie nachdenklich gemacht hätten. Eifrig fuhr er deshalb fort: »Wär nicht das schlechteste in dieser Zeit, Anna, mich als Freund zu haben. Könnte manches vertuschen.«

Anna war blass geworden. Während er so redete, flogen hundert Bilder der Angst durch ihre Seele. Ein kurzes Stöhnen entrang sich ihr, aber sie verwischte es schnell wieder mit einem lauten Räuspern und sagte mit übertrieben festem Ton: »Ich hab nichts zu vertuschen!«

»Wirklich nichts?«

Das Lauernde in seiner Stimme trieb ihr kalten Schweiß auf die Stirn. Und wie immer in solchen Situationen ging der Zorn mit ihr durch, jener Zorn, hinter dem die kühle Bereitschaft stand, von allem die Konsequenzen zu tragen.

»Wenn du was weißt, dann sag es doch! So sag es endlich! Was soll ich denn verbrochen haben?«

Langsam zerdrückte er seine Zigarette im Aschenbecher. Dann fasste er nach ihrem Arm. »Du selber hast gar nicht so viel verbrochen. Aber auch die Mithilfe ist strafbar. Dein Vater hat ein Kriegswirtschaftsverbrechen begangen. Er ist in meiner Hand.«

Ein Stein fiel ihr vom Herzen. Er wusste also nichts von Oliver Pratt. Mit einem Ruck riss sie sich von ihm los.

»Mein Vater? Der Bauer vom Goldenen Grund? Was soll denn der verbrochen haben?«

»Jawohl, der Bauer vom Goldenen Grund. In normalen Zeiten ist es ja nichts Schlimmes. Jetzt aber nennt man Schwarzschlachten ein schweres Verbrechen. Drei Jahre Zuchthaus, wenn nicht mehr, stehen darauf. Du weißt doch, dass er eine Dreizentnersau schwarzgeschlachtet hat.«

Also das war es. Anna nahm einen Lappen vom

Herd und wischte damit den Tisch ab. Sie brauchte diese kurze Zeit, um sich zu fangen.

»Das müsstest du erst beweisen.«

»Kann ich, kann ich. Ihr hättet das Fenster im Waschhaus besser verdunkeln müssen«, log er. »Ich hab euch zugesehen. Also, was sagst jetzt?«

Anna tappte in die Falle, so wie vor ein paar Tagen schon Emma in die Falle gegangen war. Nun, da sie aber wusste, worum es ging, kam eine kalte Ruhe über sie.

»Was ich dazu sage? Nichts! Ich kann dich höchstens fragen, wie teuer dein Schweigen ist. Der Vater wird nicht kleinlich sein. Also, wie viel soll es sein? Hundert Mark?«

Urban Loferer lächelte, wie man über ein Kind lächelt, das etwas Verkehrtes gesagt hat.

»Schau ich aus wie einer, der Geld braucht?«

»Zweihundert?«, fragte Anna unerbittlich weiter.

»Da schau her, so viel ist dir das wert? Na ja, es wär kein schlechter Tausch, zweihundert Mark oder drei Jahre Zuchthaus. Aber was soll ich denn mit dem Geld. Ich pfeif dir drauf. Du – ja du müsstest deinen Stolz ein bissl biegen. Dich will ich haben. Bloß einmal im Arm haben. Ich bin ja ganz verrückt nach dir.«

Diesmal war sein Griff so eisern, dass sie sich nicht so leicht losreißen konnte. Ihre Augen waren ganz schmal vor ohnmächtigem Zorn.

»Du weißt, dass ich dem Thomas versprochen bin.«

»Geh, was willst denn mit dem Krüppel! Der kann dich ja nicht einmal mehr richtig umarmen. Schau – so wie ich dich umarmen kann.«

Er presste seine Hände hinter ihren Schulterblättern zusammen. Sie konnte kaum atmen, so hart war sein Griff. Aber endlich brachte sie ihren rechten Arm zwischen seine und ihre Brust. Mit aller Kraft stieß sie ihn zurück, dass er krachend auf die Bank zurückfiel.

»Schau, dass du weiterkommst! Mir graust vor dir!«

Aschfahl im Gesicht richtete er sich auf.

»Das muss ich mir merken. Du hättest es in der Hand gehabt. Jetzt kann dein Vater sich bei dir bedanken, wenn er im Loch schmort.«

Anna war auf einmal ganz ruhig, ganz gefasst. Blitzschnell hatte sie ein Gedanke angeflogen. »Tu, was du nicht lassen kannst. Sonst hättest du ja deinen Namen Schleicher umsonst. Denk aber daran, dass auch ich dann reden werde. Und ich werde sagen, dass du die Anzeige unter den Tisch hättest fallen lassen, wenn ich dir zu Willen gewesen wäre.«

Für einen Moment sah der Schleicher sie verdutzt an. Seine dünnen Augenbrauen zogen sich hart zusammen. Dann verzog er den Mund zu einem hässlichen Lächeln. »Ach, so denkst du dir die Tour! Du bist gar nicht so dumm, wie ich gemeint hab. Aber es wird dir nicht viel helfen. Ihr Rauschers seid nicht so gut angeschrieben. Von mir aber weiß man, dass ich dem System verschrieben bin mit Leib und Seele. Den Beweis hab ich schon ein paar Dutzend Male geliefert.« Er schob seinen Hut nach hinten und brachte seine Jacke in Ordnung. »Du kannst es dir noch mal überlegen. Acht Tage gebe ich dir Zeit. Vielleicht überlegst es dir noch, ob es nicht doch besser wär, dich mit mir zu einigen!«

Mit zwei Fingern an seinen Hutrand tippend, drehte er sich um und stelzte hinaus. Bevor er die Tür schloss, drehte er noch mal sein farbloses Gesicht über die Schultern. »Dank dir auch noch recht schön für die Brotzeit.«

Vom Fenster aus sah sie ihm nach, wie er über das Almfeld hinunterlief und dann im Wald verschwand. Dann riss sie das Fenster weit auf, als wäre die Luft, die dieser erbärmliche Mensch hinterlassen hatte, Gift für sie.

Und wieder trat sie hinaus vor das Feldkreuz und hob die Hände.

»Lieber Herrgott, hilf mir, dass alles gut vorübergeht. Es kann doch dein Wille nicht sein, dass so ein schlechter Mensch alles tun darf, was sein teuflisches Gehirn ausbrütet. Du weißt doch, dass ich nie was Unrechtes getan hab und auch meine Eltern nicht. Aber wenn du meinst, dass ich Unrecht getan hab, weil ich den fremden Menschen versteckt hab – dann vergib mir meine Schuld, wie auch ich vergeben werde allen Schuldigern und – erlöse mich von allem Übel, Amen.«

Als sie aufsah, merkte sie, dass es Abend werden wollte. Ein tiefer Atemzug hob ihre Brust. Nun würden sie heute nicht mehr kommen, denn in einer Stunde begann schon die Nacht.

Sie zog sich für die Stallarbeit um und rief nach den Kühen, die folgsam, mit bimmelnder Glocke den Hang heraufzogen und in den Stall trotteten, jede auf ihren Platz.

Die Stallarbeit war getan. Anna hatte sich gewaschen und umgezogen. Draußen stand bereits die Nacht. Es begann zu regnen und der Wind pfiff um die Hütte. Sie machte Feuer im Herd, stellte Milch zum Kochen auf und bereitete das Abendbrot.

Die Erregung des Nachmittags zitterte noch in ihr nach. Sie horchte zur Kammertür, weil sie gemeint hatte, ein Geräusch zu vernehmen. Aber sie musste sich getäuscht haben. Nur der Wind stöhnte im Gebälk. Sie schloss die Fensterläden und zündete die Petroleumlampe über dem Tisch an. Nach kurzer Zeit strömte das Feuer im Ofen schon eine behagliche Wärme über den ganzen Raum aus. Draußen begann der Regen stärker zu werden und klopfte wie mit Hämmern auf das Schindeldach der Hütte.

Plötzlich fiel ihr die Brieftasche ein, die der Vater ihr übergeben hatte. Es war eine hellgelbe Tasche aus Schweinsleder mit einem silbernen Monogramm »O.P.«

Eine Weile überlegte Anna, ob sie hineinschauen sollte. Sie sagte sich zwar, dass sie kein Recht dazu habe, aber die Neugierde war eben stärker. Die Neugierde nach etwas, wofür sie keinen Namen finden konnte.

Sie suchte nach Fotografien und war ein wenig enttäuscht, als sie zunächst nichts fand als zwei Bilder, die ihn selber darstellten. Eins in Zivil, in einem hellen Zweireiher, das andere in Fliegeruniform vor einem mächtigen Bomber. Erst im zweiten Fach fiel ihr ein Bild in die Hand, das ein älteres Ehepaar darstellte. Zweifellos seine Eltern. Die Ähnlichkeit Olivers mit der Frau war unverkennbar. Endlich fand sie im Seitenfach noch das Bild eines Mädchens von berückender Schönheit. Das gewellte Haar fiel ihr über die Schultern, von denen eine entblößt war. Ein Mund mit herrlichem Schwung und große leuchtende Augen.

Bei diesem Bild blieben Annas Gedanken eine lange Weile. Und sie fühlte etwas in sich, das ein wenig weh tat, eine kleine Enttäuschung, für die es keine Berechtigung geben durfte, die aber doch da war.

Sicher ist es sein Mädchen, sagte Anna sich. Diese Augen wird er lieben. Dieses Haar, diesen schlanken Hals. Wie oft wird er diesen Mund schon geküsst haben und wie wird er gerade in seiner jetzigen Lage Sehnsucht nach ihr haben.

In diesem Augenblick war ihr, als fühle sie die Nähe eines Menschen. Mit einem Ruck drehte sie den Kopf und wurde flammend rot.

Auf der Schwelle der Kammertür stand Oliver Pratt. Sie brachte die Bilder nicht mehr rechtzeitig in die Brieftasche zurück. Langsam kam Oliver Pratt heran, Schritt für Schritt, gerade, als wolle er ihre Verlegenheit auskosten. Als er vor ihr stand und das Bild in ihrer Hand sah, ging ein wehes Lächeln um seinen Mund.

»Meine Schwester Ellen«, sagte er, nahm Anna das Bild aus der Hand und drehte es um, um sie die Widmung lesen zu lassen. Anna konnte es nicht lesen, weil es englisch geschrieben war.

»Willst du die Brieftasche nicht wieder zu dir nehmen?«, fragte sie, nur um etwas zu sagen.

»Ich weiß nicht, was besser sein wird«, meinte er.

Sie schloss die Brieftasche sorgfältig. Dann schaute sie zu ihm auf. »Wie geht es dir jetzt?«

»Viel besser. Nur die Zeit ist mir davongelaufen. Wie lange bin ich eigentlich schon hier?«

»Seit gestern Nachmittag.«

»Was? Gestern soll das alles erst gewesen sein? Ich dachte, das läge schon mindestens eine Woche zurück. Aber jetzt erinnere ich mich wieder langsam an alles.«

»Setz dich doch«, forderte Anna ihn auf. »Zum Nachdenken hast du noch Zeit genug. Ich werde dir jetzt etwas zu essen herrichten. Du musst wieder zu Kraft kommen.«

»Ja, danke. Übrigens, in meinem Anzug müsste noch Schokolade sein. Nimm sie dir, bitte. Etwas anderes kann ich dir für deine große Mühe auch nicht geben.«

Anna wandte rasch den Kopf vom Herd zurück.

»Sprich nicht von Mühe«, sagte sie und zog ein paar Ringe vom Herd weg.

Einen Augenblick beleuchtete die Glut des hochzüngelnden Feuers ihr Gesicht und Oliver Pratt wurde zum ersten Mal bewusst, wie schön sie war. Er betrachtete sie, als sie die Pfanne über das Feuer schob, einen Brocken Butter hineinwarf und dann einen Teig anrührte. Plötzlich fragte er:

»Warum tust du das alles für mich? Ich bin dir doch fremd und – wir müssten eigentlich Feinde sein.«

»Feinde? Du hast mir doch nichts getan.«

»Immerhin habe ich dir viel Unannehmlichkeiten bereitet. Ich werde nie fertig werden, mich zu fragen, warum du mir so geholfen hast.«

»Hätte ich dich vielleicht draußen liegen lassen sollen?«

»Manchmal wäre es besser, tot zu sein«, antwortete er. »Ich meine jetzt, wenn man in eine solche Lage gerät wie ich. Was bin ich denn jetzt noch? Ein Gefangener!«

Anna schüttete jetzt den Teig in die Pfanne. »Ist es denn so schlimm, mein Gefangener zu sein?«

»Dein Gefangener? Nein, das wäre auszuhalten. Aber ich weiß jetzt wieder alles. Dein Vater war doch da? Und er wird melden, dass ich hier bin.«

»Hattest du den Eindruck?«

»Es wird ihm wohl nichts anderes übrig bleiben. Es ist schließlich seine Pflicht. Wir würden drüben in Amerika nicht anders handeln können.«

»Wirklich?« Sie sah ihn lange an. »Du würdest also mich ohne weiteres der Polizei bei euch übergeben, wenn es umgekehrt wäre?«

Um seinen Mund war wieder dieses bubenhafte Schmunzeln. »Das ist ein schlechter Vergleich. Es gibt noch keine Flugzeuge, die bis zu uns hinüberkämen.«

»Du weichst meiner Antwort aus. Ich möchte von dir wissen, ob du mich ausliefern würdest.«

Er wurde ein wenig rot. »Ich weiß es nicht. Es ist vielleicht – eine Sache des Gefühls.«

»Das wollte ich wissen.«

»Immerhin kannst du nicht leugnen, dass ich dich in eine gefährliche Situation gebracht habe.«

Anna stocherte eifrig in der Pfanne. »Reden wir nicht davon. Ich glaube, dass du ohne Angst sein kannst. Er wird dich nicht melden. Er ist mein Vater.«

Der Schmarren war jetzt fertig. Sie stellte die dampfende Pfanne auf den Tisch, gab ihm einen Löffel und stellte ein Glas mit kalter Milch dazu.

»Das musst du jetzt alles aufessen. Danach reden wir weiter.«

Aber es gab danach gar nicht so viel zu reden. Während des Essens saß Anna ihm gegenüber, den Kopf in beide Hände gestützt, und sah ihm zu, wie er diese für ihn doch sicherlich fremde Kost mit wahrem Heißhunger verzehrte. Sie bedachte dabei, dass er ohne sie wahrscheinlich da draußen verblutet wäre, dass er jetzt schon starr wäre und ohne Leben. Ich habe ihn am Leben erhalten, sinnierte sie weiter. Er müsste jetzt eigentlich mir gehören, ich habe ihn gefunden und darf ihn nicht aus den Händen geben. Also gehört er mir.

Dann kam es ihr vor, als sei ihr sein Gesicht schon viele Jahre vertraut, als habe er immer schon hier gesessen. Und auf einmal war die Angst wieder da, dass sie morgen kommen und ihn finden würden. Das durfte nicht sein. Sie wusste nicht recht, warum nicht, aber ihr war, als hätte sich in ihrem Leben etwas Grundlegendes geändert, als stünde sie am Anfang von etwas Unbegreiflichem, das alles Vorherige über den Haufen warf. Sie gab sich Mühe, Thomas Staffners Gesicht vor ihr geistiges Auge zu zwingen. Es gelang ihr nicht, es verschwamm wie in einem Nebel.

Er war jetzt fertig mit dem Essen und bat sie um eine Zigarette. »In meinem Anzug müssen welche sein«, sagte er. »Ich weiß nicht, wo du ihn hingetan hast.«

Den Anzug und die Zigaretten muss ich auch noch verstecken, dachte sie und ging in die Kammer, um die Zigaretten zu holen. Eine Weile blieb sie dort im Dunkeln stehen, die Hand auf das heftig klopfende Herz gepresst. Was konnte das nur sein? Dieses Flattern des Pulses? In diesem Augenblick begriff sie, welch unbedeutende Rolle eigentlich Thomas Staffner in ihrem Leben gespielt hatte. Hätte er nur einen kleinen Raum in ihrem Herzen eingenommen, dann könnte es jetzt nicht so rasend schlagen in Angst und Sorge, in Freude und heißer Beglückung zugleich.

Sie brachte ihm die Zigaretten.

»Auch eine?«, fragte er und hielt ihr die Schachtel hin. Sie schüttelte den Kopf und gab ihm Feuer.

»Schmerzt dein Arm noch?«, fragte sie.

Er bewegte ihn vorsichtig. »Ein bisschen brennt es noch. Aber es ist auszuhalten.«

Anna suchte in der Tasche ihres geblümten Rockes und brachte den Splitter zum Vorschein. »Das hat in deiner Achsel gesteckt.«

Interessiert nahm er den Splitter in die Hand und betrachtete ihn. Sein Gesicht wurde ernst.

»Ein wenig weiter links und er wäre ins Herz gegangen. Dann hättest du die ganze Aufregung nicht durchzumachen brauchen.«

»Fang nicht wieder damit an. Gib mir bitte den Splitter. Ich möchte ihn mir aufheben – als Andenken.«

»Als Andenken – an mich?«

Sie fühlte die Röte, die ihr über die Stirn huschte. »Was du dir einbildest! Ich möchte den Splitter haben als Andenken an das Ganze überhaupt. Es fällt ja schließlich nicht jeden Tag ein Mensch vom Himmel. Warum sprichst du eigentlich so gut deutsch?«

Genießerisch sah er dem Rauch seiner Zigarette nach, der unter der niedrigen Holzdecke hing.

»Meine Großeltern waren noch Deutsche und sind von Detmold aus nach drüben ausgewandert. In meiner Familie wird heute noch deutsch gesprochen.« Er betrachtete den Splitter wieder. »Ich hätte das Dingsda, das mir ans Leben wollte, natürlich auch gerne als Erinnerung. Als künftiges Familienerbstück sozusagen, das später einmal meine Kinder bekommen.«

Anna begriff nicht, warum ihr so traurig zumute wurde.

»Ach so«, sagte sie dann. »Ja, dann muss ich ihn dir wohl überlassen. Bist du denn schon verheiratet?«

»Nein«, lachte er. »Aber einmal werde ich es wohl sein.«

»Einmal – ja.«

»Du doch auch?«

»Einmal ja. Vielleicht«, fügte sie hinzu und riss sich plötzlich zusammen. Ein Hirngespinst war zerstoben, eine kurze Wahnidee in nichts zerflossen. »Du heißt Oliver, nicht wahr?«

»Oliver Pratt. Und du?«

»Mein Name ist weniger klangvoll. Anna heiße ich. Anna Rauscher. O-li-ver«, sprach sie dann langsam nach und schüttelte den Kopf. »Hier heißt niemand Oliver.«

Sie sah ihm dabei in die Augen und sein Blick hielt sie fest. Er verknüpfte ihre Erscheinung noch mit dem, was geschehen war und was sie seinetwegen auf sich genommen hatte. Eine Welle der Dankbarkeit erfasste ihn.

»Du Engel«, sagte er bewegt und griff nach ihrer Hand, legte sie plötzlich auf sein Gesicht und verharrte ganz still.

Anna musste sich Gewalt antun, um nicht über sein Haar zu streichen.

»Engel sehen gewöhnlich anders aus«, sagte sie.

»Kann sein, ich weiß es nicht. Jedenfalls – du bist so gut zu mir wie ein Engel. Du müsstest mich verachten und hassen, statt dessen umsorgst du mich so liebevoll.«

»Warum sollte ich dich hassen?«, fragte sie.

»Das wäre ganz natürlich.« Er zerdrückte die Zigarette auf der Herdplatte und stand auf. Anna blieb unbeweglich sitzen. Ihr war, als sei sie von einem Zauberbann befallen, und sie hätte sich wahrscheinlich auch nicht mehr wehren können, wenn er sie jetzt in seine Arme genommen und geküsst hätte. Aber dazu hatte er nicht den Mut. Er strich mit seinen Lippen nur über ihre Stirn, ganz leicht und in Gedanken. Anna schloss die Augen dabei und wollte an Thomas Staffner denken. Aber sein Bild war weit weg, ganz weit. Nur Oliver erfüllte ihr Denken und sie erschauerte unter seiner scheuen Zärtlichkeit bis in den letzten Winkel ihres Herzens hinein. Sie wich seinem Mund nicht aus und wollte gerade ihre Hände um sein Gesicht legen, als sie zu Tode erschrocken zusammenfuhr.

Vor der Hütte war ein Schritt zu hören gewesen.

»Sei ganz still«, flüsterte sie in sein Ohr. Dann drängte sie ihn in den hintersten Winkel, wo es zum Heuboden hinaufging.

Da klopfte es auch schon an die Tür.

Annas Atem war auf einmal so eng, dass sie gar nicht fragen konnte, wer draußen sei. In diesem Augenblick wusste sie, dass sie sich mit aller Gewalt wehren würde, ginge es jetzt um Oliver. Sie hatte zwar keine Waffe und bedauerte es, die Pistole weggeworfen zu haben.

»Mach doch auf«, kam von draußen eine Stimme, und Anna atmete wie erlöst auf, als sie die Stimme der Burgl erkannte. Klirrend flog der hölzerne Querbalken zurück.

Durch Nacht und Regen war die Alte gekommen. Sie warf die schwere, vom Regen durchtränkte Lodendecke ab. Anna wollte sie zum Trocknen an den Herd hängen. Aber die Burgl wehrte ab.

»Nein, lass nur. Ich muss gleich wieder gehen. Was macht denn unser Amerikaner?«

In diesem Augenblick trat Oliver aus dem Schatten heraus. Der Anblick der Alten machte ihn etwas unsicher und die Burgl merkte das sogleich. Sie kicherte:

»Mir scheint, der ist schon wieder ganz gut auf den Füßen. Gott sei Dank. Der Weg bis zu mir ist nämlich kein Spaziergang bei dem Regen.« Sie wurde plötzlich ernst. »Anna, lass dir was sagen. Es ist am besten, er geht mit mir in meine Hütte, für ein paar Tage wenigstens. Heut waren sie bei mir und haben alles durchsucht. Den letzten Winkel haben sie durchstöbert. Keine Katze hätte ich verstecken können, dass die sie nicht gefunden hätten. Morgen früh sind sie bei dir. Ich hab zufällig bei einem die Liste gesehen, was morgen alles zur Durchsuchung an die Reihe kommt.«

Ratlos blickte Anna von der Burgl zu Oliver und von Oliver wieder zur Burgl.

»Ich hätte aber oben auf dem Heuboden ein gutes Versteck für ihn hergerichtet«, sagte sie unschlüssig. Der Gedanke, sich jetzt von ihm trennen zu müssen, wollte einfach nicht in ihren Sinn.

Dazu konnte die Alte wieder nur lachen. »Die finden

alles, verlass dich drauf. Nein, nein, er soll nur mit mir kommen. Oder willst du haben, dass sie ihn finden?«

»Nein«, sagte Anna laut und fast zu schnell. Dann wandte sie sich an Oliver. »Du hast gehört, worum es geht, Oliver.«

»Versteht er unsere Sprache?«, wunderte sich die Burgl.

Oliver stand mit seitlich geneigtem Kopf, misstrauisch bis in die Seele hinein. »Ich gehe in keine Falle«, sagte er störrisch.

Mit ein paar Schritten war Anna bei ihm. »Traust du mir das zu, Oliver?«

Er sah sie lange an. Dann schüttelte er den Kopf. »Nein, Engel. Entschuldige mein Misstrauen. Aber – ich sehe dich doch wieder?«

»Natürlich sehen wir uns wieder«, antwortete Anna und erklärte ihm weiter: »Wenn wir diese Frau nicht gehabt hätten, Oliver, stünde es vielleicht sehr schlecht um dich. Du kannst dich ihr ruhig anvertrauen.«

Da er nun endlich begriff, dass alles nur wegen seiner Sicherheit geschah, fügte er sich und schlüpfte in seinen Fliegeranzug. Die beiden Frauen halfen ihm dabei, denn der linke Arm schmerzte ihn noch bei jeder Bewegung.

Dann reichte er Anna die Hand. »Auf Wiedersehen, Engel.«

Die Burgl schlang ihre Lodendecke wieder um die mageren Schultern. Plötzlich fiel ihm der Fallschirm ein. »Es ist am besten, Anna, du verbrennst ihn.«

»Ja, ich verbrenne ihn heute noch«, antwortete Anna, dann begleitete sie die beiden hinaus.

Die Nacht war rabenschwarz und es regnete immer noch. Die Burgl musste den Mann bei der Hand nehmen, damit er nicht stolperte auf dem steinigen Weg, der den Hang hinaufführte.

Anna stand noch eine ganze Weile in der Finsternis. Regen tropfte in ihr Haar und rann in ihren Nacken. Aber sie war ganz unempfindlich gegen alles, nur dieser

Oliver Pratt lebte in ihren Gedanken und ihr war, als müsse sie ihn zurückrufen aus der Nacht, weil ihr das Alleinsein plötzlich vorkam wie eine endlose Wüste, in der sie verdurstet.

Der Wind jaulte durch die Nacht und ließ die Blechtafel am Fuß des Gekreuzigten scheppern, auf der geschrieben stand: »Herr und Heiland, sei meiner Seele gnädig.«

Wahrscheinlich hatten sich ein paar Nägel gelockert und Anna sagte sich, dass sie das morgen mit Hammer und Nägeln in Ordnung bringen müsse. Dann ging sie zurück in die Hütte. Mitten auf dem Tisch lag immer noch der kantige Splitter, den sie wie auch Oliver behalten wollte. Sie versuchte ihn mit den Fingern auseinanderzubrechen, damit jeder einen Teil davon haben könnte. Es gelang ihr aber nicht. Erst mit Beißzange und Hammer konnte sie ihn teilen. Nun waren es zwei Stücke, jedes fast gleich groß und doch nicht größer als der Nagel eines kleinen Fingers.

Und sie kamen.

Um halb neun Uhr früh waren sie bereits da, eine Gruppe von der Wehrmacht, der Polizeiwachtmeister Federl und drei Mann vom SD. Der Federl spielte die unbedeutendste Rolle und es hatte den Anschein, dass er nur mitgenommen worden war, weil er sich in der Gegend auskannte.

Die Burgl hatte Recht, dass sie den Flüchtigen unweigerlich gefunden hätten, wenn er noch in der Hütte gewesen wäre. Sie hatten lange Sonden bei sich, Abhörgeräte und andere Apparate. Sie hätten eine Maus aufgespürt, falls sie sich im Heustock verborgen gehalten hätte. Es gab keinen Gegenstand in der Hütte und im Stall, den sie sich nicht genauestens unter die Lupe genommen hätten. Eine geschlagene Stunde dauerte die Durchsuchung, dann schickte der eine, der der Anführer zu sein schien, die Männer mit dem Befehl fort, die

Umgebung der Hütte genauestens abzusuchen. Er selber nahm ganz gemütlich am Tisch Platz und verschränkte die Beine übereinander. Es musste ein Offizier sein. Ein jüngerer Mensch mit einer grässlichen Narbe auf der Stirn, aber von betonter Freundlichkeit, wenn er es für angebracht hielt. Ja, er fragte sogar höflich, ob es gestattet sei zu rauchen, und weil Anna um diese Selbstverständlichkeit bisher noch von niemandem gefragt worden war, geriet sie in die Versuchung, ihn für einen gutmütigen Menschen zu halten, vor dem man keine Angst zu haben brauchte. Aber der Schein trog, denn schon bei seiner ersten, ganz allein an sie gerichteten Frage erschrak sie heftig. Er fragte nicht etwa: »Haben Sie nichts gesehen?«, sondern er fragte direkt:

»Um welche Zeit war er also bei Ihnen?«

Anna merkte, wie die Ader an ihrem Hals ein paarmal heftig klopfte. Dann riss sie sich zusammen.

»Wer soll bei mir gewesen sein?«

Die Augen des Offiziers wurden schmal wie Schießscharten. Beim tiefen Zug an seiner Zigarette wurden seine Wangen noch schmaler und zeigten tiefe Falten.

»Ich möchte Sie darauf aufmerksam machen, dass Leugnen wenig Sinn hat. Noch weniger steht es Ihnen an, die Unwissende zu spielen. Oder wollen Sie behaupten, dass Sie gar nicht wissen, wen wir suchen?«

Anna lehnte sich gegen den Herd, weil sie einen Halt brauchte. Ihre Hände umklammerten die Herdstange, dass die Knöchel weiß hervortraten.

»Doch, das weiß ich zufällig. Einen Flieger, der abgesprungen sein soll.«

»Nicht soll, sondern er ist tatsächlich abgesprungen. Von wem wissen Sie es eigentlich?«

»Von meinem Vater.«

»Wann war der hier?«

»Gestern Nachmittag.«

»Und sonst war niemand hier?«

»Doch, der Schleicher.«

»Schleicher? Wer ist das?«

»Man nennt ihn so im Dorf. Loferer heißt er.«

Der Offizier schrieb in sein Notizbuch. An seinem Finger glänzte ein silberner Ring mit einem Totenkopf. Dann sah er Anna plötzlich wieder aus schmalen Augen an.

»Wer war denn noch hier?«

»Sonst niemand.«

»Sehen Sie, nun lügen Sie bereits. Es war doch auch der Polizeiwachtmeister Federl mit einem Dutzend Volkssturmmännern da.«

»Ach ja. Das war gleich am ersten Tag«, erinnerte sich Anna.

»Also, nur immer schön bei den Tatsachen bleiben. Und die Wahrheit sagen. Oh, entschuldigen Sie, ich habe ganz vergessen, Sie darauf hinzuweisen, was Sie zu erwarten haben, falls Sie die Unwahrheit sagen. Drei Jahre Zuchthaus mindestens. Wahrscheinlich, in diesem besonderen Fall aber mehr. Im Übrigen könnte ich mir ganz gut vorstellen – eine junge, recht passable Sennerin, die Einsamkeit hier und ein Feindflieger. Ein recht harmonischer Dreiklang. Bloß sehr riskant. Wie ich schon sagte, drei Jahre Zuchthaus oder etwas darüber, wenn es nicht den Kopf kostet.«

»Ich weiß nicht, was Sie meinen«, sagte Anna.

»Habe ich denn nicht deutlich genug geredet? Wir suchen dieses amerikanische Schwein, das hier in der Nähe abgesprungen ist. Irgendwo, zum Teufel, muss der Kerl doch stecken. Und wir werden ihn finden, selbst wenn wir ihn tot finden. Ist für ihn vielleicht sogar besser, dann brauchen wir ihn nicht mehr umzulegen.«

Anna spürte, wie es ihr ganz kalt über den Rücken lief. Aber da schwenkte die Stimme schon wieder auf die Ebene warmer Freundlichkeit hinüber.

»Im Heuboden droben ist ein recht merkwürdiges Loch ausgegraben?«, fragte er. »Gerade groß genug, dass ein Mann sich darinnen verstecken könnte. Wo kommt denn das her?«

»Wo das herkommt? Das stammt vom letzten Herbst noch. Wir hatten evakuierte Kinder hier und – sie werden vielleicht gespielt haben.«

Die Hand mit dem Totenkopfring senkte sich wieder auf das Notizbüchlein nieder.

»Aha. Und die Adresse der Kinder?«

»Die Adresse? Wie soll ich denn die wissen? Ich kann mich höchstens noch an ein paar Vornamen erinnern.«

»Aber sie waren aus München?«

»Nein, aus Nürnberg«, log Anna schnell.

Draußen wurden jetzt die Stimmen der anderen wieder vernehmbar und das kalte, spitze Klirren der Halbrundeisen der Soldatenstiefel. Einer kam herein und meldete zackig: »Nichts gefunden, Herr Hauptsturmführer.«

Der Hauptsturmführer schob Notizbuch und Bleistift ein. Anna atmete schon auf, als er noch mal ganz nahe auf sie zutrat.

»Ich mache Sie darauf aufmerksam, dass Sie die geringste Wahrnehmung sofort zu melden haben.«

»Ja«, sagte Anna mit gedrosselter Stimme und zwang sich zu einem Lächeln, das aber in der nächsten Sekunde wie zu Eis erstarrte, als der Hauptsturmführer den Wachtmeister Federl zu sich rief und ihm andeutete, dass er es für gut finden würde, wenn man diese Alm hier als Kommandostelle für die Fahndung einrichte.

Was den Federl bewog, den Hauptsturmführer von diesem Vorhaben abzubringen, war nicht ganz ersichtlich. Die Gründe, die er dafür vorbrachte, waren einigermaßen plausibel. Man hatte kein Telefon hier, auch mit der Verpflegung hapere es und außerdem gehörten ja die Soldaten, die an der Fahndung teilnehmen mussten, einer Genesungskompanie an und standen zum Teil noch in ärztlicher Behandlung.

Der Hauptsturmführer runzelte ärgerlich die Stirn, vielleicht deswegen, weil ihm überhaupt widersprochen wurde. Schließlich gab er aber doch nach und der Trupp zog den Hang hinauf zur nächsten Alm.

Als Anna wieder allein war, saß sie eine ganze Weile still da, die Arme über der Brust verschränkt. Sie wusste, dass soeben eine große Gefahr an ihr vorübergegangen war. Es war so ähnlich wie früher, als sie noch ein Kind war und das Fürchten zu Ende ging, wenn der letzte Donnerschlag eines Gewitters durchs Tal gegangen war.

Es hatte schon am Morgen aufgehört zu regnen, die Berge lagen in klarer Luft und man konnte wieder ins Dorf hinuntersehen. Man hörte sogar, weil Westwind ging, einige Geräusche aus dem Dorf, den Hammerschlag der Schmiede, das helle Singen des Sägegatters vom Sägewerk.

Eigentlich sollte Anna sich von ganzem Herzen freuen, weil diese Gefahr so glücklich an ihr vorübergegangen war. Oliver Pratt war zunächst in Sicherheit, denn es war kaum anzunehmen, dass sie noch mal kommen würden. Ihr ganzes Leben lang wollte sie der Burgl dankbar sein.

Ein ganzes Leben lang? Einmal würde der Krieg doch zu Ende sein. Oliver würde in seine Heimat zurückkehren und Thomas Staffner heimkommen.

Oliver Pratt! Immerzu musste sie an ihn denken. Seine Zärtlichkeit gestern, so scheu sie auch gewesen war, hatte sie zutiefst berührt und aufgewühlt. Wer weiß, wie alles gekommen wäre, hätte nicht die Burgl ihren Schritt draußen hören lassen.

Es war unvorstellbar, dass er ein Feind sein sollte. Er war so blond und blauäugig wie sie und er sprach ihre Sprache. Er hätte genauso gut in Blockstein geboren sein können. Dann wären sie miteinander zur Schule gegangen und sie brauchte nicht diese Angst um ihn auszustehen.

Du meine Güte, wohin verirrten sich ihre Gedanken! Als ob Oliver – der dann wahrscheinlich Peter hieße oder Michael – nicht jetzt auch Soldat wäre! Ein Soldat mit einer anderen Uniform freilich. Aber jede Uniform war nur äußere Hülle, ob sie grau war, khakibraun oder aus dem himmelblauen Tuch der Flieger, dahinter steckte immer ein Mensch mit Gefühlen, mit einem guten oder einem bösen Herzen, der den Auftrag zu töten hatte, wie alle Soldaten der Welt.

Eine merkwürdige Welt, grausame Jahre eines solchen Krieges. Hinterher gingen die gleichen Männer wieder hinter dem Pflug her oder führten ein Geschäft und gaben peinlich darauf acht, dass ihr Fuß keinen Wurm zertrete, der sich über die Straße schlängelte. Sie traten einem Tierschutzverein bei und waren voller Empörung, wenn einem Hund ein Leid geschah, weil in normalen Zeiten ein Hund mehr wert war als ein Menschenleben im Krieg. Die aber, die so ein Völkermorden vom Zaun gerissen hatten, wuschen sich, sofern sie gesiegt hatten, die Hände in Unschuld wie Pilatus und gingen zur Tagesordnung über.

Ich muss ja die Blechtafel noch befestigen, fiel Anna auf einmal ein und sie suchte Hammer und Nägel.

»Herr und Heiland, sei meiner Seele gnädig«, sprach sie dabei, als sie den ersten Nagel einschlug, dicht neben dem alten Loch, damit die Tafel nicht gleich wieder locker würde. Und der Heiland sah auf ihr Tun herunter, so als sei er mit allem einverstanden, was sie in den letzten Tagen getan hatte.

Als sie aufblickte, sah sie die Truppe, die vorher bei ihr gewesen war, auf dem Kamm dahinziehen. Sie war auf dem Weg zur nächsten Alm. Sie gingen hintereinander und trugen die Gewehre schussbereit unterm Arm.

Sie schauderte, als sie daran dachte, dass sie jetzt Oliver in ihrer Mitte führen könnte, wenn sie ihn nicht gleich an Ort und Stelle erschossen hätten. Diesem aalglatten Hauptsturmführer wäre das ohne weiteres zuzutrauen gewesen. Gottlob, Oliver war in Sicherheit, und eigentlich brauchte sie nicht so unruhig zu sein.

Und doch war sie es. Und diese Unruhe stieg drängend aus ihrem Herzen herauf, erfasste ihren Verstand, und beides miteinander verknüpfte sich zu einer so brennenden Sehnsucht, wie sie sie nie in ihrem Leben vorher gespürt hatte.

Ja, auf einmal waren sie wieder da, diese namenlose Sehnsucht, die Ungeduld des Herzens, die Verworrenheit der Gedanken, die sich nicht zusammenbringen lassen wollten und ihr Zweifel aufbürdeten, ob sie recht oder unrecht getan hatte. War es denn zu verantworten, dass sie diesem Menschen solche Opfer brachte und tausend Ängste um ihn litt? Hatte er nicht mit seinem Flugzeug Tod und Verderben über die große Stadt gebracht? Wenn sie ihn in diesem Licht betrachtete, begann ihr Bild von ihm zu schwanken. Seine Augen waren dann nicht mehr von diesem zärtlichen Blau, sondern verdunkelt in einem dumpfen Hass, und sein schöner Mund hatte allen zärtlichen Schwung verloren und war voll verbissener Härte.

Diese Gedanken müsste sie mit aller Willenskraft festhalten, dann ließe sich vielleicht die Gefahr bannen, die sie auf sich zukommen fühlte, ganz zwangsläufig und wie ein Naturgesetz. Der Glanz, in dem sie ihn sah, verlosch dabei, und ohne dass sie es eigentlich wollte, stieg der Wunsch in ihr auf, dass er nicht mehr kommen möge, dass die Burgl ihn zurückhielte oder dass er den Weg über die Berge nähme auf Nimmerwiedersehen.

Der Tag begann zu dämmern. Im Westen hatte der Himmel sich aufgelockert und die sinkende Sonne warf ihr Licht in die abziehenden Wolken, dass es aussah, als zögen sie hinter sich ein rotes Tuch her.

Anna rief die Kühe aus dem Grund, und als sie mit ihrer Arbeit fertig war, lag die Dämmerung schon über allen Dingen und hoch am Himmel stand der schmale Frühlingsmond. Es war so still ringsum, dass man das Rauschen der Riss hier oben auf der Alm hören konnte und ebenso den dünnen Schlag der Turmuhr, die immer nur die Viertelstunden schlug, weil zum Schlag der ganzen Stunden die größere Glocke fehlte. In der aufsteigenden Nacht verklang der Vögel Abendlied, nur in der dürren Wetterföhre am Steig oben klagte noch ein Kauz.

Wie schnell doch eines Menschen Wunschbild zusammenfallen kann. Als die Nacht kam, erwachte in Anna wieder allgewaltig die Sehnsucht nach Oliver. Sie hielt es einfach nicht mehr aus und selbst auf die Gefahr hin, dass es wie Nachlaufen aussehen könnte, kleidete sie sich um und wollte über den Berg in den Hexenwinkel zur Burgl gehen.

Sie kam aber nicht weit. Beim Brunnen draußen stieß sie bereits auf die Burgl. Ihr Herz krampfte sich zusammen, weil die Alte allein war.

»Wo ist Oliver?«

Die Alte kicherte, fasste das Mädchen am Schultertuch und flüsterte: »Er ist schon da, dein Oliver. Hab ihn bloß warten lassen, hinter dem Buschen dort oben, weil ich erst hab wissen wollen, ob die Luft bei dir rein ist.«

»Gott sei Dank«, sagte Anna und es war wie Jubel in ihrer Stimme. »Ich hab schon gemeint –«

»Was hast gemeint? Ich brächte ihn dir nicht mehr? Was tät denn ich mit dem blutjungen Buben! Ja, wenn ich noch jünger wäre, wer weiß, ob ich ihn dann noch fortgelassen hätte. Aber nur keine Angst, er gehört schon dir. Oder meinst du, ich weiß nicht, wie es in dir ausschaut? Mir kannst du nichts vormachen. Dazu hat er mich zu viel nach dir gefragt. Alles hat er wissen wollen.«

Ohne eine Antwort zu geben, begann Anna, sich auf den Busch zuzubewegen. Sie sah in der Dunkelheit nicht viel, aber mit dem Instinkt eines Menschen, der sich in seinem Ziel nicht irrt, fand sie den Weg.

»Komm«, sagte sie nur und fasste ihn bei der Hand. Und nun blühten noch ein paar wunderschöne Tage auf für die beiden, dass sie Raum und Zeit darüber vergaßen und ihnen zumute war, als seien nur mehr sie beide ganz allein auf der Welt. Sie sagten einander, dass sie sich liebten, und doch stand vor ihrem Glück die große, graue Schattenwand, die den Blick in die Zukunft verhinderte. Das Mädchen wusste, dass die Trennung jederzeit notwendig sein konnte und Oliver fühlte sich nie ganz frei, weil er ständig auf dem Sprung war, fliehen zu müssen. Da aber die Tage vergingen, ohne dass irgendetwas geschah, wurde Anna immer sicherer und verlor ihre Angst. Sie umsorgte den Mann, sie verwöhnte ihn, und alles, was sie tat, war eine Handreichung an die Liebe. In ihrem Gesicht war jetzt zuweilen ein so glückliches Lächeln, dass Oliver sie ganz hingerissen betrachtete. Dann wieder rannte sie plötzlich hinaus und horchte ins Dorf hinunter, ob der Lärm des Krieges nicht schon näher käme. Dann aber gingen ihre Gedanken wieder den wunderlichen Irrweg einer erstmals wirklich Liebenden, weil sie sich, wie einem schönen Wiegenlied der Meinung hingab, wenn dieser Krieg zu Ende sei, brauchte Oliver sich nicht mehr zu verstecken. Dann dürfte sie frei und ungehindert mit ihm hinaustreten in die Sonne, sie dürfe ihn für sich behalten, weil ihn die letzte Phase des Krieges in ihre Hände gespielt habe. Sie malte sich aus, dass Oliver dann Ende Mai mit ihr auf die Hochalm ziehen würde und sie gemeinsam den Sommer verlebten.

Mit ihm, wie er es einmal ansprach, nach Amerika zu gehen, dazu verspürte sie weniger Lust. Er hatte ihr so viel erzählt von seinen Eltern, von seiner Schwester, von der Konservenfabrik, die er einmal übernehmen sollte, dass sie es sich einfach nicht vorstellen konnte, in diese ihr so fremde Welt hineingestellt zu werden.

Nein, besser wäre es schon, Oliver bliebe hier. Sie ließ nichts unversucht, ihm das Leben in den Bergen auszuschmücken, und zeichnete alles in so wunderschönen Farben, dass er darin nur eine Fata Morgana sehen konnte, denn er sah die Dinge doch ein wenig anders, sah sie mit den realistischen Augen eines Soldaten, für den der Krieg erst aus war, wenn dieses Land von seinen Leuten restlos besetzt war und die Kanonen schwiegen. Aber wann war das?

Sie wussten beide nicht, wie nahe dieser Zeitpunkt schon herangerückt war.

Eines Abends, als sie wieder so beisammensaßen, war ihnen gleich schwer ums Herz. Es lag in der Luft, dass der Krieg seinem Ende zuging. Die Bomberströme hatten aufgehört, man hörte nicht das Poltern des tausendfachen Bombentodes auf die ferne Stadt. Nur blitzschnelle Jäger durchfurchten das Blau des Himmels, stießen manchmal herab und ließen die Bordwaffen spielen.

Sie hatten die Fensterläden dicht geschlossen. Es war behaglich warm in der Stube, aber sehr still. So still, dass man eine Maus im hintersten Winkel rascheln hörte. Zuweilen seufzte Anna tief auf. Oliver neigte sich ihr zu und legte den Arm um ihre Schultern.

»Ist dir denn so schwer ums Herz, Engel?«

»Wundert dich das, Oliver?«

»Eigentlich ja. Wir sollten doch beide froh sein, dass das Ende kommt.«

»Das Ende?«, fragte sie mit schmerzlich zusammengezogenen Brauen. »Für uns zwei das Ende, wo es kaum begonnen hat.«

»Ich meine doch das Ende des Krieges. Vor einer Stunde warst du noch so optimistisch, so voller Pläne.«

»In unserer Lage ändert es sich alle Stunden, Oliver.«

Er schüttelte den Kopf. »Eins wird immer gleich bleiben, Anna. Ich werde nie vergessen, was du für mich getan hast. Und darum wollen wir beide froh sein, wenn der Krieg bald sein Ende nimmt.«

Anna ließ den Kopf tief sinken. »Ja, man müsste froh sein. Aber so wie es im Augenblick ist, muss man immer noch in der Angst leben, dass im letzten Moment noch etwas passiert, dass sie durch einen dummen Zufall herauskriegen, dass du hier bist, und dann …«

Seine eine Hand wühlte sich zärtlich in ihr Haar, mit der anderen hob er ihr Kinn etwas an.

»Mit diesem dummen Zufall wollen wir nicht mehr rechnen, Anna. Bis jetzt ist alles gut gegangen und es wird weiterhin gut gehen.«

Sie sah ihn mit einem schmerzlichen Lächeln an. Die ganze Not ihres Herzens brannte in ihren Augen.

»Sag mir eins, Oliver: Wirst du dann fortgehen – und mich allein zurücklassen?«

Diese bange Frage führte ihm wieder vor Augen, wie viel er ihr bedeutete. »Ich werde wiederkommen, Anna. Ich liebe dich doch.«

»Das meinst du jetzt und sagst es, weil du ein guter Mensch bist und mir nicht wehtun willst. Aber ich weiß es, Oliver, wenn du von hier fortgehst und erst wieder in deinem Land drüben bist, dann wirst du mich vergessen.«

»Das glaubst du doch selber nicht, Engel.«

»Vielleicht wirst du die Erinnerung an mich nicht ganz auslöschen. Ich bin überzeugt, dass du oft von mir sprechen wirst, von dem Mädchen in den Bergen, das dich aufgenommen hat, als du schwer verletzt warst. Vielleicht wirst du in fröhlicher Runde das Glas heben und auf das Mädchen trinken, das dir so fern ist. Und dann wirst du deinen Arm um ein anderes Mädchen legen und wirst ihr auch versichern, dass du noch keine so geliebt hast wie sie.«

Er riss sie an sich und seine Küsse fielen auf sie nieder. »Wenn ich dir nur diese dummen Gedanken aus deinem Kopf nehmen könnte. Manchmal denke ich, du kennst mich sehr schlecht.«

»O nein, Oliver, ich sehe mitten in dein Herz.«

»Dann musst du auch sehen, wie dankbar ich dir bin. Ich bin dir doch zutiefst verpflichtet.«

»Du bist mir gar nicht verpflichtet, Oliver. Ich habe

alles so tun müssen, wie ich es getan habe, weil – jetzt weiß ich es ganz genau – weil ich dich von der ersten Sekunde an geliebt habe. Von der ersten Sekunde an habe ich um dich Angst gehabt, und zwar auch Angst vor der Trennung, die kommen wird.«

»Ich kann jetzt überhaupt nicht sagen, was kommen wird. Eins steht fest, dass ich mich melden muss, wenn meine Landsleute kommen.«

»Ja, aber doch nicht gleich.«

»Was hilft's, wenn ich es hinausschiebe. Es wäre jeder Tag doch nur eine Galgenfrist mit einer neuen Qual.«

Anna dachte eine Weile recht angestrengt über seine Worte nach. Dann sagte sie resigniert: »Ich hatte vergessen, dass man für alles bezahlen muss, was man gewinnt. Ich werde mit meiner Sehnsucht bezahlen, das weiß ich, und mit Sehnsucht bezahlt es sich schwer. Ich hätte doch nie geglaubt, dass einmal ein Mensch kommen könnte, der imstande wäre, mein Leben so zu verwandeln, wie du es getan hast. Jetzt weiß ich erst, was Glück ist.«

Ihr Geständnis erschütterte ihn so tief, dass er nichts antworten konnte. Aber er horchte in sich hinein, ob auch er sie so sehr liebte.

Ihre Arme hatten seinen Nacken umschlungen. Der Wind wurde stärker und rauschte über dem Dach der Hütte, und wenn er manchmal etwas aussetzte, dann hörte man ihn über die Baumkronen fortgehen, die Hügel hinunter, mit einem traurigen verlassenen Ton, vergleichbar mit der Monotonie, mit der das Wasser in den Brunnentrog rann.

»Jetzt müssen wir nach deiner Wunde sehen«, sagte Anna. Oliver zog das Hemd über den Kopf. Vorsichtig zog sie den Verband weg und betrachtete die Wunde, die sich bereits merklich zusammengezogen hatte. Er hielt ganz still unter ihren Händen, mit denen sie neue Salbe auflegte und alles wieder sauber verband.

»Danke«, sagte Oliver und schlüpfte wieder ins Hemd. So ganz konnte er den Arm noch nicht bewegen. Wenn er ihn hob, hatte er heftige Schmerzen.

Anna nahm eine zweite Lampe und zündete sie an, um Oliver hinaufzuleuchten in den Heuboden, weil er es abgelehnt hatte, weiter in ihrem Bett zu schlafen.

»Was mir gerade noch einfällt«, sagte sie und schraubte den Docht etwas niedriger, bis die Flamme ganz ruhig brannte. »Was machst du nun mit dem Splitter, den ich dir gegeben habe?«

»Ich werde ihn immer bei mir tragen«, versprach er.

»Das werde ich auch tun. Und zwar an einer Silberkette um den Hals.«

Wie ihre Gedanken doch eigenwillig allem vorauseilten. Er hatte nämlich an einen Ring gedacht. Aber nun konnte er ihn vielleicht auch um den Hals tragen. Man müsste ihn nur in Silber fassen lassen oder in Gold. Der Juwelier würde vielleicht mitleidig lächeln über so viel Verschwendung, die an einen so simplen, kleinen Splitter verwendet wurde, von denen Millionen herumgesurrt waren und die Millionen den Tod gebracht hatten.

»Komm, Oliver.«

Sie ging ihm voran bis zur Leiter und hob die Lampe. Er setzte den Fuß auf die erste Sprosse, und als er so hoch über ihr stand, blieb er ganz still und suchte nach einem Wort, das alles ausdrücken könnte, was er für sie empfand, was sie ihm an Liebe und Glück schenkte. Sie hatte die Lampe hochgehoben und die kleine Flamme spiegelte sich in ihren Augen wider. Die Ader an ihrem Hals spannte sich, als sie ihn küsste.

Sie blieb bei ihm, bis er sich ins Heu gekuschelt hatte. Dann deckte sie ihn bis an den Hals hinauf zu und fand jetzt sogar für seine kleine Lüge ein verzeihendes Lächeln, mit der er ihr versprechen zu müssen glaubte, dass er sie mitnähme nach Amerika, sobald der Krieg zu Ende sei.

Es war jetzt das erste Mal, dass Anna ihn darum bat,

ihr ehrlich zu sagen, ob schon ein Mädchen in seinem Leben gewesen sei. Er schüttelte den Kopf. »Nein, Engel, du bist die erste Frau, die ich liebe.«

»Oliver, das macht mich froh. Nun schlaf aber recht gut, und komm morgen nicht herunter, ehe ich dich rufe. Gute Nacht, Lieber ...«

»Gute Nacht, Engel.«

Als Anna die Leiter wieder heruntergestiegen war, erschrak sie bis in die Tiefe ihres Herzens hinein.

Mitten in der Stube stand der Urban Loferer und zwirbelte an seinem Bärtchen. Sie hätte schreien mögen, aber die Kehle war ihr wie zugeschnürt. Er weidete sich förmlich an ihrer Angst und fragte dann mit höhnender Freundlichkeit: »Na, hast jetzt deinen schmalzhaarigen Amerikaner hinaufbracht ins Heu?«

Anna stellte die Laterne auf das Fensterbrett und drehte den Docht herunter. Dann hob sie den Kopf und sah den Schleicher furchtlos an.

»Wie bist du hereingekommen?«

Der Schleicher lächelte überheblich und siegessicher.

»Das nennt man Pech. Die Stalltür zuzusperren hast du vergessen. Aber vorher hab ich da draußen gestanden vor dem Fensterladen und hab alles gehört. Schau so ein Luder an. Versteckt sie den Amerikaner.«

Anna hatte ihren Schreck jetzt ganz überwunden. Und die Tochter des Bauern vom Goldenen Grund besaß Heftigkeit genug, sich wütend vor etwas zu stellen, wofür sie ganz allein die Verantwortung zu tragen hatte. Und als sie dies tat, da sah sie noch schöner aus, kraftvoller, das Gesicht von einer leichten Röte gefärbt.

»Jawohl«, sagte sie und es klang Triumph in ihrer Stimme. »Ich habe ihn versteckt, weil ich nicht haben wollte, das er dir oder deinesgleichen in die Hände fällt.«

Die Augen des Schleichers hingen gierig an dem Bild zorniger Schönheit.

»Glaub schon, dass du ihn lieber in deinen Händen hattest. Teufel, wie du küssen kannst. Ganz verrückt bist du mit ihm – mit dem Feind, während unsere braven Buben den Kopf hinhalten müssen.«

»Ja, bloß du den deinigen nicht. Was willst du überhaupt? Der Krieg ist so gut wie verloren.«

»Noch nicht ganz, noch nicht ganz«, antwortete er schnell. »Lach nur nicht zu früh. Noch hast du dein Glück nicht unter deinem warmen Dach. In Blockstein unten ist noch alles voll von deutschen Soldaten. Jeden Moment können die Wunderwaffen eingesetzt werden, dann wirst du sehen, wie schnell sie wieder draußen sind, die Herren Amerikaner. Dann ist der Weg frei für dich – nach Dachau, wenn sie dich nicht überhaupt gleich aufhängen. Er wird sowieso gleich abgemurkst werden.« Er sah, wie sie zusammenzuckte, und ging auf sie zu. »Ja, ja, schöne Rauscher Anna, da hast du dir eine böse Suppe eingebrockt. Ich brauch bloß ein Wort zu sagen.« Anna trat zurück, so sehr ekelte sie sein Atem.

»Dann geh meinetwegen und verrate ihn. Ob sie ihn erwischen, wird sich ja zeigen.«

»Sie werden ihn fangen, verlass dich drauf. Jetzt weiß man ja, wo er steckt. Bloß – du hast es jetzt in der Hand. Es liegt nur an dir, ob es jemand erfährt, dass er da ist.«

Anna schloss für einen Moment die Augen. Sie wusste genau, was er meinte. Ob sie die Kraft haben würde, das zu tun? Der Gedanke daran war zum Erbrechen. Und doch. Es ging um Oliver, um sein Leben und um ihrer beider Liebe. Sie stand wie erstarrt da und nahe an ihrem Ohr klang jetzt die Stimme des Schleichers:

»Also, was ist? Kein Mensch wird je erfahren von der Stunde, die du mir schenkst.«

Es bliebe nicht bei dieser einen Stunde, durchzuckte es sie. Sie fühlte, dass sein Blick messerscharf auf sie gerichtet war, wie der eines Raubvogels, der sich seiner Beute schon sicher ist. Mit schmalen Augen sah sie ihn an.

»Du bist doch das Gemeinste, was rumläuft auf der Erde. Zuerst hast du mich wegen des Vaters unter Druck setzen wollen, und jetzt –«

»Reg dich doch nicht so künstlich auf«, unterbrach er sie grob. »So eine wie du hat es grad nötig, sich aufs hohe Ross zu setzen. Was ist denn schon dabei? Du machst die Augen zu und denkst dir, der Loferer ist auch ein Mensch, der ein bissl Wärme braucht.«

»Du bist kein Mensch, du bist ein Teufel.«

»Teufel? Dann werd ich dir den Teufel zeigen.«

Und ehe sie es verhindern konnte, hatte er sie umklammert. Diesen Anprall hatte sie nicht erwartet. Unglückseligerweise geriet sie dadurch ins Stolpern und lag dann wehrlos am Boden. Sie presste die Lippen fest zusammen und musste es dulden, dass sein gieriger Mund sie küsste, wo er sie gerade traf.

»Sei doch nicht so widerspenstig«, zischte er ihr ins Ohr. »Dirndl, sei gescheit, du sollst es nicht bereuen. Kannst ja deinen Amerikaner haben – danach …«

Aber Anna wehrte sich jetzt mit aller Kraft. Wo die Hände nicht reichen wollten, nahm sie auch die Füße her. Knurrend nahm er die Schläge hin, ihre heftige Abwehr entfachte seine Kräfte erst recht. Schon hatte er ihr den Spenzer halb herabgerissen.

»Oliver, hilf mir«, schrie Anna in ihrer Not.

Oliver aber hatte den Lärm bereits vernommen. Er stand schon auf der Leiter, übersah mit einem Blick die ganze Situation und sprang dem Schleicher mit einem wilden Satz an den Hals. Ein kurzes, hartes Ringen entstand, dann flog Urban dröhnend auf den Bretterboden.

Einen Augenblick verharrte er geduckt. Dann schnellte er hoch und seine Hand griff blitzschnell nach der Messertasche.

»Oliver, gib Obacht«, schrie Anna schrill.

Oliver aber hatte die Gefahr bereits bemerkt. Und weil ihn sein linker Arm doch sehr hinderte, schlug er dem Schleicher mit einem schwungvollen Schlag seines

Fußes das Messer aus der Hand. Dann ließ er Schlag auf Schlag auf ihn niederprasseln. Anna selbst war es, die Einhalt gebieten musste, sonst hätte Loferer wahrscheinlich den Raum nicht lebend verlassen. Blutüberströmt taumelte er zur Tür hinaus in die Nacht.

Wortlos schmiegte sich Anna in Olivers Arme und schluchzte hemmungslos. Still ließ er sie weinen, und erst als sie ruhiger wurde, sagte er:

»Und alles meinetwegen.«

»Nein, Oliver. Ich muss nur weinen, dass ein Mensch so schlecht sein kann.« Dann wurde sie ruhiger. »Du musst gleich im Morgengrauen fort, Oliver. Ich weiß ein Versteck, auf der Hochalm werden sie dich nicht finden.«

Er schüttelte den Kopf. »Kommt gar nicht in Frage. Wenn sie mich nicht finden, wirst du dafür büßen müssen. Das kann ich nicht von dir verlangen.«

»Doch, Oliver, hör auf mich. Ich nehme es auf mich, das schaffe ich schon.«

»Das sagt sich jetzt so leicht. Nein, nein, Engel. Wenn ich gehe, musst du mitkommen. Allein lasse ich dich jetzt auf gar keinen Fall.«

»Ich kann die Tiere nicht allein lassen, Oliver.«

»Gut, dann bleibe ich eben auch, bis sie kommen.«

Sie dachten nicht mehr an Schlaf in dieser Nacht. Sie saßen eng umschlungen auf der kleinen Bank neben dem Herd und sagten sich alles, was sie sich über ihre Liebe sagen mussten. Oliver versuchte ihr auszureden, woran sie schuldig geworden zu sein glaubte.

»Kein Mensch kann etwas für die Liebe«, sagte er. »Und wenn du schon meinst, schuldig zu sein, bin ich es genauso. Ich dürfte dich genauso wenig lieben wie du mich.«

Sie schwiegen eine Weile.

»Und außerdem haben nur die Menschen bestimmt, dass wir Feinde sein sollen«, sagte Oliver dann.

»Dann ist es ja gut«, nickte Anna fast fröhlich.

Als es vor den Fenstern zu grauen begann, schlang Anna ein Tuch um ihre Schultern und öffnete die Tür.

»Ach, sieh her, es hat geschneit«, sagte sie.

Tatsächlich, es hatte geschneit, aber es musste erst nach Mitternacht eingesetzt haben, weil man sonst die Spur des Loferers hätte sehen müssen.

»Wo willst du hin, Anna?«, fragte Oliver.

»Nicht weit. Nur einmal da hinüber. Ich bin gleich wieder hier.«

Sie war auch nach einer Viertelstunde zurück und hielt ihm auf der flachen Hand die Pistole hin, die sie damals ins Gebüsch geworfen hatte.

»Damit du nicht ganz wehrlos bist, wenn sie kommen«, meinte sie.

»Ich hoffe, dass ich sie nicht mehr brauchen werde«, antwortete er und horchte in den anbrechenden Morgen hinein. Nichts rührte sich und hell stand der Wald in seinem weißen Winterkleid. Jetzt noch zu fliehen, war Wahnsinn, denn in dem neu gefallenen Schnee wäre seine Spur leicht zu verfolgen gewesen.

Oliver zählte die Patronen. Mit dem Reservemagazin hatte er zwölf Schuss zur Verfügung. Er war jetzt fest entschlossen, sein Leben so teuer wie möglich zu verkaufen.

Anna konnte die Kühe nicht hinauslassen und musste vom Boden Heu herunterwerfen, um sie zu füttern. Oliver saß am Fenster, die Pistole in der Hand, und ließ den Hang nicht aus den Augen. Später saß auch Anna bei ihm. Aber nichts rührte sich. Die Sonne stieg herauf und saugte den Schnee wieder weg. Die Vöglein begannen wieder zu singen. Und auf einmal hörte man in der Ferne dumpfen Kanonendonner. Olivers Gesicht verspannte sich.

»Das sind unsere. Das sind Amerikaner!«

»Noch weit weg?«

»Nein, nicht mehr weit.«

Da fiel ihm Anna um den Hals und weinte heftig.

Auch in Blockstein hörte man die Abschüsse. Im Nebenzimmer »Zu den vier Aposteln« stand ein Oberst mit seinem Stab. Auf dem Tisch lag eine Karte ausgebreitet, über die er sich immer wieder beugte. Das Ritterkreuz an seinem Hals baumelte leise bei jeder Bewegung seines Kopfes.

»Es hat keinen Zweck mehr, meine Herren. Was sollen wir hier noch verteidigen. In zwei Stunden können sie mit ihren Panzern hier sein.«

Auf der anderen Seite der Riss waren drei Geschütze in Stellung gegangen. Am Dorfeingang errichteten sie noch Panzersperren. Soldaten schoben aus den Bauernhöfen Wagen zusammen und stellten sie quer über die Straße. In den Uferbüschen der Riss richteten sie die Maschinengewehre ein und Pioniere brachten gerade eine Sprengladung an der hölzernen Brücke über die Riss an.

Der Oberst wandte sich an den hinter ihm stehenden Adjutanten. »So eine Kinderei. Als ob das noch einen Sinn hätte. Veranlassen Sie, dass die Sprengladung wieder ausgebaut wird.«

Mit hellem Singen kreisten ein paar feindliche Aufklärer über dem Dorf und zogen nach Westen ab. Dann sah der Oberst eine Gestalt im grauen Lodenanzug über die Straße springen. Gleich darauf stand der Schleicher vor den Offizieren.

»Ich hätte eine Meldung zu machen, Herr General.«

Der Oberst sah den Schleicher von oben bis unten an. Sein linkes Auge war blau unterlaufen, die Oberlippe aufgesprungen und die Nase dick angeschwollen.

»Was haben Sie zu melden?«

»In der Almhütte des Rauscherbauern oben hält sich ein amerikanischer Flieger versteckt.«

Der Oberst kniff die Augen zusammen. Um seinen Mund zuckte es vor Spott. »Vermutlich wollten Sie ihn festnehmen und haben dabei diese Verletzungen im Gesicht abbekommen?«

Der Schleicher fuhr sich vorsichtig mit dem Finger

über die aufgesprungene Lippe. »Ganz genauso war es nicht, Herr General.«

Der Schleicher war ein wenig enttäuscht. Man maß seiner wichtigen Meldung nicht die gebührende Bedeutung bei.

Der Oberst ging darauf überhaupt nicht ein, sondern fragte ihn jetzt: »Beim Militär waren Sie nie?«

»Leider nein, Herr General. Ich wollte schon ein paarmal freiwillig –«

»Das dachte ich mir, sonst könnten Sie einen Oberst von einem General unterscheiden. Da hält sich also ein amerikanischer Flieger da oben verborgen. Wie kommt er dahin?«

»Er ist mit dem Fallschirm abgesprungen. Und was das Verwerfliche an der ganzen Sache ist – die Sennerin Anna Rauscher hat ihn bei sich versteckt.«

»Aha, und das passt Ihnen nicht.«

Der Schleicher wand sich wie unter einer körperlichen Qual. »Mich persönlich berührt das weniger, aber in Anbetracht unseres heroischen Abwehrkampfes –«

»Sehr richtig. Und was wäre da nach Ihrer Meinung zu tun?«

»Dieses Frauenzimmer muss wegen Feindbegünstigung festgenommen werden.«

Der Oberst hob wieder lauschend den Kopf gegen das Fenster hin. Man hörte wieder die trockenen Abschüsse aus Panzerkanonen. Er nahm eine Zigarette aus dem Etui. Der Adjutant reichte ihm Feuer. Dabei blinzelten sich die beiden zu. Dann wandte sich der Oberst mit gewinnendem Lächeln wieder dem Schleicher zu.

»Sie haben Recht. Die beiden müssen festgenommen werden. Und da Sie den Weg dorthin am besten wissen, gebe ich Ihnen den Befehl, die beiden herunterzubringen.«

Der Schleicher verwünschte sich in diesem Augenblick selber, den Weg hierher getan zu haben. Er sah die spöttischen Blicke auf sich gerichtet und hätte sich am liebsten in den Erdboden verkrochen.

»Oder haben Sie vielleicht Angst?«, kam die Stimme des Obersten hell und scharf auf ihn zu.

»Angst nicht, Herr Oberst. Aber wenn Sie mir ein paar Mann mitgeben könnten.«

»Ausgeschlossen. Ich brauche hier jeden Mann zum ›heroischen Abwehrkampf‹. Gehen Sie nur jetzt und führen Sie die beiden vor. Inzwischen richten wir die dreißig Silberlinge her.«

Urban Loferer schaute verdutzt auf. Dann begriff er, wofür man ihn hielt, und schlich geduckt hinaus.

Das ganze Dorf war voller Soldaten. Sie wussten, dass über ihr weiteres Schicksal da drinnen im Nebenzimmer der »Vier Apostel« entschieden wurde. Sie kannten ihren Oberst, der niemals seine Leute unbedacht geopfert hatte. Ihre Blicke gingen zu den Bergen hinauf. Würde man dort oben nochmals eine Verteidigungslinie aufbauen? Oder hatte der Oberst sich schon entschieden, den Kampf einzustellen? Sie waren hier so gut wie eingeschlossen. Es blieb nur noch der Weg über das Gebirge.

Etwa ein Dutzend Mustangs flogen von Westen her im Tiefflug in das Tal ein. Sie kurvten wie wild über dem Dorf, dann hatten sie die Flakgeschütze am Ufer der Riss entdeckt und schossen sie mit ihren Bordkanonen zusammen, noch ehe eins der Geschütze einen Schuss abgeben konnte.

Damit war die Entscheidung gefallen. Das Regiment sammelte sich und zog in Richtung Goldener Grund davon. Emma Brommesberger hatte wieder einmal das Nachsehen, denn auch der Feldwebel, der in ihrem Stübchen gerade seine Uniform mit Zivilkleidung vertauschen wollte, besann sich eines anderen und zog mit davon.

Dann blieb es den ganzen Tag still. Es war so, als sei bereits Friede. Das Weiß der Blüten lachte unschuldsvoll in allen Gärten und die Schwalben schwirrten in der Luft.

Um fünf Uhr am Nachmittag läutete auf der Polizeistation das Telefon. General Franko nahm den Hörer ab und vernahm aus dem fünf Kilometer entfernten Kulbinsegg die Meldung:

»Soeben rollen die ersten amerikanischen Panzer in den Ort.«

General Franko wollte noch etwas fragen. Da knackte es in der Leitung. Die Verbindung war und blieb unterbrochen. Der Polizeiwachtmeister Federl schnallte seine Pistole ab und legte sie auf den Tisch. Daneben Karabiner und zwei Panzerfäuste, mit denen die Station in den letzten Tagen noch in aller Eile ausgerüstet worden war. General Franko aber nahm seinen Karabiner aus dem Schrank, steckte einen Rahmen Patronen ein und schnallte die Patronentaschen mit weiteren neunzig Schuss um. Dann richtete er seine Schirmmütze vor dem Spiegel so, dass die Kokarde genau über der Nasenwurzel saß.

»Was soll das noch bedeuten, Herr Kommissar?«, fragte ihn sein Untergebener.

Da erwachte der alte Mann wie aus einem Traum und sah den Federl mit seinen hellen Augen ganz merkwürdig an.

»Was das bedeuten soll? Dass der Krieg noch nicht aus ist, weil das doch nicht so sein darf. Niemand hat mich meines Eides entbunden. Pflicht ist Pflicht!«

»Aber das hat doch alles keinen Sinn mehr!«

»Als wir den Eid ablegten, hat niemand gesagt, dass wir nach dem Sinn fragen sollen. Bleiben Sie ruhig hier. Ich mache meinen Dienstgang, wie ich ihn über vierzig Jahre gegangen bin.«

Damit ging der Wachtmeister Frankenberg, genannt General Franko, hinaus und holte sein Fahrrad aus dem Schuppen. Mittlerweile war Federl in den ersten Stock hinaufgesprungen und verständigte Frau Frankenberg.

»Reden Sie Ihrem Mann doch diesen Blödsinn aus. Jeden Augenblick können die feindlichen Panzer kommen und er will noch auf Dienstgang gehen.«

Frankenberg schob sein Fahrrad durch den Garten hinaus auf die Straße. Als er das Gartentürchen öffnete, schaute er noch einmal zurück auf das Beet mit den blühenden Tag- und Nachtschatten und der Fliederstrauch in der Ecke ließ seine blauen Dolden mit betäubendem Duft über den Staketenzaun niederhängen.

Da wurde oben ein Fenster aufgerissen und mit zaghafter Stimme bettelte Frau Frankenberg: »Geh, Vater, was fällt dir denn noch ein! Bleib doch daheim.«

Langsam schaute er auf und nahm das schmale Gesicht der Frau im Fensterrahmen in seinen Blick.

»Dienst ist Dienst«, sagte er und schüttelte den Kopf, als verstünde er nicht, was in die Frau gefahren sein mochte, dass sie versuchte, ihn von seiner Pflicht abzuhalten.

»Die Soldaten sind abgezogen«, flehte die Frau weiter. »Musst denn du mit deinen achtundsechzig Jahren da hinaus, wenn die Amerikaner jeden Augenblick kommen können?«

»Noch sind sie nicht da«, antwortete Franko in schneidendem Ton. »Also halt mich nicht auf. Dienst ist Dienst und niemand soll mir nachsagen, dass ich ihn nicht bis zum letzten Augenblick erfüllt habe.«

»Wann kommst denn wieder, Vater?«

»Dienstgang zwei dauert genau vier Stunden. Also bin ich um halb zehn Uhr wieder zurück. Brauchst nicht auf mich zu warten. Stell mir den Kaffee ins Ofenrohr und richte den Wecker für morgen früh um fünf Uhr.«

Dann stieg Frankenberg von hinten auf sein Fahrrad, wie er es vor vierzig Jahren gelernt hatte, schob den Karabiner auf seinem Rücken zurecht und fuhr langsam durch das Dorf.

Ganz langsam, als wolle er sich jeden Hof und jedes

Haus genau ansehen, wie er immer alles genau angesehen hatte.

Plötzlich zuckte er zusammen. Beim Leutascher, dem letzten Hof am Dorfausgang, hing aus dem Giebelfenster an einer Stange ein weißes Laken heraus.

Er stieg von seinem Fahrrad und starrte in leisem Erschrecken auf dieses weithin sichtbare Zeichen der Kapitulation. Es war ihm, als gebe ihm jemand einen Stich ins Herz und als breche eine ganze Welt zusammen, denn was er dort sah, war doch wohl auch der Zusammenbruch aller Ordnung, die aufrechtzuerhalten seine Pflicht war und deretwegen er eine Uniform trug und einen Karabiner.

Ein Kind schrie im Innern des Hauses: »Der Franko steht draußen!«

Gleich darauf wurde das Laken eingezogen und im schwachen Licht des beginnenden Abends erschien die leere Fensterhöhle groß und traurig. Eigentlich wäre es ja seine Pflicht gewesen, nun in das Haus einzutreten und zu fragen, was das zu bedeuten hätte, und ob sie vielleicht das Tuch mit dem anderen verwechselt hatten, das am zwanzigsten April noch so farbenfroh mit dem Hakenkreuz im weißen Feld aus derselben Dachluke herausgehangen hatte.

Frankenberg aber blieb ruhig auf sein Fahrrad gelehnt stehen und grübelte über die Wandlungsfähigkeit der Menschen nach, die ihre Gesinnung mit dem Wind wechseln konnten, indessen er dem verhaftet blieb, worauf er geschworen hatte. Dabei dachte er an den Eid, den er als blutjunger Rekrut auf dem Kasernenhof geleistet hatte. Wie hatte die Welt sich seither verändert.

Langsam schob er sein Fahrrad die Straße entlang, ein kleiner Mensch in graugrüner Uniform, der jetzt darüber nachdachte, ob es wohl schwer sein würde, die Ordnung aufrechtzuerhalten, wenn die Amerikaner nun wirklich kamen. Die Ordnung, das Recht und das Gesetz. Er dachte auch an seinen jüngsten Sohn, den

Leutnant Rudi Frankenberg, der doch wie viele andere für diese Ordnung gefallen war. Und nun schien es so, als sei er umsonst gefallen, denn von einem Sieg konnten nur noch Narren träumen.

Bei der kleinen Grotte am Ufer der Riss blieb er wieder stehen. In der Grotte stand eine Figur des heiligen Sebastian, in dessen magerem Leib ein Dutzend Pfeile steckten. Zu Füßen des Heiligen stand eine große Schale mit Frühlingsblumen, Märzenbechern und Tulpen.

Neben der Grotte war zwischen zwei Vogelbeerbäumen eine Bank aufgestellt. Frankenberg lehnte sein Fahrrad an einen der Bäume und setzte sich auf die Bank. Er nahm die Mütze ab, wischte sich den Schweiß von der Stirn und blickte auf das eilig dahinströmende Wasser der Riss, die in diesen Tagen ziemlich hoch ging.

Als er aufschaute, sah er, dass beim Leutascher wieder die weiße Fahne aus der Dachluke wehte. Ein wehmütiges Lächeln zuckte um seinen Mund und seine Augen waren plötzlich leer. Er dachte an ein paar stille Jahre, die er nach dem Frieden wohl noch leben durfte, an seine Bienenstöcke und an die Rosenbeete hinter dem Haus. Nach dieser Zeit hatte er sich immer gesehnt. So ganz still im Kreise seiner Kinder und Enkel leben. Einer freilich würde fehlen, sein Lieblingssohn Rudi. Und wie schon so oft sah er ihn fern unter einem fremden Himmel liegen, still und für immer stumm.

Der alte Mann spürte, wie ihn etwas ganz heiß durchflutete, kein Zorn oder das Gefühl der Rache, vielleicht war es die Wucht des Schmerzes, dass er den Tod seines Sohnes hinnehmen musste. Er konnte plötzlich nicht mehr auf den weißen Fetzen sehen, nahm sein Fahrrad wieder und schob es langsam am Ufer der Riss entlang.

Die Straße mündete in einen hohen Tannenwald. Hier war es feierlich und still wie in einer Kirche nach der Morgenandacht, wenn die Kerzen erloschen waren. Zwitschernd huschten die Vögel durch die Zweige und in der Tiefe des Waldes rief ein Kuckuck.

Auf einmal wurde die Stille durchbrochen. Plötzlich war das klirrende Geräusch von Panzerketten hörbar und das Dröhnen der schweren Motoren brach sich hundertfach in den Echogründen des Waldes.

Dem alten Mann war es, als riefe ihn etwas. Es kam ihm vor, als habe er allein noch auf Posten zu stehen, weil alle anderen ihn verlassen hatten. Dann überkam ihn eine eiserne Ruhe. Er lehnte sein Fahrrad abseits an einen Baum und nahm den Karabiner von der Schulter. Genau wie auf dem Schießstand sah er sich die Kammer noch einmal an. Mit bösem Laut schnappte das Schloss ein.

Drei Panzer waren es nur, riesige Ungetüme, mit waagerecht gelegtem Geschützrohr. Aus der Luke des mittleren Panzers ragte ein junges, braun gebranntes Gesicht.

Frankenberg sah die Ordensbänder auf der schmalen Brust und hob langsam seinen Karabiner. Zwei Zentimeter unter den Ordensbändern musste genau das Herz sein. Und dorthin zielte der arme, alte Narr.

In treuer Pflichterfüllung starb den Tod fürs Vaterland der Polizeiwachtmeister Frankenberg – so ging es dem alten Polizisten durch den verwirrten Sinn.

Gut gedeckt stand Frankenberg hinter einer Fichte und nun hatte er die Brust des Feindes genau im Visier.

Da brach der Schuss und schlug klirrend gegen den Turm, surrte als Querschläger zurück in den Stamm eines Baumes. Blitzschnell verschwand der Mann im Innern des Fahrzeugs. Die Panzer blieben stehen, Soldaten sprangen heraus. Sie sahen einen Feind aufrecht zwischen den Bäumen stehen, der seinen Karabiner durchlud und ihn an die Wange legte.

Da bellte die Maschinenpistole und ohne einen Laut brach General Franko in die Knie, aber erst nach der zweiten Garbe sank sein Kopf mit dem schneeweißen Haar ins Moos.

Vorbei war es mit den stillen Jahren des Friedens, mit

den Bienenstöcken und Rosenbeeten. Still und leblos lag der Wachtmeister Frankenberg, genannt General Franko, neben der Straße im Wald, so wie es ihm »sein Gesetz« befohlen hatte.

Die Panzer aber drehten schleunigst um, denn bei so viel feindlichem Widerstand war es nicht ratsam, in der Dämmerung noch in ein fremdes Dorf einzufahren, auch wenn man dort in einem Fenster eine weiße Fahne sah. Den Deutschen war eben nicht zu trauen.

Diesem Umstand hatte es Blockstein zu verdanken, dass es an diesem Tag nicht mehr besetzt wurde. Man wusste aber bereits, dass die Amerikaner schon in Kulbinsegg saßen, und Emma erinnerte sich, was sie Anna versprochen hatte. Sie wartete nur noch, bis alles ganz still geworden war im Dorf. Dann schlich sie zum Friedhof und hatte nur Angst, dass bei dem leichten Schneetreiben, das eingesetzt hatte, ihre Lichtsignale nicht bemerkt werden könnten. Sie stieg auf das ziemlich hohe Grabmal des Bäckermeisters Hirner und ließ den Strahl ihrer Taschenlampe in kurzen Abständen immer wieder in das Dunkel der Nacht stoßen, ungeduldig und mit einer fast kindlichen Hingabe, und der Schnee fiel leise in ihr aufgerichtetes Gesicht und auf ihre schmalen Schultern.

Fast eine ganze Stunde harrte sie aus und das war gut so, denn gerade als Emma dachte, dass es nun genug sein könnte, trat Anna oben aus ihrer Hütte.

Sie sah den Schnee vor der Hütte und dann glaubte sie, dass ein Spuk sie narre. Sie schloss die Augen und riss sie wieder weit auf. Nein, es war keine Täuschung mehr. Es war da – das verabredete Zeichen war da.

»Oliver!«, schrie sie in trunkenem Jubel. Alle Angst war wie weggeweht, alles Dunkle der letzten Tage war auf einmal hell und aller Schmerz vergessen.

Bestürzt kam Oliver sofort aus der Hütte, die Pistole schussbereit in der Hand, weil er sich den Schrei nicht anders deuten konnte, als dass Gefahr bestehe.

In einer hektischen Ergriffenheit packte Anna ihn am Arm und deutete hinunter. »Siehst du es, Oliver?«

»Was denn, Anna?«

»Das Licht vom andern Ufer.«

Jetzt sah er es auch. Es zuckte noch zweimal auf. Dann blieb es aus.

»Was hat das zu bedeuten, Anna?«

»Das heißt, dass du jetzt frei bist, Oliver.«

Er antwortete nichts darauf. Vielleicht dachte er in diesem Augenblick schon an den Abschied, der ihm schwerer fiel, als Anna es ahnte.

»Komm, Oliver«, sagte sie.

»Ich kann nicht glauben, Anna, dass es schon so weit sein soll. Es wäre zu einfach, wenn nur ein Licht in der Nacht aufzublinken braucht, und alle Not hätte ein Ende.«

»Es kommt doch nach jeder Nacht wieder ein Tag. Komm, Oliver.« Ihr Arm lag um seinen Hals. In ihrer Stimme war ein Drängen, als hätte sie Angst, er könnte jetzt gleich davonlaufen, um nur möglichst schnell wieder bei den Seinen zu sein.

So gingen die paar Stunden bis zum nächsten Morgen dahin. Draußen sammelte sich immer mehr Schnee, und als die beiden aus der Tür traten, sahen sie, dass das ganze Land weiß war, bis hinüber ans andere Ufer der Riss und weit hinaus in die Ebene im Westen. Es brauchte niemand mehr eine weiße Fahne auszuhängen, denn das Land bot freimütig mit seinem unschuldigen Weiß die Kapitulation an. Mit dem frisch gefallenen Schnee und den Blüten, die frierend die unerwartete Schneedecke auf sich nahmen, denn es war doch bereits der erste Mai.

Unten in Blockstein öffnete der Unteroffizier Felix Eichlmaier das Tor des Feuerhauses, um die Franzosen herauszulassen.

»Auf geht's, Buam. Nachher packen wir's halt wieder, in Gottes Namen. Nur sagen, wenn einer der Herren noch nicht ausgeschlafen hat.«

Aber es ging nichts mehr »auf« bei den Buam, denn die Franzosen wussten besser Bescheid als ihr Wächter. Sie hatten die ganze Nacht kein Auge zugetan, standen gähnend herum, blinzelten in den jungen Tag mit dem Schnee und standen nicht mehr still. Der, der am besten Deutsch sprach, trat auf den Unteroffizier Eichlmaier zu, lächelte ihn gutmütig an und sagte:

»Nun gib dein Gewehr schon her, Vater, und geh heim!«

»Was denn? Was denn?«, staunte Eichlmaier. »Ist denn der Krieg schon aus?«

»Er wird in einer Stunde aus sein«, wurde ihm versichert.

Und weil die Gefangenen immer schon mehr gewusst hatten als ihr Wächter, hatte Eichlmaier auch jetzt keinen Grund zu zweifeln. Er schnaufte ein paarmal so tief, als wäre soeben eine Zentnerlast von ihm gefallen und streckte sein Gewehr hin.

»Da habt's es, die Knarren. Und somit bin ich halt jetzt euer Gefangener.«

»Was sollten wir denn mit dir«, lachte Jean ihn herzhaft an, nahm ihm die Mütze ab und setzte sie selber auf. »Du warst immer wie ein Vater zu uns.« Sie steckten ihm die Taschen mit Zigaretten voll und schoben ihn ins nächste Bauernhaus, damit er dort seine Uniform ausziehen und sich in einen Zivilisten verwandeln konnte.

Dann machten sich die Franzosen auf, um den Schleicher festzunehmen. Aber das Nest war bereits leer.

Um diese Stunde setzten sich in Kulbinsegg ein paar Panzerabteilungen der Amerikaner in Bewegung und fuhren auf Blockstein zu. Sie hielten nur noch kurz an der Stelle, wo im Wald der Schütze von gestern Abend immer noch lag. Der Schnee hatte ihn zugedeckt, nur die braunen Stiefelschäfte ragten ein wenig heraus und glänzten im Licht der Morgensonne, die über die Berge heraufstieg. Dann fuhren sie wieder weiter. Kein Schuss fiel, nichts deutete darauf hin, dass Blockstein verteidigt werden sollte.

Nur ein Mann brachte den Mut auf, mit einer weißen Fahne den Amerikanern entgegenzugehen. Sein Gesicht war zerschunden und zerschlagen. Mit seinen krummen Säbelbeinen marschierte der Urban Loferer dem Geklirr der Panzerketten entgegen, blieb dann mitten auf der Straße stehen, winkte mit der Fahne und schrie aus Leibeskräften: »Heil unseren Befreiern!«

In diesen ersten Stunden wäre der Tod noch recht billig zu haben gewesen in Blockstein. Aber es zeigte sich, dass die Masse sich recht gut gehalten hatte in den Jahren des Krieges und dass sie denjenigen keinen Anlass geboten hatte zur Rache, die in diesen ersten Stunden die Macht in der Hand hatten. Und das waren in diesem Fall nicht einmal die Amerikaner, sondern die ausländischen Zwangsarbeiter. In Blockstein wurde nicht geplündert und nicht vergewaltigt. Sie suchten alle nur nach einem. Aber der Schleicher war wie vom Erdboden verschwunden, seit er die Amerikaner auf der Landstraße als Befreier begrüßt hatte.

Wahrscheinlich, weil es dort am bequemsten war und das Gasthaus »Zu den vier Aposteln« zudem in der Mitte des Dorfes lag, hatte auch der amerikanische Kommandant, ein Major Mullar, seine Befehlsstelle hier im Nebenzimmer aufgeschlagen. Je höher die Sonne stieg, desto mehr schmolz der Schnee wieder dahin, und nur mehr die Blüten leuchteten über den Dächern der Häuser. An den Berghängen hielt sich der Schnee allerdings noch bis gegen Mittag. Vorher aber kam über einen der verschneiten Hänge, sich an den Händen haltend, ein recht merkwürdiges Paar herunter. Der Mann trug einen amerikanischen Fliegeranzug, das Mädchen einen silbergrauen Lodenumhang über einem geblümten Dirndlkleid. Sie trugen beide die Stirn hoch und die Sonne flimmerte in ihrem Blondhaar.

Bevor sie die Brücke über die Riss überquerten, blieben sie stehen. Sie sahen zwischen den Häusern des Dorfes und in den Hofgevierten überall die mächtigen Panzerkolosse stehen und ein schwarzer Soldat zerschlug mit dem Gewehrkolben auf dem Dorfplatz gerade eine Hitlerbüste, die sie aus dem Rathaus geholt hatten.

Anna wollte sich von ihrer tapferen Seite zeigen und sah Oliver gerade in die Augen. »Nun sollst du halt Glück haben, Oliver.«

Er nickte ihr zu. »Es wird schon alles recht werden, Anna.«

Das Glück, auf das Anna hoffte, sollte sein, dass der Flieger Oliver Pratt noch ein paar Wochen hier bleiben durfte. Sie gaben sich beide diesem schönen Wahn hin, sich nicht mehr trennen zu müssen.

»Soll ich nun noch weiter mit dir gehen, Oliver?« Anna fragte es ängstlich, wie ein kleines Mädchen, das die Dunkelheit fürchtet.

»Natürlich kommst du mit, Engel.«

Sie wollte nicht, dass er sie weiterhin an der Hand führe. Aber er umfasste ihre Hand nur noch fester. Und so gingen sie durch das Dorf, allen sichtbar, die da herumstanden oder verstohlen aus den Fenstern sahen. Dann hielt der erste Posten sie an. Oliver zeigte seinen Ausweis. Er war okay, aber das Mädchen war nicht okay und sollte zurückbleiben. Sie durfte nicht mit zur Kommandantur gehen und musste draußen warten. Noch nie hatte sie irgendwo so demütig und bangen Herzens gestanden, wie in dieser Vormittagsstunde im breiten Flur des Gasthauses »Zu den vier Aposteln«. Sie hörte aus dem Nebenzimmer verworrene Stimmen in einer fremden Sprache, bald leise, dann wieder lauter. Und wenn die Stimmen heftiger wurden, glaubte sie, dass zu ihren Ungunsten gesprochen wurde. Nur gut, dass sie nichts davon verstand. Aber da drinnen wurde Oliver Pratt eindeutig und klar gesagt, dass er sich sofort in ein Lazarett zu begeben habe, und außerdem wurde ihm klargemacht, dass es ein Fraternisierungsverbot gab, dem auch er sich unterzuordnen habe.

Dann wurde die Tür aufgerissen und ein baumlanger Soldat bedeutete Anna einzutreten.

Oliver Pratt saß dem Major in einem bequemen Polsterstuhl gegenüber, den sie aus der guten Stube des »Apostel«-Wirtes geholt hatten. Als Anna eintrat, standen der Major und Oliver auf. Verzweifelt suchte sie Olivers Blick und es schien ihr, als weiche er ihr aus.

Sie sah, dass der Major ihr die Hand hinstreckte und legte schüchtern die ihre hinein. In tadellosem Deutsch sagte er:

»Ich habe Ihnen im Namen der amerikanischen Armee Dank auszusprechen, für das, was Sie getan haben. Es war ein Wagnis, das wir sehr anerkennen.«

»Ich habe es gern getan«, sagte Anna.

»Bitte, nehmen Sie Platz.«

Sie bekam weiter zu hören, dass sie sehr tapfer und mutig gewesen sei und dass ihr Verhalten zeige, dass auch in einem Meer von Hass ein paar Tropfen Güte und menschliche Größe schwimmen können.

Dann machte der Major eine kleine Pause, zündete sich eine Zigarette an und schaute zum Fenster hinaus. Diesen Augenblick benutzte Anna und fasste über den Tisch hin Olivers Hand.

Lieber, geliebter Oliver, sagten ihre Augen. Ihr Mund aber blieb fest geschlossen.

Der Major drehte sich wieder um. »Je länger ich darüber nachdenke, desto mehr imponiert mir das, was Sie getan haben. Wenn Sie irgendeinen Wunsch haben, sagen Sie es ruhig.«

Anna sah den Major ruhig und groß an. »Ich möchte – dass Oliver noch eine Weile hier bleiben darf.«

Sie sah die kleine Wolke auf der Stirn des Majors

kommen und gehen. Dann zerdrückte er die halb gerauchte Zigarette im Aschenbecher.

»Leutnant Pratt, Sie werden dem Mädchen sagen, warum das nicht geht. Also, überlegen Sie sich einen anderen Wunsch.«

Anna dachte eine Weile nach. Dann sagte sie: »Ich habe einen Bruder – wir wissen seit Wochen nichts mehr von ihm – vielleicht ist er in irgendeinem Gefangenenlager.«

Der Major nickte. »Vielleicht kann ich etwas für ihn tun. Es würde mich freuen.« Er notierte sich Namen und Adresse des Unteroffiziers Matthias Rauscher, dann nahm er den Leutnant Pratt scharf in sein Blickfeld.

Oliver stand auf und legte seinen Arm fest um Annas Schulter. »Sei nicht traurig, Engel. Ich darf und kann mich einem Befehl nicht widersetzen. Aber ich werde wiederkommen!«

»Und ich werde auf dich warten, Oliver.«

Der Major lächelte auf eine Weise, die bedeuten konnte: Du bist schon so erwachsen und bist so tapfer gewesen und willst nicht verstehen, dass alles Warten hier keinen Zweck hat. Für ihn war ja der Krieg noch nicht zu Ende, und wenn das Ende in diesem Land vielleicht auch schon abgezeichnet sein mochte, es gab für die Amerikaner noch eine andere Front, an der gerade Flieger notwendig gebraucht wurden. Zunächst aber musste Leutnant Pratt unbedingt in ein Lazarett. Vielleicht war das mit seinem Arm doch nicht ganz so harmlos, wie er es hinstellte. Und weil den beiden das Auseinandergehen anscheinend recht schwer fiel, musste der Major jede Regung von Milde unterdrücken und dem Mädchen eindeutig klarmachen, dass sie gehen müsse.

Er selbst geleitete sie zur Tür und stand dann mit seinen Schultern so breit im Rahmen, dass Anna nicht mehr zurückschauen konnte auf Oliver, der wie verloren im Raum stand und sich erst zusammenriss, als der Major wieder vor ihm stand.

»Na also«, meinte er. »Das wäre nun vorüber.«

»Das ist nicht vorüber, Herr Major«, erwiderte Oliver, und sein Gesicht war sehr blass. »Es war kein bloßes Abenteuer, es ist mehr, Herr Major.«

»Ja, es scheint mehr zu sein, Leutnant Pratt. Ein wunderbarer Unsinn nämlich. Ich darf nicht zulassen, dass Sie Ihre Pflicht vergessen.« Ohne Übergang wurde er plötzlich heftig. »Sie haben mich verstanden, Leutnant Pratt?«

»Jawohl, Herr Major.«

Anna ging unsicheren Schrittes durch das Dorf zum Goldenen Grund. Ohne dass es ihr bewusst wurde, begann sie zu weinen, leise, verzweifelt wie ein verirrtes Kind. Es war so gekommen, wie sie es immer befürchtet hatte. Trotz aller Glückseligkeit und obwohl Oliver es ihr immer hatte ausreden wollen, war alles genauso eingetroffen, wie sie es vorausgesehen hatte. Es war, als sei ein Schwert gefallen zwischen sie und ihn, und bei aller Güte, die der Major gezeigt hatte, hatte ihn doch kein anderer Gedanke beherrscht, als Oliver Pratt von ihrer Seite zu reißen.

Im Goldenen Grund hatten selten die Bäume so herrlich geblüht wie dieses Jahr. Aber Anna sah nichts von der Schönheit rundherum, ihr Blick war verschwommen von Tränen, und die wischte sie erst fort, als sie den Vater von der Haustür her auf sich zukommen sah. In seinem Gesicht zeigte sich keine Freude darüber, dass sie kam. Sie sah die Verbitterung um seinen Mund, und seine Frage klang wie ein Messerstoß.

»Was machst du hier unten?«

»Ich habe Oliver herunterbegleitet«, sagte sie leise.

Der Rauscher lachte verbittert auf. »Es hätten ja sonst zu wenig Leute gewusst, was du für eine bist.«

Anna sah ihren Vater erschrocken an. Dann stellte sie

sich breit vor ihm auf. »Was bin ich denn für eine? Ach – wenn du es schon nicht verstehst, dass ich so habe handeln müssen.«

Lange sah der Rauscher in ihre vor Zorn funkelnden Augen. Dann sah er an ihrer Schulter vorbei zur Wiese hinaus, in der ein Panzer seine Runden zog und mutwillig das junge Gras in den Boden walzte.

»Dass du ihm geholfen hast, als er hilflos da oben gelegen hat, das sehe ich ein. Aber dass du ihn zu deinem Geliebten gemacht hast, das verurteile ich.«

»Vater!«

»Du brauchst mir gar nichts zu sagen. Ich weiß alles. Heute Nacht hat der Schleicher an mein Fenster geklopft und mir alles gesagt.«

»Alles? Ich glaube kaum, dass er auch seine Gemeinheiten erzählt hat. Sei still, Vater, du sollst jetzt alles wissen.«

Wie ein Quell sprudelte es aus ihr heraus. Sie verschwieg nichts und fügte nichts hinzu. Zum Schluss blieb nichts als das Bild einer großen Liebe, die unauslöschlich in ihrem Herzen weiterleben würde, selbst wenn sie längst zur schmerzlichen Legende geworden war.

Der Rauscher ließ dieses Geständnis mit immer größerem Staunen über sich ergehen. Dabei wurde sein Gesicht immer verschlossener. Es war schwer für ihn, all das zu hören, was sich mit seinem Bauernstolz nicht vereinbaren ließ. Und es war seine Tochter Anna, die ihm das alles sagte, als gäbe es für sie kein anderes Ziel mehr in diesem Leben als die abwegige Liebe zu einem Amerikaner, der sie nach Tagen schon so vergessen haben würde, wie man den Schnee vergessen hatte, der heute Nacht gefallen war. Am liebsten hätte er mit dem Finger gegen seine Stirn getippt und so schweigend gefragt, ob es bei ihr denn im Oberstübchen noch ganz stimme. Aber da war diese Willensstärke in den Augen der Tochter, diese Sicherheit ihrer Gesten, mit denen sie ihre Worte unterstrich, dass es für ihn nur zu einer einzigen Frage reichte:

»Und Thomas Staffner? Er hat doch mein Wort!«

Annas Brauen schoben sich eng zusammen. »Darin, Vater, habe ich dich nie begriffen. Du warst mit deinem Wortgeben nie so freimütig wie in diesem Fall. Und da hättest du doch erst mal mich fragen können.«

»Mit deiner Sturheit wirst du es noch weit bringen. Es ist zum Gotterbarmen! Zuerst verliert der arme Teufel seinen Arm und nun auch noch dich. Jetzt, wo man aufatmen könnte, drängst du einem eine neue Sorge auf. Glaubst du denn, dass du den Amerikaner noch jemals wiedersehen wirst?«

»Das glaube ich, obwohl ich genau weiß, dass du Recht hast, Vater. Aber lass mir meinen Glauben noch eine kleine Weile. Und wenn du dann noch darauf bestehst, werde ich den Thomas heiraten und – Oliver trotzdem nicht vergessen.«

Es war, als glätteten sich jetzt die Krähenfüße an seinen Augenwinkeln, und es sollte wohl ein Trost sein, als er antwortete: »Die Zeit wird alles anders lenken, als du jetzt meinst, das Leben scheint jetzt stillzustehen, aber einmal wird es sich von selber wieder ankurbeln. Und wenn der Thomas erst wieder hier ist, wirst du erkennen, dass das alles bloß eine Verirrung war, aus der du wieder zurückfinden musst.«

Anna war es müde, dem Vater diese Meinung auszureden. Hier trennten sich ihre Auffassungen und er würde sie nie verstehen.

»Ist die Mutter drinnen?«

»Ja, in der Küche. Aber lass wenigstens sie nicht hören, welche Gedanken du hast.«

»Nein, ihr habe ich etwas anderes zu sagen. Nämlich, dass der Matthias bald kommen wird, falls er noch lebt. Das wenigstens hat man mir bei der Kommandantur vorhin versprochen.« Ihr Mund kräuselte sich spöttisch. »Irgendwie muss man mir doch gefällig sein.«

Eine Stunde später verließ Anna den Hof, um auf die Alm zurückzukehren. Der Gang durch das Dorf war wie ein Spießrutenlaufen. Überall saßen die fremden Soldaten in ihren kaffeebraunen Uniformen herum und riefen ihr Worte nach, die sie nicht verstand. Auf der Brücke blieb sie noch mal stehen und schaute zurück in der stillen Hoffnung, vielleicht Oliver noch einmal zu sehen. Es war vergebens und langsam ging sie weiter. Wie verändert war doch plötzlich ihr ganzes Leben, seit sie wusste, was wirkliche Liebe ist. Und so hatte diese herrliche Liebe enden müssen, so klanglos, so armselig. Nicht einmal richtig Abschied hatte sie von Oliver nehmen können. Unbarmherzig war das Gesetz über ihre Liebe hinweggegangen.

Immer höher kam sie. Vertraulich kam ihr das Herdengeläute entgegen. Wie traumverloren das Echo durch den Wald ging. Die Vöglein jubilierten in den Zweigen um die Wette und der Wind spielte in den hohen Fichtenwipfeln.

Plötzlich weiteten sich ihre Augen. Vor der Hütte stand ein Jeep und neben dem Jeep ein Mann – ein Soldat – Oliver.

Zuerst konnte sie sich kaum rühren, so fuhr ihr dieser selige Schreck in die Glieder. Dann stieß sie einen jubelnden Schrei aus und breitete die Arme weit, um den Mann aufzufangen, der jetzt mit großen Sprüngen den Hang herunterkam.

Oliver trug eine neue Uniform, war frisch rasiert und hatte einen Glanz in den Augen, der Anna eigentlich hätte beglücken müssen. Doch während sie seine Liebkosungen trafen, fehlte ihr einfach der Glaube an seine Worte, dass er wiederkommen werde.

Die Worte des Vaters fielen ihr wieder ein: »So eine bist du also.« Und weil man sie scheinbar für etwas hielt, was sie gar nicht war, wurden ihre Zärtlichkeiten von dem Bewusstsein getragen, dass doch niemand diese Liebe verstünde, außer ihr und Oliver allein.

Es war eine Henkersmahlzeit, die sie hielten. Traurigkeit drang in ihre Gedanken an die weitere Zukunft. Trotzdem wagte sie die scheue Frage:

»Darfst du vielleicht noch ein paar Tage hier bleiben, Oliver?«

Er schüttelte den Kopf. »Leider nein, Engel. Glaub mir, ich habe es noch nie so verwünscht, Soldat zu sein, der gehorchen muss. Das allein ist schon Grund, dass ich jetzt nur noch ein paar Stunden bei dir sein kann. Am Abend muss ich im Lazarett eintreffen, das etwa dreißig Kilometer von hier entfernt ist.«

»Ach, in Dürrnheim vielleicht?«

»Ja, Dürrnheim heißt es, glaube ich.«

»Und wirst du dort länger bleiben, Oliver?«

»Ich weiß es nicht, aber ich wünsche es.«

»Zählen denn unsere Wünsche noch, Oliver?«

»Du hast Recht, Anna. Wir Menschen sind in dieser Zeit nur Nummern, die dem Gesetz gehorchen müssen.«

»Und Liebe ist kein Gesetz?«

»Liebe ist Glaube, Zuversicht und Hoffnung. Ich weiß, dass ich dich eines Tages wiedersehen werde. Ich weiß nicht, wann es sein kann, Engel. Aber einmal werde ich wieder vor dir stehen und dann können wir zusammen sein. Ach – es wird alles sehr schön werden, Engel. Und die Kinder werden dich dann fragen, was du da für einen merkwürdigen Schmuck um den Hals trägst, und wir werden ihnen erzählen, dass es ein Granatsplitter ist und dass du mir das Leben gerettest hast.«

Sie wurde ganz still und nachdenklich bei seinen Worten. Und als er schwieg, sagte sie: »Bitte, träum weiter, Oliver.«

»Träumen? Wieso? Glaubst du denn nicht –«

»Ich möchte und kann es nicht. Es wäre alles zu schön, um wahr zu sein.«

»Aber Anna, es ist doch alles wahr«, sagte er erregt.

Sie streichelte seine Hand. Ihr Kopf lag an seiner

Schulter. Und dann sahen sie sich lange an. Sie wusste nicht, was sie ihm noch alles sagen sollte. Wenn du mich jetzt allein lässt, möchte sie sagen, dann ist alle Wirklichkeit zu Ende und das Träumen beginnt. Du meinst es gut mit mir, aber manchmal bist du doch ein recht großes Kind. Ich passe doch nicht in deine Welt der Fleischbüchsen und Konservendosen. Du denkst nicht daran, Oliver, müsste sie ihm weiter sagen, dass ich doch hier meine Wurzeln geschlagen habe und dass ich das auch brauche zu meinem Leben, so wie ich dich nötig hatte.

Aber all das blieb ungesprochen. Die Zeit verstrich und der Himmel verwandelte sich im Westen schon zu einem zitternden Gelb.

Plötzlich hatte Anna einen verwegenen Gedanken. Sie strich zärtlich mit ihren Lippen über seine Schläfe, dann brachte sie ihren Mund ganz nahe an sein Ohr. »Und wenn du gleich dableiben würdest, Oliver?«

Sein Kopf zuckte zurück. Er sah sie erschrocken an.

»Anna! Das geht doch nicht. Der Krieg ist noch nicht zu Ende.«

»Für dich und mich müsste er einfach zu Ende sein. Also bleibst du hier.«

»Weißt du, was dann mit mir geschehen würde?«

»Ja, das weiß ich ganz genau. Ich würde dich lieben und verwöhnen und du würdest nie mehr Sehnsucht haben nach der Welt da draußen.«

Oliver nahm ihr Gesicht in die Hände. Noch nie war sie ihm so schön erschienen, wie in diesen Minuten der verhaltenen Erregung.

»Du hast mich falsch verstanden, Anna. Mit mir würde etwas ganz anderes geschehen. Sie würden mich suchen und vor ein Kriegsgericht stellen.«

»Und dann erschießen?«

»Höchstwahrscheinlich.«

»Also, dann macht man das bei euch genauso wie bei uns. Alle Soldaten der Welt werden erschossen, wenn sie lieben wollen.«

»Nicht wenn sie lieben wollen, sondern wenn sie fahnenflüchtig werden.«

Anna grübelte eine Weile vor sich hin. Dann fragte sie: »Würde man mich auch erschießen, Oliver?«

»Das wohl kaum. Du wärst ja nicht schuldig.«

»Dadurch vielleicht, dass ich dich zurückgehalten habe.«

Oliver stand plötzlich auf und ihre Hände fielen wie Blei herunter.

»Du bist ein lieber Kerl, Anna, aber du redest jetzt auch lieben Unsinn. Es geht doch jetzt nicht darum, miteinander sterben zu wollen. Unser Leben soll und wird erst beginnen. Und wenn der Krieg erst ganz zu Ende gebracht ist, gibt es doch für uns ganz andere Möglichkeiten. Das alles aber wäre zu Ende, wenn ich jetzt nicht vernünftiger wäre als du. Das musst du verstehen, Engel.«

Da stand auch Anna auf und lächelte ihn an, als habe sie nur einen Scherz gemacht. Wie bitter ernst es ihr gewesen war, das durfte er jetzt nicht mehr erfahren. Die Innenflächen ihrer Hände zeigten es. Tief drückten sich die Fingernägel in das Fleisch. Dann hatte sie vier kleine Wundmale in jeder Hand.

Mit ihrem so absonderlichen Gedanken hatte sie ihm aber bewusst gemacht, dass er gar nicht mehr hier sein dürfte, dass er schon im Lazarett eingetroffen und sich beim Stabsarzt hätte melden müssen. Was, wenn der Major jetzt dort anrief? Er riss sich zusammen. »Ich muss jetzt gehen, Anna. Ich werde dir schreiben, sobald es geht.«

»Ja, bitte schreib«, flehte sie. »Ich werde deine Briefe sehr brauchen.«

»Wenn es auch lange dauert, mein Engel, wirst du mich immer lieb behalten?«

»Gerade das solltest du nicht fragen, Oliver, weil es selbstverständlich ist.«

Mit der einen Hand hielt er sie noch an der Schulter

fest. Die andere lag auf dem Lenkrad. Anna sah über seine Schulter hinweg zu den Bergen hinauf, über denen das Abendrot leise zitterte.

»Ich liebe dich, Oliver, und werde dich noch lieben, selbst wenn du mich schon vergessen hast.«

»Anna ...«, rief er und riss sie noch einmal an sich.

Dann holperte der Wagen über den steinigen Fahrweg und verschwand im Wald.

In einem einzigen Monat wachsen die Menschen zuweilen mehr, als in vielen Jahren vorher oder nachher. In dem einen Monat, in diesem Mai, geschah mehr, als sich sonst in einem Jahr abspielte.

In diesen vier Wochen hatte Anna Rauscher einsehen gelernt, dass sie das Erlebnis mit Oliver Pratt als einen Traum betrachten musste, der niemals wieder in die Wirklichkeit geholt werden konnte. Diesem Traum allerdings hatte es der Unteroffizier Matthias Rauscher zu verdanken, dass er bereits drei Tagen nach dem Einrücken der Amerikaner in Blockstein entlassen wurde und wieder in den Goldenen Grund kam.

Der Major hatte, wie er es Anna versprochen hatte, den Draht in ein Dutzend der vielen Gefangenenlager, die es in diesen Tagen überall gab, spielen lassen. Tatsächlich wurde der Unteroffizier Rauscher ausfindig gemacht und heimgeschickt.

Alles entwickelte sich langsam, aber zielbewusst. Die Ausgangssperre wurde verlängert und schließlich ganz aufgehoben. Die Amerikaner waren immer noch im Dorf und die Kränze auf dem Grabhügel des General Franko waren bereits verblasst, aber den Schleicher hatte man immer noch nicht gefunden. Er war spurlos verschwunden und es war bei seiner Wendigkeit gar nicht ausgeschlossen, dass er anderswo unter falschem Namen wieder eine gewichtige Rolle spielte, dieses Mal als Antifaschist.

Ja, es ging alles seinen Gang. Die Saaten reiften heran, das Heu musste bald geschnitten werden. Nur Emma Brommesberger war durch das Kriegsende auf einen anderen Weg geschoben worden, auf einen Weg nach oben sozusagen, und sie nahm sich sogar ganz repräsentabel aus in ihrer »gehobenen Stellung« als Wäscherin für die Amerikaner.

Eines Nachmittags saß sie vor ihrem Häuschen auf der Bank, als ein baumlanger Schwarzer vorbeischlenderte mit einem Paket unterm Arm. Emma war fasziniert von seiner athletischen Erscheinung und sagte mehr aus Angst recht artig »Grüß Gott«. Der Schwarze zeigte sein herrliches Gebiss und fragte: »Du nix waschen?«

Emma begriff nicht gleich und verstand erst, als er ihr das Bündel mit Wäsche hinhielt. Sie hob bedauernd die Schulter. »Nix Seife.«

An dem sollte es wirklich nicht liegen. Emma bekam Seifenpulver und Seife, mehr als sie brauchte. Und sie bekam Wäsche, mehr als sie bewältigen konnte. Aber sie war ein Arbeitstier. Sie wusch und bügelte mit dem neuen Bügeleisen, das man ihr brachte, und setzte Fett an von der reichlichen Kost, die man ihr zuschob. Der Malermeister Hübler musste ein großes Schild malen, auf dem in großen Lettern »Waschanstalt« stand, und Emma hätte ein herrliches Leben führen können mit all den Zigaretten, die als Zahlungsmittel dienten. Aber das verstand sie nicht. Sie verschenkte alles. Die Schokolade an die Kinder des Dorfes, die Zigaretten an jeden, der welche wollte. Sie wurde zu einer begehrten Person, die Amerikaner schätzten sie wirklich und die Einheimischen rauchten ihre Zigaretten und nannten sie die Marketenderin oder das Amiliebchen, obwohl sie sich mit keinem einließ, weil sie trotz ihres geringen Geistes von diesem Fraternisierungsgesetz gelesen hatte, das sie bei sich das »Franziskusgesetz« nannte.

So ging die Zeit dahin. Anna Rauscher rüstete für den Auftrieb zur Hochalm und der Bruder brachte ihr den Rest der Herde, den sie noch für eine Zeit unten behalten hatten.

Matthias Rauscher war ein mittelgroßer Bursche und hatte mit Anna eigentlich wenig gemein. Der Krieg hatte ihn ausgelaugt und die paar Wochen Heimat hatten noch nicht gereicht, ihm die zwanzig Pfund Fleisch zu schenken, die ihm noch abgingen, um wieder ein kräftiger Mann zu sein.

Nein, Matthias hatte mit seiner Schwester nichts gemein. Wohl wusste er, dass er seine frühe Heimkehr nur ihr zu verdanken hatte. Aber er dankte es ihr nicht. Als er die Herde, hauptsächlich Jungvieh, zur Niederalm brachte, ging er auf Annas Freundlichkeit gar nicht ein, die froh gewesen wäre, in ihrer Verlassenheit mit jemanden sprechen zu können. Er sah sich im Raum um und sagte gehässig:

»Da hast du ihn also versteckt gehabt, deinen Amerikaner?«

Anna horchte auf. Es war weniger die Frage, als der Ton, der sie stutzig machte.

»Warum fragst du, wenn du es doch weißt?«

»Weil ich mich schönstens bedankt hätte, wenn ich bei meinem Heimkommen erfahren hätte, dass meine Cilli einen Amerikaner versteckt gehabt hätte, während wir draußen die Köpfe hinhalten mussten.«

»Die Risser Cilli war nicht in der Lage wie ich. Aber es kann sein, dass sie weniger Herz gehabt hätte als ich.«

Matthias Rauscher zündete sich eine Zigarette an und meinte: »Das Verstecken allein wäre ja noch zu schlucken. Aber man sagt, dass du eine regelrechte Liebschaft mit ihm gehabt hättest.«

»Und wer will das so genau wissen?«

»Das wird doch im ganzen Dorf geredet. Und wenn ich's genau betrachte, bist du nicht recht viel besser als die Emma, die den Amerikanern ihre dreckige Wäsche wäscht.«

Anna hatte begonnen, alles zusammenzupacken, was auf die Hochalm mitgenommen werden musste. In ihrem Mund war ein bitterer Geschmack. Jetzt, wo alles vorüber war, kreidete man ihr an, was sie zunächst aus rein menschlichem Mitgefühl getan hatte. Man konnte sie jetzt dafür nicht mehr einsperren, aber man ließ es sie fühlen. Sogar der eigene Bruder. Ihr Ruf war gesunken, man stellte sie auf die gleiche Stufe wie die Emma Brommesberger, die man verachtete, weil sie Handlangerdienste für die Amerikaner verrichtete, und von der man sich aber trotzdem die Zigaretten schenken ließ, die sie sich durch die Arbeit verdiente.

Nun hatte sie alles in den großen Rucksack gepackt. Sie strich sich vor dem Spiegel ihr Haar zurück und trat vor den Bruder hin.

»Ich hätte dir manches zu sagen, Matthias, aber du verstehst mich ja doch nicht. Und es ist auch gar nicht wichtig, dass ich von dir verstanden werde. Du solltest aber nicht vergessen, dass du es mir zu verdanken hast, das du schon daheim bist. Ich habe einen Wunsch äußern dürfen und da habe ich gleich an dich gedacht, denn schließlich bist du mein Bruder. Aber Undank ist der Welt Lohn. Es wäre bloß schön gewesen, wenn du mich dafür ein bissl in Schutz genommen hättest gegen diejenigen, die jetzt meinen, über mich herfallen zu können. Macht aber nichts, Matthias, ich werde schon allein fertig mit allem. So, und jetzt wollen wir schauen, dass wir losziehen, sonst kommen wir in die ärgste Hitze hinein.«

Matthias hatte einen roten Kopf bekommen und lenkte ein: »Ja, ja, so habe ich es ja auch nicht gemeint. Es ist ja bloß – ich bin immer so stolz gewesen auf meine Schwester, und als man mir das erzählt hat –«

»Niemand kann das beurteilen, Matthias. Und wenn du Oliver gekannt hättest, würdest du vielleicht anders denken. Aber reden wir nicht mehr davon.«

Sie sperrte alles sorgfältig ab und machte sich auf den

Weg. Matthias fuhr mit dem Haflinger voraus, Anna ging hinter der Herde her. Bevor sie in die Talsenke einbog, blieb Anna noch einmal stehen und schaute zurück. Es war ihr zumute, als sei ihr Herz aus ihr herausgefallen, so leer und ausgebrannt kam sie sich vor.

Das Dach der Hütte schimmerte durch die Fichten, und sie musste an die Stunden denken, die sie mit Oliver unter diesem Dach verlebt hatte. So klar und einfach und so selbstverständlich war alles gewesen. Und nun war ihr Leben voller Probleme. Weil sie hilfsbereit gewesen war, ließ man sie Verachtung spüren.

Oliver, dachte sie inbrünstig, nie in ihrem Leben würde sie die Stunde ums Abendrot vergessen, in der er den Gang einlegte und mit brummendem Motor im Wald verschwunden war. Er hatte ihr schreiben wollen und hatte es bisher nicht getan. Anna wusste ja nicht, dass das noch gar nicht ging. Die Ordnung, für die General Franko bis zu seinem letzten Atemzug gelebt hatte, war durcheinandergekommen, und es würde wohl noch eine lange Zeit dauern, bis sich alles wieder eingespielt hatte.

Nach dem kurzen Taleinschnitt begann der Weg immer steiler und steiniger zu werden, Matthias musste den Haflinger immer öfter rasten lassen und auf Annas Stirn stand der Schweiß, als sie endlich um die Mittagsstunde auf der Hochalm ankamen, die siebzehnhundert Meter hoch lag, direkt am Fuß der grauen Felsen.

Hier würde Anna nun ein gutes Vierteljahr bleiben. Und als Matthias so gegen drei Uhr wieder talwärts fuhr, trug sie ihm auf, dass man ihr, falls Post für sie kommen sollte, diese sofort heraufschicken möge.

Matthias hatte schon wieder sein spöttisches Lächeln um die Mundwinkel. »Vielleicht leihen uns die Herrn Amerikaner einen Hubschrauber.«

In diesem Augenblick erkannte Anna, dass das, was sie mit dem Bruder jemals verbunden hatte, zerrissen war. Vielleicht hatte es dieses Augenblicks auch erst bedurft, um zu erkennen, dass sie sich nie besonders viel bedeutet hatten. Gewiss, als Kinder hatten sie sich so recht und schlecht vertragen, bis Matthias in das Alter kam und sich immer häufiger nach den Mädchen umsah, bis er der Risser Cilli von Grub das Versprechen gab, dass sie und keine andere einmal Bäuerin vom Goldenen Grund sein solle.

Mittlerweile war er ja nun um vier Jahre älter geworden und hatte mit dem Kriegshandwerk auch viel Zynismus gelernt und sei es nur der Ton, den er der Schwester gegenüber anschlug, die ihn schließlich schon am dritten Tag nach Kriegsende aus dem Gefangenenlager herausgebracht hatte, aus genauso einem Lager, aus dem die jüngeren Jahrgänge in die Bergwerke nach Frankreich geschickt wurden.

Als Matthias jetzt wegfuhr, fiel ihm so nebenbei noch ein: »Jetzt hätte ich es bald vergessen. Der Staffner Thomas ist gestern heimgekommen.«

Anna erschrak nicht und freute sich auch nicht. Sie nahm die Nachricht hin wie ein Glas Wasser, wenn der Durst nicht recht groß war.

»So?«, sagte sie. Sonst nichts.

Der Bruder stieg in die Speichen des Karrenrades und von da über die Planke. Jetzt saß er auf dem Brett und ergriff die Zügel.

»Ich meine, das wird jetzt halt was, wenn der Thomas erfährt von deinem Husarenstückl.«

»Sag zum Vater, es wäre mir lieber, wenn er dich nicht mehr raufschicken würde mit dem Almkarren und besser selber käme.«

»Soll ich ihm einen schönen Gruß ausrichten, dem Thomas?«

Anna trat in die Hütte und warf die Tür hinter sich zu.

Emma wusste, dass man über sie nichts Gutes sprach. Aber sie regte sich darüber nicht auf. Klein und schattenwüchsig stand sie über dem Gerede und konnte höchstens nur zornig werden, wenn Anna Rauschers Erlebnis mit Oliver in den Dreck gezogen wurde. Sie war die einzige, die Anna mit aller Leidenschaftlichkeit verteidigte, und begriff vielleicht mit ihrem einfachen Sinn als einzige das Märchen vom Berg, das die Menschen zu einer liederlichen Episode herunterwürdigten.

Was tat Emma denn schon Unrechtes? Die farbigen Soldaten saßen auf der langen, niederen Bank vor ihrem kleinen Haus, einsame, gutmütige Buben, rauchten die süßlich riechenden Zigaretten und sangen zuweilen im Schmerz ihres Heimwehs schwermütige Lieder in der Dämmerung. Emma verstand kein Wort davon, verstand auch sonst nicht, was sie sagten, und es mochte wohl sein, dass der eine oder andere fragte, ob sie nicht einmal Zeit hätte zu einem Spaziergang an der Riss entlang bis zur Grotte des heiligen Sebastian. Aber, wie gesagt, Emma verstand diese Sprache nicht, und sie dachte auch gar nicht daran, sich etwa ein Buch zu beschaffen, wie Fräulein Zita von der Postagentur, um Englisch zu lernen, damit sie sich mit dem jungen Leutnant unterhalten konnte, der in den »Vier Aposteln« wohnte und jeden Tag eine Büchse Corned Beef auf das schmale Schalterbrett schob.

In der Einsamkeit der Alm erfuhr Anna nichts. Und als der Vater die Woche darauf mit dem Almkarren kam, waren ihre Augen nur auf die Tasche gerichtet, die er dabei hatte, ob vielleicht nicht doch ein Brief für sie dabei sei.

Der Rauscher las ihr die Enttäuschung vom Gesicht ab und sagte gutmütig: »Träumst du denn immer noch dem Fremden nach? Das ist doch sinnlos, Anna.«

»Mag sein, Vater. Aber träumen werde ich mein Leben lang davon.«

»Ich bin bloß neugierig, wie der Thomas sich damit abfindet.«

»Das muss ich ihm überlassen«, antwortete Anna, ohne lange zu überlegen. »Manchmal wünsche ich mir sogar, dass Thomas sich nicht damit abfinden könnte.«

»Du bist verrückt, Anna.«

»Kann sein, ich weiß es nicht. War er denn schon bei euch?«

»Ja, gestern.«

Anna sagte nichts darauf. Sie sah nur über den Almhang hinauf zum Grat, über den der Schäfer Gabriel gerade langsam seine Herde trieb.

»Man merkt gar nicht, dass er einen künstlichen Arm hat«, sagte der Rauscher nach einer Weile. »Ein Fuß wäre viel schlimmer gewesen.«

»Schlimm ist es so und so«, erwiderte Anna.

Nach zwei Stunden spannte sie den Haflinger ein. Von der Hochalm bis ins Dorf waren es immerhin gut drei Stunden. Der Vater musste heim, denn sie hatten bereits mit der Heuernte begonnen.

Hoch, und nur als silberne Punkte zu sehen, zog eine Staffel viermotoriger Flugzeuge über die Berge. Nur das Geräusch der Motoren erfüllte den Raum zwischen Himmel und Erde. Anna sah den glitzernden Vögeln mit schmalen Augen nach. Dann drückte sie ihr Gesicht in die helle Mähne der Haflingerstute. Mit einem Mal übermannte sie ein ungeheures Bedürfnis nach Zärtlichkeit und Wärme.

Die Viermotorigen aber zogen gemächlich über die Bergkette hin, ein Übungsflug nur, denn der Krieg war vorbei.

Am Sonntag darauf kam Thomas Staffner.

Anna war gerade damit beschäftigt, die Milchtücher auszukochen, schwenkte sie dann draußen am Brunnen aus und hängte sie in die Sonne, als sie plötzlich im Geröll einen Schritt vernahm.

Thomas kam von oben und hatte einen Strauß Steinröslein in der Hand. Der andere Arm hing steif herunter.

Als Anna ihn mit seinem ruhigen, bedächtigen

Schritt zur Alm hinuntersteigen sah, horchte sie in sich hinein, ob ihr Herz nicht schneller schlüge. Aber es blieb ganz ruhig. Nur ein ehrliches Mitleid überkam sie, weil sie dachte, wie schmerzlich es doch sein musste, einen Arm verloren zu haben.

Ob er es schon weiß?, überlegte sie und sagte sich gleich hinterher, wie dumm es sei, anzunehmen, dass man ihm nichts von Oliver hinterbracht haben sollte. Sie wollte es sowieso nicht leugnen. So ein großes Erlebnis, einmalig in seiner Schönheit und Beglückung, ließ sich nicht einfach abwaschen wie Staub oder wie ein Rußfleck, wie sie ihn zuweilen auf die Haut bekam, wenn sie Feuer anmachte in der offenen Herdstelle.

Ja, hier auf der Hochalm war alles viel primitiver als unten auf der Niederalm. Hier brannte das Feuer noch offen auf ein paar Ziegelsteinen und die Sparren oben waren verrußt und voller Pech. Hier gab es auch keine Schlafkammer wie unten. Anna schlief auf einem Lager aus Seegras hinter einem Bretterverschlag.

Thomas kam jetzt näher. Er war ein großer, breitschultriger Mensch, ein wenig linkisch, aber gutmütig in seiner Art. Anna dachte, dass fast zwei Jahre vergangen waren, seit sie sich zuletzt gesehen hatten. Sein Gesicht sah immer noch rot und gesund aus, sein Lachen war noch immer das gleiche und der Druck seiner Hand noch so schmerzhaft wie früher.

Weil er so wie früher lachte, zweifelte Anna, ob er von ihrem Erlebnis etwas wisse.

Er streckte ihr die Blumen hin und sagte: »Am Lerchenhang oben hab ich sie gefunden.«

Er müsste mich eigentlich jetzt in die Arme nehmen, dachte Anna und war doch froh, dass er es nicht tat.

»Die freuen mich aber ganz besonders«, sagte sie und es war ehrlich gemeint. Sie füllte eine Schale mit Wasser und stellte die Blumen hinein. Dann erst sah sie ihn voll und ohne jede Bedrückung an.

»Und wie geht es dir, Thomas?«

Er bewegte den linken Arm. Die Scharniere quietschten ein wenig, aber er sagte, dass er fast alles damit tun könne. Zum Zeichen, dass es die Wahrheit war, nahm er den Eimer mit Wasser und trug ihn in die Hütte.

Er benahm sich überhaupt so, als sei er erst vorige Woche zum letzten Mal hier gewesen und nicht vor zwei Jahren. Er schlüpfte aus seiner Jacke und hängte sie über die Stuhllehne. Dann kramte er seine kurze Pfeife hervor und zündete sie an. Immer noch nichts von einer Umarmung, kein Wort, wie froh er sei, sie wieder zu sehen. Er saß da wie ein Mensch, in dem das Glück zwar heimlich pochte, der sich aber beherrschen konnte. In seinen Augen leuchtete es auf.

»Mir kommt es vor, als ob du in der langen Zeit, in der wir uns nicht sahen, noch schöner geworden wärst, Anna.«

»Ja, meinst du?«, fragte sie und überlegte, wie sie ihm beibringen könnte, dass sich in der langen Zeit bei ihr doch etwas geändert hätte. Aber Thomas ließ sie einfach nicht dazu kommen. Er sprach fast ununterbrochen mit der behäbigen Ruhe eines Menschen, der sich mit seinem Los ausgesöhnt hat. Er ließ sich in langen Erklärungen darüber aus, dass er mit der künstlichen Hand sogar essen könne, und wenn es eine schwere Arbeit gäbe, so könne er die Hand abschrauben und an ihrer Stelle einen eisernen Haken einsetzen. Das Gewinde passe für beides und er habe es auch schon ausprobiert und einen Baumstamm gehoben.

Einem anderen neben ihm habe es beide Beine weggerissen, als die Mine hochging. In diesem Fall, meinte er, wäre er lieber gestorben. So aber habe sich nichts Wesentliches geändert. Er sprach dann weiter davon, dass er das Sägewerk umbauen wollte, wenn sich die Zeiten nur erst normalisiert hätten. Er erzählte ihr auch, dass seine Schwester demnächst heiraten werde und dass sein Vater im nächsten Monat seinen siebzigsten Geburtstag feiere. Lauter belanglose Dinge für ein Wiedersehen nach zwei Jahren. Und Anna war froh darüber. Sie lauschte gerne seiner gut klingenden Bassstimme, die etwas Warmes, Vertrautes hatte. Es störte ihn auch nicht, dass Anna während der ganzen Zeit arbeitete und ihre Arbeit erst unterbrach, als er aufstand, um seine Pfeife an der roten Ziegelmauer des Herdes auszuklopfen. Da legte er nämlich plötzlich seinen Kunstarm um ihre Schulter. Er war hart und nicht anschmiegsam, es fehlte die Wärme eines wirklichen Armes, und Anna hatte das Empfinden, als sei sie unter eine gebogene Baumwurzel geraten. Sie fror unter dieser Berührung und senkte die Stirn.

Mit der gesunden Hand griff er unter ihr Kinn. Seine Augen waren von einem dunklen, sanften Braun. »Wie wär es denn mit einem Bussl?«, fragte er.

Anna hob ihm gleichgültig den Mund entgegen. Er küsste sie genauso wie früher auch schon zuweilen, ein wenig linkisch und scheu. Damals hatte sie das nicht so empfunden, jetzt tat es ihr weh und sie hätte weinen können, denn sie dachte an Oliver und an seine leidenschaftlichen Küsse.

Thomas merkte von all dem nichts. Er ließ Anna wieder los und sagte mit schwerem Glück in der Stimme: »Herrschaftzacklzement! Hab ich dich gern.«

Sie musste ihre Gedanken erst aus weiter Ferne zurückholen. Sie strich sich mit der Hand über die Augen und sah ihn an. Jetzt gab es kein Ausweichen mehr. Jetzt musste sie ihm die Wahrheit sagen. Sie nahm ihn an der Hand, führte ihn zur Bank und setzte sich neben ihn.

»Ich muss dir etwas sagen, Thomas«, begann sie stockend.

»Zuerst muss ich dir noch etwas erzählen«, unterbrach er sie eilfertig und legte nun seinen gesunden Arm um ihre Hüfte.

»Schau, Anna«, begann er. »Das muss raus aus mir. Ich möchte keine Geheimnisse vor dir haben und du darfst mir glauben, ich hab an dich gedacht, als es mir den Arm weggerissen hat und ich dann im Lazarett gelegen hab. Sie wird mich schon noch mögen, hab ich mir gedacht. Und du hast es mir dann auch geschrieben. Ich hab den Brief allerdings erst viel später gekriegt, weil sie mich von einem Lazarett ins andere gebracht haben. In Bingen hab ich den Brief dann bekommen.«

»In Bingen?«, fragte Anna. »Ist das nicht am Rhein?«

»Ganz richtig, am Rhein ist es. Und da ist es passiert.«

»Was ist passiert?«

Thomas druckste eine Weile herum, sah verlegen auf seine schweren Bergschuhe nieder und schabte mit seiner künstlichen Hand an einem Harzfleck, den er plötzlich auf seiner Lederhose entdeckt hatte.

Anna mahnte ihn. »Was ist denn dort passiert, Thomas?«

»Ja weißt – da war eine Krankenschwester – Ingeborg hat sie geheißen, ein recht netter Kerl und – sie hat sich so um mich gekümmert.«

»Aha.«

»Was aha?«

»Ich meine bloß, es war doch auch ganz recht. Du hast ja einen Menschen gebraucht, der sich um dich kümmert.«

»Gelt, das sagst du auch«, fiel er hastig ein. »Ja – und einmal, es war schon ziemlich spät, wir haben auf der Terrasse draußen gesessen und auf den Rhein hinuntergeschaut, und da hab ich ihr – weißt Anna, es war ja weiter nichts dabei – da hab ich ihr ein Bussl gegeben. Aber bloß aus Dankbarkeit.«

Anna war zumute, als müsste sie seinen Kopf in ihre Hände nehmen. So ein großes Kind war er, dieser baumstarke Thomas Staffner.

»Ach so, nur aus Dankbarkeit«, lachte sie.

»Gewiss ist das wahr, Anna. Nichts anderes als Dankbarkeit war es. Ich hab mir nirgends recht helfen können am Anfang. Da hat sie mir das Fleisch geschnitten beim Essen und hat auch sonst recht auf mich geschaut.«

»Natürlich, Thomas. Das versteh ich doch alles ganz gut. Und ist es dann bei dem einen Kuss geblieben?«

Er senkte schuldbewusst seinen Blick. »Na ja, es sind vielleicht ein paar mehr geworden. So zwanzig oder dreißig vielleicht. So genau weiß ich das nicht mehr. Aber sonst ist nichts weiter passiert. Weißt, sie hat so eine nette Figur gehabt und hat so nett lachen können. Ich hätte so was Urwüchsiges, hat sie immer gesagt. Und da hab ich mir halt gedacht: Gibst ihr halt einmal ein Bussl, nur aus Dankbarkeit. Weiter ist es ja nicht gegangen und so unrecht wird es ja auch nicht sein, oder?«

»Nein, nein«, antwortete Anna beklommen. Es war ihr ganz siedend heiß aufgestiegen bei dem Gedanken, ob Oliver sie auch nur aus Dankbarkeit geküsst hatte. Sofort verscheuchte sie aber diesen Gedanken wieder und sagte: »So viel Unrecht ist da nicht dabei, Thomas und ich bin die letzte, die dir das übel nimmt. Es war ja auch wegen der Urwüchsigkeit«, fügte sie lachend hinzu. »Und außerdem warst du ja nicht verheiratet.«

»Die Verheirateten haben es viel ärger getrieben«, versicherte er eifrig.

»Du warst ein freier Mensch«, sprach Anna mit Nachdruck weiter. »Und Männern nimmt man's sowieso nicht so krumm wie unsereinem. Aber wenn du schon so ehrlich bist, Thomas, dann muss ich es auch sein. Also, hör mir einmal gut zu –«

In diesem Augenblick wurden draußen vor der Hütte Stimmen vernehmbar. Drei Touristen kamen auf die Hütte zu, drei Männer, denen man ansah, dass sie noch vor kurzem Soldaten gewesen sein mussten. Ihre Kleidung war grau, es waren zweifellos umgearbeitete Uniformen. Sie legten ihre Rucksäcke vor der Hütte ab und einer fragte bescheiden, ob sie nicht ein Glas Milch haben könnten.

»Eins bloß?«, fragte Anna und wusste nicht, ob sie wegen dieser Störung dankbar oder unwillig sein sollte. »Ihr seid doch zu dritt?«

Der Mann in der Tür schaute sie verwundert an. »Wenn das geht? Wir haben schon auf zwei Almen gefragt und nichts bekommen.«

»Kommt halt herein und setzt euch nieder«, forderte Thomas sie jetzt auf, als sei er der Besitzer der Alm.

Weil es auf Mittag zuging und Anna für sich und Thomas doch etwas kochen musste, trug sie gleich für die anderen drei auch auf, die es gar nicht fassen konnten, dass es in dieser Zeit noch Menschen gab, die selbstlos auch anderen etwas anboten.

Man kam sofort ins Gespräch. Thomas schien geradezu froh zu sein, dass sie gekommen waren. Er hatte sich seine Sünden von der Seele geredet und dachte wohl, dass Anna nicht mehr darauf zurückkommen könnte.

Es dauerte nicht lange, da hatte Anna den Holzhackerschmarren fertig. Sie stellte die rußgeschwärzte Pfanne mitten auf den Tisch und teilte die Löffel aus. Dann holte sie für jeden ein Glas Milch.

»So, nun lasst es euch nur richtig schmecken.«

Einer von den dreien erzählte, dass sie schon seit drei Tagen unterwegs wären, in der Hoffnung, etwas Essbares aufzutreiben. Aber außer einem halben Zentner Kartoffeln, den ein Bauer ihnen gegen zwei Leinenbetttücher überlassen habe, hätten sie noch nichts eintauschen können. Und wenn sie, die Sennerin, für das wunderbare Essen etwas haben wolle, drei Strang Wolle hätte er noch in seinem Rucksack. Allerdings hätte er dafür etwas Butter für Frau und Kinder heimbringen sollen.

Anna schüttelte sofort den Kopf. »Mir brauchen Sie nichts zu geben. Und auf eine Flasche Milch und ein Stück Butter kommt es ja auch grad nicht an. Natürlich kann ich nicht jedem fünf Pfund geben.«

»Was haben wir denn heute für einen Tag?«, fragte ein anderer. »Den muss ich mir nämlich aufschreiben, vielleicht bleibt dieses Datum für mein ganzes Leben ein Glückstag.«

Und dann kamen die Männer unvermittelt auf den Krieg und die augenblicklich herrschenden Verhältnisse zu sprechen. Es stellte sich heraus, dass einer von ihnen in der gleichen Division wie Thomas im Westen gekämpft hatte. Die beiden anderen waren in Russland gewesen und zuletzt in der Tschechei, von wo sie sich nach Hause durchgeschlagen hatten, um nicht in russische Gefangenschaft zu geraten. Dann sprachen sie über Mädchen und Frauen, und über das oft unverständliche Verhalten so mancher, die sich dem Sieger an den Hals warfen.

Anna dachte sich nichts dabei. Sie hatte sich keinem Sieger an den Hals geworfen, denn damals war Oliver ein hilfloser Mensch.

»Das Tollste hörte ich gestern da unten im Dorf im Wirtshaus«, erinnerte sich einer. »Ein Mädchen von hier, ich weiß den Namen nicht mehr, soll einen mit dem Fallschirm abgesprungenen Amerikaner in ihrer Hütte versteckt gehalten haben, bis der Krieg zu Ende war. Ich muss schon sagen, das ist ein starkes Stück.«

Anna legte den Löffel weg und schaute starr in Thomas' Gesicht. Das war unverändert. Er löffelte ruhig aus der Pfanne weiter, nur einmal hatte seine linke Augenbraue kurz gezuckt.

»Ich muss sagen, mir hat das imponiert«, meinte der zweite. »Es hat auf alle Fälle Mut dazu gehört. Vergessen wir nicht, dass gerade in den letzten Kriegsmonaten schwere Übergriffe vorgekommen sind. Man hat abgesprungene Feindflieger gelyncht oder sonst wie umgebracht.«

»Also, zugegeben, sie war mutig«, räumte der erste ein. »Das schließt aber auf der anderen Seite nicht aus, dass ihr Verhalten würdelos war.«

»Würdelos?«, fragte Thomas und hielt mit dem Löffel, den er gerade zum Mund führen wollte, auf halbem Weg inne.

»Komm, gebrauch nicht so abgedroschene Worte«,

mischte sich jetzt der jüngste von den dreien ein. Er war Student der Rechte und hieß Bergmann. Im Krieg war er selber Flieger gewesen und sah das Ganze von einer anderen Seite. »Ich musste in Frankreich auch einmal abspringen und wäre froh gewesen, wenn mich jemand versteckt hätte.«

»Eine Französin würde so etwas nicht tun«, sagte Birkl, der erste Sprecher. »Die haben mehr Nationalstolz.«

»Mach bloß einen Punkt mit deinem Nationalstolz«, erwiderte Bergmann etwas heftig. »Zugegeben, es war vieles unverständlich und auch recht geschmacklos, was manche Frauen und Mädchen gemacht haben, als die Sieger kamen. Aber das war noch lange nicht die Mehrzahl und in Frankreich war es doch auch nicht anders, wenn wir ehrlich sind. In diesem speziellen Fall war es aber ganz anders. Als dieses Mädchen den amerikanischen Flieger versteckte, war noch Krieg und es war durchaus nicht ungefährlich.«

»Kann sein. Aber du hast es gestern doch selber gehört, dass er dann ihr Geliebter geworden ist, obwohl sie mit einem braven und anständigen Burschen aus dem Dorf so gut wie verlobt war. Aber weil er im Krieg einen Arm verloren hatte …«

Thomas legte langsam seinen Löffel weg. Er war jetzt satt und suchte nach seiner Pfeife. Über das verglimmende Zündholz hinweg sah er Anna an. Ihr Gesicht war blass bis in die Mundwinkel hinein. Was würde Thomas jetzt sagen? Aber der schwieg noch und zog heftig an seiner Pfeife. Erst als sein Gesicht hinter dem aufsteigenden Rauch ganz verhüllt war, kam seine Stimme hervor.

»Es kommt immer darauf an, wie man eine Sache anschaut.« Er schlug den Rauch vor seinem Gesicht weg. Bei dieser Bewegung sah Bergmann erst, dass er einen künstlichen Arm hatte, kombinierte sofort richtig und stieß den Birkl unter dem Tisch mit dem Fuß an, dass er schweigen möchte. Thomas aber sprach weiter: »Dann kommt es weiter darauf an, was man glauben darf und nicht. Gerade in solchen Fällen reden die Leute viel, die Hälfte ist meistens erlogen.«

»Mag sein«, gab Birkl zu. »Mir würde die Hälfte genügen. Ich glaube auch gar nicht, dass es so einen Narren gibt, der so einem Weibsbild noch mal glaubt.«

Zum zweiten Mal wurde Birkl unter dem Tisch heftig gestoßen und jetzt erst schien er zu begreifen, was er da angerichtet hatte.

»Doch, so einen Narren gibt es«, sagte Thomas und stand langsam auf. Er drückte die Glut in seiner Pfeife nieder, sah alle der Reihe nach an und fügte hinzu: »So ein Narr bin nämlich ich.«

»Thomas«, flüsterte Anna.

»Jawohl, so ein Narr bin ich«, wiederholte Thomas mit so heftigem Nachdruck in der Stimme, dass eine Widerrede nicht ratsam war. »Ich bin es darum, weil ich nicht alles glaube, was die Leute an Unsinn und Gemeinheiten zusammenreden. Mit dem Steinwerfen sind sie gleich zur Hand, auch wenn sie nichts wissen. Und meistens werfen gerade die, die selber mit einem Stein beworfen werden könnten.«

Nach diesen Worten wurde es so still, dass man den Wind über die Dachschindeln hinweg singen hörte, obwohl er nur leise ging und sich die Nadeln der Föhren vor dem Fenster draußen kaum bewegten.

Dann versuchte Bergmann das Peinliche der Situation abzuschwächen. »Ich weiß nicht, warum wir uns über eine Sache ereifern, die uns nichts angeht. Das Mädchen wird schon wissen, warum es den Flieger in Schutz genommen hat. Sie wird es mit ihrem Gewissen wahrscheinlich vereinbaren können und muss es selbst verantworten.«

»Das weiß ich freilich nicht«, antwortete Thomas. Dann deutete er mit dem Kinn auf Anna hin. »Da steht sie, fragt sie doch.«

Betretenes Schweigen bei allen. Birkl, der das Gespräch eigentlich vom Zaun gebrochen hatte, war es jetzt sichtbar unangenehm. »Das konnte ich natürlich nicht ahnen«, meinte er daraufhin. »Ich bitte vielmals um Entschuldigung.«

»Warum denn?«, fragte Thomas. »Die Anna wird wissen, ob sie mir die Wahrheit sagen oder ob sie mich anlügen will.«

Es kam jetzt keine rechte Unterhaltung mehr in Gang. Die drei hatten es jetzt plötzlich sehr eilig, weiterzukommen. Sie könnten gerade den Vier-Uhr-Zug noch erreichen, meinte Birkl.

Anna hätte sie nun leicht so gehen lassen können. Aber sie gab, was sie entbehren konnte an Milch und Butter und lächelte nur bitter, als Birkl beschämt sagte, wie Leid es ihm täte.

»Warum?«, fragte sie. »Es war Ihre Meinung – und jetzt darf man sie doch sagen.«

Sie gaben beiden die Hand und bedankten sich überaus herzlich. Dann nahmen sie ihre Rucksäcke auf und verschwanden schnell über die Abkürzung hinter der Hütte. Nach wenigen Minuten nahm sie bereits der Jungwald auf.

Thomas blieb draußen stehen und hatte die feste Absicht, das Thema nicht mehr anzuschneiden. Ihm kam es vor, als ob er kein Recht dazu hätte, wie ja auch er einen Seitenweg gewandert war und Anna ihm deswegen keinen Vorwurf gemacht hatte. Und sie waren weder verheiratet noch verlobt.

Er hatte die Hände hinter dem Rücken verschränkt und sah zu den Bergspitzen hinauf, um die kleine, weiße Wolken hingen. Dann fesselte ihn ein Schwalbenpaar, das unter dem Dachbalken sein Nest zu haben schien.

Anna störte ihn nicht. Sie räumte in der Hütte auf und zog sich um. Erst als sie mit allem fertig war, trat sie in die Tür und rief ihn.

Langsam drehte er sich um. In seinen Augen leuchtete es auf. So schön, meinte er, habe er sie noch nie gesehen. Sie trug jetzt einen schweren, gewirkten Faltenrock, darüber ein Oberteil aus weinrotem Samt mit silbernen Knöpfen, darunter eine weiße Leinenbluse mit weiten Puffärmeln. Ihr Gesicht war nun wieder ganz ruhig und gesammelt. Zwischen den zweiten und dritten Knopf des Oberteils hatte sie eins von den kleinen Steinröslein gesteckt.

»Teufeldixeine! Bist du schön«, staunte er.

Anna ging darauf nicht ein, sondern fragte ihn, mit einem leisen Zittern in der Stimme: »Was willst du nun von mir hören, Thomas?«

Er machte eine abwehrende Handbewegung. »Lassen wir's sein, Anna.«

»Nein, Thomas, das muss jetzt ausgeredet werden.«

»Dann musst du mir die Wahrheit sagen, Anna. Nichts als die reine Wahrheit.«

»Und wirst du sie ertragen können, Thomas?«

»Sie wird immer noch besser sein als eine Lüge.«

Anna trat nahe an ihn heran, legte ihre Hand auf seinen künstlichen Arm und holte tief Atem.

»Bevor die drei kamen, wollte ich dir alles sagen, Thomas. Ich weiß nicht, ob es vorher besser gewesen wäre oder jetzt. Jetzt kenne ich nämlich deine Meinung und ich fürchte, dass ich dir weh tun muss. Eins muss ich noch vorausschicken, Thomas. Verlobt waren wir zwei nicht. Ich bin dir immer gut gewesen, weil du ein grundanständiger Mensch gewesen bist und nie aufdringlich warst. Ich weiß auch, dass dein Vater und mein Vater es gerne sähen, wenn wir zwei zusammenkämen. Aber nun ist halt das dazwischengekommen.«

Sie hatte das leise gesprochen und dabei auf den Hang hinaufgeschaut, wo die Kühe weideten. Jetzt erst sah sie ihn an. Seine Brauen waren etwas zusammengeschoben, nicht zornig, nur nachdenklich, und er schluckte heftig.

»Was ist dazwischengekommen?«, fragte er.

»Das mit Oliver Pratt.«

Lange sah er zu Boden und stieß mit der Fußspitze ein Steinchen weg. Dann hob er die Augen.

»Anna, ich hab dir vorhin das von der Krankenschwester erzählt, weil ich dir gegenüber ein ganz reines Gewissen haben wollte. Und ich kann mir nicht denken, dass du mir deswegen etwas nachträgst. Was vorbei ist, kann man leicht vergessen. Warum soll dann ich dir bös sein?«

Ein müdes Lächeln zuckte um ihren Mund. Ach, er wird mich wohl nie verstehen, dachte sie.

»Bei mir ist es doch viel tiefer gegangen, Thomas. Zuerst fand ich einen hilflosen, verwundeten Menschen auf dem Almfeld. Ich hab gewusst, dass ihm nichts Gutes bevorstünde, wenn man ihn festnahm. Darum, und weil der Dümmste es sich hat ausrechnen können, dass der Krieg nicht mehr lang dauern würde, habe ich ihn versteckt. Zuerst war es Mitleid mit seiner grenzenlosen Hilflosigkeit. Und dann – ich weiß es selber nicht mehr, wie es gekommen ist. Da ist es eine Liebe geworden, so schön und stark – bei uns beiden –, dass wir machtlos dagegen gewesen sind. Ja, Thomas, ich habe ihn geliebt. Zum Schluss war es so, dass ich für ihn hätte sterben können.«

Sein Gesicht war plötzlich fahl geworden. Dieses Geständnis hatte er nicht erwartet und es traf ihn doch recht schwer. »So ist das also«, flüsterte er vor sich hin.

»Es ist die reine Wahrheit, Thomas. Ich hab sie dir sagen müssen, weil ich dich nicht anlügen kann.«

Er lachte gequält auf. »Manchmal wär eine Lüge besser als die Wahrheit. Aber eine andere Frage, Anna. Liebst du ihn immer noch?«

»Soll ich lügen?«

»Nein, nein, jetzt ist es für den Rest auch schon egal. Umbringen wird es mich nicht gleich.«

Anna senkte den Kopf und drehte sich um, als wollte sie in die Hütte gehen.

»Ja, Thomas, ich liebe ihn immer noch und ich weiß, dass das nie aufhören wird.«

»Dann ist das was anderes«, sagte er nach einer Weile resigniert, trat an ihr vorbei in die Hütte und griff nach seiner Jacke, die über dem Stuhl hing. Dann zwängte er sich an ihr vorbei und dabei war ihr, als mache er sich absichtlich recht schmal, um sie nicht zu berühren. Aber sie konnte sich auch nicht bewegen, es war, als wäre sie an den Türbalken genagelt. Zaghaft sagte sie:

»Ich nehme es dir nicht übel, Thomas, wenn du jetzt gehst. Aber vielleicht bringst du es fertig, nicht mit Verachtung an mich zu denken.«

Er drehte sich langsam um. »Verachten? Dazu hab ich kein Recht, Anna.«

»Die anderen haben auch kein Recht dazu und tun es doch.«

»Die anderen? Bin ich nicht immer ein wenig anders gewesen als die anderen?«

»Ja, Thomas, das stimmt. Und darum mochte ich dich immer gern.«

Er schlüpfte in seine Jacke, und weil es mit dem künstlichen Arm nicht so leicht ging, half Anna ihm.

»Bloß eins sag mir noch, Anna. Was erwartest du dir von allem? Glaubst du, dass – dass du ihn noch jemals in deinem Leben wieder siehst?«

»Vielleicht ist es dumm von mir, aber ich glaube es. Auf alle Fälle möchte ich warten.«

»Bis du alt und grau bist.«

»Wenn es sein muss, ja. Er wird mir schreiben.«

Thomas lachte hart und trocken auf. »Er wird wahrscheinlich bessere Briefe schreiben können als ich.«

»Daran liegt es doch nicht, Thomas.«

Er knöpfte seine Jacke zu und wieder auf. Der ganze Mensch war voller Verlegenheit und er wusste nicht, wo er die Hände hintun sollte. Dann hob ein schwerer Atemzug seine Brust.

»Du hast Recht, Anna. Verlobt waren wir nicht miteinander. Es war jeder von uns ein freier Mensch. Ich muss mich halt jetzt damit abfinden. Aber dich verachten? Nein, Anna, das kann ich nicht. Das müsste ich höchstens, wenn du mir die Wahrheit verschwiegen und mich hättest weiter hoffen lassen. Es kommt halt einmal etwas über einen Menschen, wofür er nichts kann. Und wenn er sich noch so dagegen wehrt, das andere ist halt dann stärker und reißt ihn mit, entweder in den Abgrund oder in die Höhe. Behüt dich Gott, Anna.«

Seine Stimme war jetzt doch ein wenig ins Schwanken gekommen und er trat ganz schnell hinaus in die Sonne. Vielleicht warf er das Gatter im Zorn so heftig hinter sich zu, damit sie es hörte, vielleicht aber war es nur aus seiner linken Hand geglitten, die ja gefühllos war.

Das Sonnenlicht umflimmerte seine hohe Gestalt. Er ging schnell, um bald in den Schatten des Waldes zu kommen. Von dort herauf klangen noch eine Weile seine schweren Schritte auf dem steinigen Weg. Dann wurde es still. Nur die Herdenglocken klangen verschwommen von der Höhe herunter.

Anna saß jetzt ganz still auf der niedrigen Hüttenstufe und die Tränen tropften auf ihre im Schoß verschlungenen Hände.

Thomas aber war nur so weit gegangen, bis er genau wusste, dass Anna ihn nicht mehr sehen konnte. Dann warf er sich aufstöhnend ins Moos und verdeckte das Gesicht mit den Händen. Und unbekümmert des lieblichen Vogelgesangs, rief er seine Not anklagend in die grünen Zweige über sich, durch deren Lücken manchmal ein schmaler Streifen blauen Himmels sichtbar war.

»Warum hast mich dann heimkommen lassen, Herrgott im Himmel? Unter der kühlen Erde wär mir jetzt wohler als so. Oh, Anna – was weißt denn du, wie ich mich nach dir gesehnt hab. Und nun ist mir dein Herz verloren gegangen. Was soll ich denn jetzt anfangen?«

Niemand gab ihm Antwort auf seine Klagen. Nur der

Wind flüsterte in den Zweigen und einmal hämmerte in der Tiefe des Waldes ein Specht, indessen die blauen Himmelsstreifen zwischen den Zweiglücken langsam eine zart rötliche Färbung annahmen.

Der Sommer ging dahin.

Thomas Staffner kam nie mehr auf die Hochalm, solange Anna dort oben war. Er kam auch nicht auf die Niederalm, auf die Anna ihre Herde in der ersten Septemberwoche wieder herunterbrachte.

Jetzt kam für Anna erst die schlimme Zeit, denn hier erinnerte sie jeder Winkel an die Stunden ihres Glücks. Manchmal, wenn sie am späten Abend noch so dasaß und über alles nachdachte, dann meinte sie, die Tür müsste sich öffnen und Oliver würde hereintreten.

Ach, es war alles wieder so lebendig geworden und je länger die Trennung dauerte, desto unverwischbarer wurde sein Bild in ihrem Herzen. Sie hätte jede Linie seines Gesichts nachzeichnen können und rief sich immer wieder seine zärtlichen Worte in Erinnerung. Sie wollte es einfach nicht glauben, dass ausgerechnet bei ihr das Glück nur als kurzer Gast verweilt habe, um nie mehr wiederzukommen.

Und doch musste sie es glauben, denn von Oliver kam keine Nachricht. Anna suchte nicht nach den Gründen solchen Schweigens, sondern wartete und hoffte weiter.

Und wie sie hoffte. Jedesmal, wenn der Vater auf die Alm kam, war dieser heiße Hoffnungsschimmer in ihren Augen, ob der Vater jetzt nicht in die Jackentasche griff, um ihr einen Brief auszuhändigen. Und wenn er die Jacke ablegte, und Anna einen Augenblick allein war, suchte sie schnell selber seine Taschen durch. Es war alles vergebens. Oliver schrieb nicht. Sie wusste nicht, dass er um diese Zeit noch gar keine Möglichkeit hatte ihr zu schreiben.

Sie wusste überhaupt wenig von dem, was im Dorf

unten und in der Welt draußen passierte. Der Vater war noch schweigsamer geworden und es war immer etwas wie ein stummer Vorwurf in seinen Augen, weil er wusste, dass Thomas sich zurückgezogen hatte. Und er hatte es sich immer so schön ausgemalt, dass Anna einmal in die große Sägemühle am Ortsrand von Blockstein einziehen würde, beneidet von allen um den schönen Besitz. Nun war dieser Traum zerschlagen, denn Anna ließ zuweilen durchblicken, dass sie nie heiraten werde.

So floss Annas Zeit auf der Alm still dahin. Selten kam einmal jemand vorbei außer der alten Burgl, die immer wunderlicher wurde. Und doch war sie nun der einzige Mensch, dem Anna ihr Herz ausschütten konnte. Mit ihr konnte sie über Oliver reden. Die Alte hörte geduldig zu und versuchte in ihrer knappen, wissenden Art die bangen Zweifel des Mädchens zu zerstreuen.

»Wird halt nicht schreiben können«, meinte sie einmal. »Und vielleicht haben sie ihn gar nach Japan geschickt, weil ja dort der Krieg noch nicht aus war im Mai, so wie bei uns.«

Anna schöpfte wieder Hoffnung. »Ja, das könnt wohl so sein«, antwortete sie. »Aber meinst du, dass er noch einmal was von sich hören lässt?«

»Davon bin ich fest überzeugt. Du musst halt warten können und Geduld haben.«

Geduld wollte sie gerne haben. Und mit dieser Geduld im Herzen sah sie die letzten Sommertage durch das Tal lächeln.

Ja, der Sommer ging zu Ende, das ließ sich nicht leugnen. Das Wasser der Riss spiegelte zartblau die Farbe des Himmels, Schwalben flogen darüber hin, aber sie waren nicht mehr die sonnentrunkenen Sänger des Frühlings, sondern begannen bereits, sich auf den Telefondrähten zu sammeln, um sich für den Flug nach dem Süden zu rüsten.

Noch lag warmer Sonnenschein über den abgeernteten Feldern, die Tage waren noch durchleuchtet von sommerlicher Wärme, wenn sich auch da und dort aus dem dunklen Grün der Wälder das leuchtende Rot einer Buche hob und das Summen der Bienen leiser wurde und der Wind von den Bergen eine neue Melodie bekam.

Um diese Zeit zogen die letzten Amerikaner aus Blockstein ab. Die beschlagnahmten Häuser wurden wieder frei gegeben und auch Benedikt Löscher, der Wirt »Zu den vier Aposteln«, konnte nun mit seiner Frau, der Küchenmagd Julia und dem Hausknecht Alois seine Räume wieder beziehen, zum Kummer des Gastwirts Kammhuber, der inzwischen ein gutes Geschäft gemacht hatte.

Die Amerikaner hatten das alte, klosterähnliche Gebäude in einem sehr unordentlichen Zustand zurückgelassen. Überall, in jedem Zimmer, lagen Konservenbüchsen herum, die Betten in den Fremdenzimmern waren zerrissen und verschmutzt, die »Apostel«-Wirtin stand eine ganze Weile mit in die Hüften gestemmten Armen kopfschüttelnd in der großen Gaststube, wo man die Vorhänge offenbar dazu benutzt hatte, Schuhe damit zu putzen. Als sie sich genug gewundert und geärgert hatte, sagte sie zum Hausknecht: »Geh hinüber zur Emma und sag ihr, sie soll kommen und uns stöbern helfen.«

Die Emma saß gerade vor ihrem Häuschen und war froh, endlich einmal ein paar Tage ausruhen zu können. Sie dachte gar nicht daran, wieder als Tagelöhnerin zu gehen, sagte dies auch dem Hausknecht vom Löscher und deutete auf das Schild »Waschanstalt« über ihrer Tür.

»Ich hab eine Waschanstalt«, sagte sie stolz und flehte die ganze Zeit schon inbrünstig zu allen Heiligen, dass die Amerikaner nicht zurückkämen, um die vergessene Waschmaschine doch noch abzuholen, die man ihr zur Verfügung gestellt hatte.

Als ob es diesen reichen Amerikanern auf eine simple Waschmaschine angekommen wäre. Im Augenblick hatte sie zwar außer ihrer eigenen Wäsche nichts zu waschen, und als sie den Hausknecht wieder davongehen sah, hatte sie plötzlich einen Einfall, rief ihn zurück, schenkte ihm eine halbe Schachtel Chesterfield und trug ihm auf, sie würde zwar nicht zum Putzen kommen, dafür aber die ganze Wäsche des Gasthofes »Zu den vier Aposteln« übernehmen. Jawohl, sie sagte »übernehmen«, so wie eine Firma einen Auftrag übernimmt.

Der »Apostel«-Wirt schrie, krebsrot im Gesicht: »Schau sie dir an. Ist die sich vielleicht zu gut geworden, dass sie als Tagelöhnerin geht? Der werde ich was sagen.«

Jawohl, Emma war sich zu gut geworden, und sie sagte das auch dem Herrn Löscher ganz unverblümt und das auf eine so drollige Weise, dass sein Zorn verrauchte, zumal er ein starker Raucher war und auf dem Fensterbrett eine Schachtel Camel liegen sah.

»Tätst du mir die vielleicht verkaufen?«, fragte er.

»Verkaufen nicht, aber vertauschen. Dir kann ich ja nicht gut was schenken. Sagen wir zwei Pfund Schweinernes?«

»Ich muss erst schlachten.«

»Wann?«

»Morgen. Es wird ja höchste Zeit, dass wieder Schwung in meinen Laden kommt.«

»Also gut, dann zwei Pfund Schweinernes. Aber nicht zu fett. Ich hab sowieso zugenommen in letzter Zeit.«

Der »Apostel«-Wirt rauchte gierig und sah dabei die Emma abschätzend an. »Ja, du bist ganz schön mollig geworden. Im Gegensatz zu uns. Die Meinige hat zwanzig Pfund abgenommen in der Zeit. Dir haben die Schwarzen ganz gut angeschlagen, scheint mir.«

Die Emma wurde rot vor Zorn. »Wie meinst du denn das?«

»Na, sie haben ja immer vor deinem Häuschen gesessen.«

»Ja und? Was ist da schon dabei? Irgendwo haben sie ja schließlich sitzen müssen, die armen Teufel.«

»Arme Teufel ist gut. Jeder hat einen Bimser auf wie ein Kürbis und strotzt vor lauter Kraft. Und wie kommen die Unsern heim? Ausgemergelt und halb verhungert.«

»Kann da ich was dafür? Gar nichts kann ich dafür, genauso wenig, wie ich mich dagegen wehren kann, wenn ihr mich schlecht macht.«

»Hab ich dich vielleicht schlecht gemacht?«

»Ich hab mich schon ausgekannt vorhin, wie du so spitzig dahergeredet hast. Ich weiß schon, was man über mich redet. Aber – ob du mir's glaubst oder nicht, ›Apostel‹-Wirt – mir ist keiner nahe getreten. Wenn ich schon keinen Hiesigen krieg, ein Amerikaner muss es dann schon zweimal nicht sein. Bleib ich halt ledig. Ledig gestorben ist auch nicht verdorben.«

Der »Apostel«-Wirt musste herzlich lachen. »Du redest ja grad daher, als wenn du schon eine alte Schachtel wärst. Wird schon noch einer anbeißen. Gar so übel bist du gar nicht, wenn man dich genau anschaut. Das Mollige steht dir gar nicht schlecht. – Also, wie ist es dann mit der Wäsche?«

»Schick sie rüber. Morgen werd ich dann gleich waschen, und übermorgen könnt ihr alles wieder haben.«

Dabei blieb es dann. Jede Woche schickte die »Apostel«-Wirtin die Wäsche. Beim Doktor taten sie dasselbe und verschiedene andere kamen dazu. Emmas Geschäft florierte und der Hausknecht Alois blieb immer länger bei ihr sitzen, wenn er mit seinem Zweiradkarren die Wäsche abholte. Er war nicht mehr ganz jung und von Schönheit war er auch nicht gerade geplagt. Aber Emma hatte immer noch genügend Zigaretten und es gefiel ihr, wenn er hinten auf der Ofenkiste saß und eine nach der anderen bedächtig rauchte, während sie am Tisch vorn bügelte.

Alois Gröbmaier war erst vor zwei Jahren zum »Apostel«-Wirt gekommen, als er wegen seiner Kriegsverletzung aus der Wehrmacht entlassen worden war. Er zog das rechte Bein ein wenig nach, vor einem Wetterumschwung noch mehr als an sonstigen Tagen. Die Amerikaner hätten ihn wegen seines schneeweißen Fragebogens ohne weiteres auf einen höheren Posten als auf den eines Hausknechtes gehoben. Aber Alois hatte wenig Ehrgeiz und wollte lieber Hausknecht bleiben, obwohl er sich ganz ruhig auch unter manche der neuen Leute hätte mischen können, die jetzt an führender Stelle saßen, obwohl sie das Alphabet nur zur Hälfte beherrschten und am liebsten drei Kreuze gemacht hätten, wenn es ihrer Unterschrift bedurfte. Aber mit den Unterschriften wuchs ihre Bedeutung und mit der Zeit lernten sie, ihren Namenszug mit einem kühnen, hochgestellten Schnörkel und einem langen Strich zu versehen, was sehr gelehrt aussah und den anderen, die noch dümmer waren, Respekt einflößte.

Nein, Alois liebte das beschauliche Leben eines Hausknechts in den »Vier Aposteln«, war so geduldig wie seine drei Vorgänger, bloß nicht so gesprächig. Manchmal saß er eine geschlagene Stunde bei der Emma im Ofenwinkel, ohne mehr zu sprechen als: »Ja, ja, so geht's, wenn's gut geht«, und die Emma sagte darauf: »Und gut geht's immer, gelt?«

Aber manchmal kommen sich menschliche Seelen einander durch Schweigen schneller näher als mit vielem Reden. Die Emma legte ihm einmal ein Kissen auf die Holzkiste, damit er weicher sitze, und fragte ihn, ob er einen Kaffee möchte.

Auch Kaffee hatte sie genügend und Alois fügte seinen lakonischen Worten noch hinzu:

»Ich mein, Emma, du solltest jetzt keine Zigaretten mehr anderweitig verschenken.«

»Wenn du meinst, Alisi? Ich hab aber noch mindestens fünfzehn Stangen.«

»Das ist gut, Emma. Die musst aufheben.«

»Für dich, Alisi?«

»Ich denk schon, sonst sitz ich einmal ganz trocken bei dir da«, antwortete er, schlürfte seinen Kaffee und beschloss dieses »lange Gespräch« mit seinem: »Ja, ja, so geht's, wenn's gut geht.«

Dann kam er immer öfter, auch wenn er keine Wäsche zu bringen oder zu holen hatte. Über Kaffee und Zigaretten pirschte er sich langsam und mit der bewundernswerten Trägheit eines Phlegmatikers an Emmas Herz heran und gewann es, weil Emma mit dreiundzwanzig Jahren endlich wissen wollte, wie es sei, in eines Mannes Armen liegen zu dürfen.

Nachdem Alois einmal aus seiner Trägheit erwacht war und seine Arme tatsächlich hob, um sie um Emmas gutgepolsterte Hüften zu legen, wurde er von Emma nach allen Regeln der Kunst verwöhnt. Und das konnte sie. Ihre Wäscherei ging gut, sie verdiente an einem Tag mehr, als Alois in der ganzen Woche, sie dachte daran, ihn ganz zu sich zu holen. Das aber wollte Alois noch nicht, denn er führte auch in den »Vier Aposteln« ein recht beschauliches Leben. Immerhin wachte er aus seinem Phlegma ein wenig auf, trug jetzt immer gut gebügelte Hemden, und einmal wusch Emma zwei Tage für das Kaufhaus Holder nur, um gegen ihre Arbeit einen Anzugstoff einzutauschen, damit ihr Alisi wenigstens sonntags gut aussah, wenn sie miteinander an der Riss entlang spazieren gingen bis zu der Bank an der Sebastiansgrotte, an deren Lehne neuerdings ein Herz mit zwei Buchstaben C. u. Z. eingeritzt war, was wohl Charly und Zita heißen mochte.

Und so taumelten diese letzten sommerseligen Tage in den Herbst hinein. Es kamen Tage mit Regen und Wind, der bald von Norden und dann wieder von Westen blies. Wie todmüde Reiter ächzten die Kastanienbäume auf dem Friedhof oben und wurden immer kahler in den Ästen, bis eines Morgens Schnee über den

Wiesen lag. Er hielt sich freilich noch nicht, aber nach dem Sturm der letzten Nacht hatten die Bäume ihr buntes Kleid abgelegt und reckten nun ihre Äste, aller Pracht beraubt, in den grauen Himmel.

Das war um die Zeit, als Barbara Rauschers Krankheit, die sie schon lange in sich trug, immer schlimmer wurde. Der Pfarrer Krandl wurde vom Doktor Hoter in den Goldenen Grund geschickt, weil er mit seiner ärztlichen Kunst bereits zu Ende war.

Als der Pfarrer im Rauscherhof ankam, traf er niemanden an und musste sich den Weg zur Krankenstube selber suchen. Die Rauscherin hob mit Anstrengung die Lider. Dann zuckte es um ihren Mund.

»Ach, sind wir schon so weit, Hochwürden?«

»Nein, nein, liebe Rauscherin. Ich kam nur zufällig hier vorbei und wollte einmal nachschauen. Ist denn niemand bei Ihnen zu Haus?«

Da stahl sich nochmals ein schüchternes Lächeln in das Gesicht der Kranken. »Die Mannsleut sind heut unterwegs zu einer wichtigen Arbeit. Aber das wissen Sie ja.«

»Ich weiß nichts, liebe Rauscherin.«

»Ach so, vielleicht sollte es auch für Sie eine Überraschung sein. Sie holen nämlich die Glocke, die sie versteckt haben. Und ehe ich die nicht noch mal läuten hör, möcht ich nicht sterben. Aber weil Sie schon einmal da sind, in Gottes Namen also: Manches in meinem Leben hab ich falsch gemacht und manches hab ich gutmachen wollen und es ist mir dann auch ins Verkehrte hineingeraten.«

»Fällt es Ihnen schwer zu sprechen, Frau Rauscher?«

»Nein, nein. So viel Luft hab ich schon noch beieinander. Danach brauch ich ja keine mehr.«

»Und womit meinen Sie, sind Sie ins Verkehrte hineingeraten?«

»Mit meinem Buben, dem Matthias. Immer hab ich versucht, aus ihm einen aufrechten Menschen zu machen. Aber er hat halt so was Hinterlistiges – so was Gieriges …«

»Das hab ich aber noch nicht bemerkt an ihm.«

»Das ist es ja, Hochwürden. Der Matthias kann lachen und im gleichen Atemzug denkt er, wie er einen anderen hereinlegen kann. Alles zu mir her, heißt es bei ihm.«

Der Pfarrer schaute eine Weile zum Fenster hinaus. Der Wind bewegte die Äste des Apfelbaumes vor dem Fenster und ein paar Krähen zogen träge über den Hof. Dann beugte er sich wieder zu der Kranken nieder.

»Das Wichtigste war doch der Wille, liebe Rauscherin, ihn anders lenken zu wollen.«

»Ja, den Willen hab ich allzeit gehabt, aber meine Kraft hat nicht ausgereicht.«

»Damit sollten Sie sich das Herz nicht schwer machen, liebe Rauscherin. Die anderen kleinen Irrtümer verzeiht Ihnen Gott gerne. Es sei denn, Sie hätten noch eine schwere Schuld, die sich nicht ohne weiteres von der Tafel wischen lässt.«

»Nicht, das ich wüsst«, lispelte die Bäuerin nachdenklich. »Und das, was das Mädchen getan hat, das darf man mir nicht als Schuld anrechnen. Dafür kann ich nichts.«

»Die Anna? Ich weiß, was Sie meinen. Wer darf hier von Schuld sprechen?«

»Die Leute reden ja doch und der Staffner Thomas will auch nichts mehr von ihr wissen.« Sie versuchte sich aufzurichten, was ihr sichtlich Mühe machte. »Sie könnten nicht einmal mit dem Thomas reden, Hochwürden?«

»Soll das eine Bitte sein, Rauscherin?«

»Ja, Hochwürden, eine letzte, große Bitte. Ich tät leichter sterben, wenn ich die Anna mit einem guten Mann verheiratet wüsste.«

Draußen entstand auf einmal Lärm. Aus dem Waldweg kam ein Bauernfuhrwerk, das der Rauscher Matthias lenkte. Daneben und hinterher gingen ein Dutzend

Männer. Auf dem Wagen, dessen Räder unter der schweren Last ächzten, lag die schwere St.-Josefs-Glocke, die sie endlich aus ihrem Versteck geholt hatten.

»Sind sie es schon mit der Glocke?«, fragte die Rauscherin.

»Ja, die Glocke ist es«, anwortete der Geistliche ergriffen und dachte an die Ängste und Nöte, die er damals ausgestanden hatte, als die Glocke plötzlich verschwunden war. Man hatte ihm nicht glauben wollen, dass er davon nichts wusste.

»Jetzt werd ich sie doch noch läuten hören«, sagte die Rauscherin leise.

»Ja, Rauscherin. Morgen zwar noch nicht. Aber übermorgen bestimmt und hoffentlich werden Sie sie noch oft läuten hören.«

Daran glaubte die Rauscherin nicht, die fühlte, dass ihr Ende nahte und nun doch noch eifrig zusammenkramte, was sie an kleinen Sünden begangen zu haben meinte.

Wo in einem Leben so wenig gefehlt worden war, gab es auch kein großes Büßen und der Pfarrer betete gemeinsam mit der Rauscherin die zwei Vaterunser, indessen draußen der Wind nachgelassen hatte und etwas vom zarten Abendrot durch das kleine Fenster hereinfiel und goldene Kringel an die Wand zeichnete.

Und tatsächlich, am übernächsten Tag, so gegen fünf Uhr, läutete die schwere Glocke im Kirchturm von Blockstein. Hatte sie früher schon diesen vollen herrlichen Ton gehabt, oder war es wirklich so, dass nach der langen, dunklen Nacht, in der sie verborgen war, ihr Klang ganz neu aufjubelte – den Menschen, die sie versteckt hatten, und Gott zur Ehre?

Im Goldenen Grund lag die Bäuerin Barbara Rauscher still da und horchte auf das Glockengeläut. An der Seite des Bettes kniete der Rauscher mit einem fassungslosen Schreck in den Augen: »Du wirst mich doch jetzt nicht allein lassen …«

Am Bettende stand Matthias, die Fäuste um das Holz geklammert, und dachte, dass er bald heiraten müsse, falls die Mutter wirklich stürbe. In die Küche muss dann gleich ein neuer Herd, überlegte er, und die Wand darüber muss gefliest werden. Überhaupt muss manches anders werden, wenn die Cilli im Goldenen Grund Bäuerin wird.

Mühsam wendete die Kranke das Gesicht. »Kommt denn die Anna noch nicht bald?«

»Ich hab mittags schon jemanden hinaufgeschickt. Sie muss jeden Augenblick kommen«, log Matthias, denn er hatte niemanden hinaufgeschickt. Was sollte sie hier auch? Gesund konnte sie die Mutter auch nicht mehr machen, aber es würde vielleicht noch allerhand gesprochen, was ihm nicht in den Kram passte.

»Peter, versprich mir, dass die Anna ihren Anteil richtig bekommt, wenn ich einmal nicht mehr bin.«

»Ja, Mutter.«

»Es wär halt gut, wenn das mit dem Staffner Thomas wieder in Ordnung käm.«

»Ja, aber zwingen kann man keinen Menschen«, sagte der Rauscher. Und der Matthias dachte: Das fehlte mir grad noch, dass ich sie nicht losbrächte und sie meinen Lebtag nicht loswerden könnte.

»Wenn sie nur grad käm«, jammerte die Kranke wieder. »Ich möcht ihr halt noch so gern ans Herz legen, dass sie ein bissl auf dich schaut. Der Jüngste bist ja auch nicht mehr, Peter«, sagte sie jetzt zu ihrem Mann.

Er wird schon nicht verhungern müssen, dachte der Matthias gereizt und überlegte, ob er sich eine Zigarette anzünden könnte.

Die Anna kam und kam nicht, und die St.-Josefs-Glocke schüttete ihr Halleluja immer noch übers Land hinaus. Das war das letzte, was die Bäuerin vom Goldenen Grund noch bewusst in sich aufnahm. Wenig später tat sie einen tiefen, langen Atemzug, mit dem sie gleichsam ihr Leben aushauchte aus dem müde gewordenen Leib. Eine gute und feine Seele.

»Barbara«, stöhnte der Rauscher und warf seinen Kopf auf ihre kalt gewordenen Hände. Seine Schultern zuckten. Matthias aber räusperte sich rau und sagte: »Jetzt hat sie es hinter sich, die Mutter.«

Dann ging er auf den Balkon hinaus und zündete sich eine Zigarette an.

Die Tote war noch nicht aus dem Haus, als der Rauscher seinem Sohn sagte, er sei ein Lump.

Matthias war im schwarzen Anzug ganz leidlich anzusehen. Er schaute seinem Vater nicht in die Augen, sein Blick verfing sich mehr in dessen schneeweißen Haaren, die ein wenig borstenartig in die Höhe standen.

»Und warum?«, fragte er.

»Weil du gelogen hast, denn du hast der Anna gar nicht Bescheid gesagt, dass die Mutter stirbt.«

»Weil ich niemand gehabt habe zum Schicken«, redete sich Matthias heraus.

»Dann hättest es sagen müssen und nicht lügen, dass du den Buben vom Bergmoser hinaufgeschickt hast!«

»Helfen hätte sie der Mutter ja doch nicht mehr können.«

Die weißen Brauen des Rauschers schoben sich hart zusammen. »Darum geht es nicht. Wenn ein Mensch in solchen Situationen lügen kann, dann weiß ich, was ich von ihm zu halten habe. Und vielleicht ist es ganz gut, dass ich weiß, wie ich mit dir dran bin.«

»Dann ist es ja gut«, antwortete Matthias und war froh, dass diese unerfreuliche Auseinandersetzung zu Ende war, denn soeben kam der Pfarrer über den Hofplatz, um die Tote zu segnen und zum Friedhof zu bringen.

Eine große Menge gab der toten Rauscherin das Geleit, und am erschütterndsten weinte Emma Brommesberger, so, als würde ihre eigene Mutter begraben.

Anna stand mit einem versteinerten Gesicht neben dem Vater. Sie litt entsetzlich darunter, dass sie kein Wort mehr mit der Mutter hatte sprechen können und fasste es so auf, als habe die Sterbende ihr nichts mehr zu sagen gehabt nach der Enttäuschung, die sie ihr wegen Thomas bereitet hatte.

Als sie über das schwarze Trauergefolge sah, entdeckte sie an der Mauer den Thomas Staffner. Als sie ihm in die Augen schauen wollte, wich er ihrem Blick aus. Und danach war ihr dann, als wichen auch alle anderen ihrem Blick aus, als man im geräumigen Nebenzimmer des »Apostel«-Wirts saß, wo die Verwandtschaft auf Kosten des Bauern vom Grund bewirtet wurde.

Ja, sie irrte sich nicht darin, dass man sie zu meiden versuchte.

Die Klinglerin von Perchat, eine Schwester der Verstorbenen, fragte sogar unverblümt: »Was macht denn jetzt dein Amerikaner?«

Anna gab keine Antwort und mischte sich auch nicht in das andere Gespräch, das am Tisch nun eifrig geführt wurde. Die Cousine von Perchat war es wieder, die damit anfing und ihren Schwager, den Peter Rauscher, fragte:

»Wie denkst du es dir jetzt, dass es weitergehen soll, Schwager?«

Diese Frage traf den Rauscher so hart, als begreife er jetzt erst, dass er Witwer geworden war.

»Irgendwie wird es schon weitergehn«, meinte er und strich ein paar Brotkrumen vom Tisch. »Die Anna muss halt jetzt den Haushalt führen.«

»Oder der Matthias heiratet so schnell wie möglich«, sprach die Schwägerin weiter.

Matthias, der daneben saß, nickte: »Es wird mir ja nichts anderes übrig bleiben.«

In einer zornigen Aufwallung entgegnete der Rauscher: »Vielleicht kannst noch warten, bis wenigstens die Kränze am Grab der Mutter verwelkt sind.«

Danach ging Anna an der Seite des Vaters in den Goldenen Grund zurück. Das war so gegen vier Uhr am Nachmittag.

Die Sonne schien stechend heiß, bis sich wieder eine von den großen Wolken davor schob. Anna hatte den schwarzen Bänderhut abgenommen und trug ihn in der Hand. Der Wind spielte mit ihrem blonden Haar an den Schläfen. Den Kopf zu Boden gesenkt, dachte sie an die kalte Ablehnung, die man sie überall hatte spüren lassen. Die ganze Verwandtschaft schien der gleichen Meinung zu sein. Mit welchem Recht eigentlich? Das Recht, über sie wegzusehen, stand nur Thomas zu.

Plötzlich blieb der Rauscher stehen und sagte mit schwerem Atem: »Ja, wie soll es jetzt weitergehen? Es wird nichts anderes übrig bleiben, Anna, als dass du von der Alm runterkommst.«

»Und das Vieh?«

»Müssen wir es halt heuer früher heimbringen. Ich kann es nicht ändern. Man findet ja niemanden, der auf die Alm gehen möcht.«

»Hast ja gehört, was die Klinglerin gesagt hat. Der Matthias soll bald heiraten.«

Der Bauer schwieg lange Zeit. Dann polterte es aus ihm heraus: »Wenn ich darin einwillige, wird eine junge Bäuerin im Haus sein, von der ich nicht weiß, wie sie es meint. Ich kenn sie zu wenig, die Cilli. Aber ich weiß, dass du dann nur noch eine Magd sein wirst.«

»Solange du am Leben bist, Vater, bin ich immer deine Tochter und nie die Magd meines Bruders. Es sei denn, du meinst es mir auch so ungut wie die Mutter, die mich in ihrer Sterbestund' nicht mehr rufen ließ.«

»Und wie sie gewartet hat auf dich, Anna.«

»Warum hat man dann nicht nach mir geschickt?«

Hier log nun der Bauer, nicht, weil er seinen Sohn in Schutz nehmen wollte, sondern weil er wusste, dass wenig Liebe unter den Geschwistern bestand und dieses Wenige nicht zu Hass ausreifen durfte, wenn es im Goldenen Grund weiterhin ein erträgliches Zusammenleben geben sollte.

Die Sonne hatte sich wieder hinter einer Wolkenbank versteckt. Ein lauer Wind strich über die braunen Wiesen mit den Herbstzeitlosen. Über der Riss stieg ein feiner Nebel auf. Als sie weitergingen, sagte der Rauscher zuversichtlicher:

»Wir müssen zusehen, dass wir eine Magd auftreiben, dann kannst du im Haus bleiben und der Matthias kann sich noch Zeit lassen mit seiner Hochzeit.«

Das war eine gute Absicht, aber es war niemand aufzutreiben. Die guten Mägde hatten ihren dauerhaften Platz und mit einer schlechten war nichts geholfen. So musste also Anna die Herde von der Niederalm vierzehn Tage früher als sonst nach Hause bringen.

Als sie die Hütte abschloss, rannen ihr die Tränen über die Wangen. Sie musste an Oliver denken und an die Tage, die sie mit ihm hier verlebt hatte. Tage, die nie mehr zurückkamen und zu denen nur die Erinnerung eine goldene Brücke baute.

Dem Bauer vom Goldenen Grund ging es wie manch anderem Witwer. Erst jetzt, wo er allein war, begriff er ganz, was er verloren hatte. In den dreißig Jahren des Zusammenlebens mit seiner Barbara war ihm nie der Gedanke gekommen, dass er ohne sie einmal so einsam sein könnte. Jetzt erst wurde ihm bewusst, wie sehr er dieser immer so schweigsamen Frau verbunden gewesen war.

Wohin sollte er jetzt flüchten?

In die Arbeit, empfiehlt man einem, der so fragt. Aber der Rauscher war sowieso schon bis über den weißen Schädel hin mit Arbeit eingedeckt, weil man keinen Knecht auftreiben konnte. Erst ein paar Wochen vor Weihnachten kam Blasius aus der Gefangenschaft heim und nahm seinen Dienst im Grundhof wieder auf, den er vor nahezu sieben Jahren verlassen hatte. Was jetzt noch fehlte, war eine Magd. Beim besten Willen aber war nirgends eine ausfindig zu machen, die sich in den Goldenen Grund verdingen wollte, obwohl der Hof weithin dafür bekannt war, dass dort ein Dienstbote behandelt wurde wie das eigene Kind.

Diesen Mangel bekam niemand härter zu spüren als die Anna. Sie war nun Bäuerin und Magd zugleich, wusste oft nicht, wie sie mit der vielen Arbeit im Haus fertig werden sollte, kam nie vor zehn Uhr abends ins Bett und stand um vier Uhr früh auf. Als sie sich einmal gar nicht mehr helfen konnte, gab sie die Wäsche in Emmas Waschanstalt.

Hier ließ Matthias zum ersten Mal die Katze aus dem Sack und wollte sich zu dem aufspielen, was er noch nicht war.

»So weit muss es kommen, dass man die Wäsche zum Waschen gibt!«, trumpfte er auf.

Anna schaute ihn lange mit schmalen Augen an. »Hast du dich darum zu kümmern?«

»Bei der Mutter hätte es so was nicht gegeben.«

»Zu Mutters Zeiten haben wir auch immer zwei Mägde gehabt.«

»Kann ich was dafür, wenn keine aufzutreiben ist? Musst halt du um eine Stunde früher aufstehn. Das sag ich dir, wenn ich einmal Bauer bin hier, dann hören solche Sachen auf.«

»Noch bist du nicht der Bauer und so lange du es nicht bist, lass ich mir von dir gar nichts dreinreden. Und danach muss ich mir erst überlegen, ob ich noch im Haus bleibe.«

Einen Augenblick stutzte Matthias. Das wäre ein Strich durch seine Rechnung, die er längst aufgestellt hatte. So eine billige und zugleich verlässliche Arbeitskraft bekam er nie wieder. Aber nur damit es nicht aussah, als habe die Schwester ihn nun in ihrer überlegenen Art ausgespielt, sagte er mit höhnender Freundlichkeit:

»Du bleibst mir schon als Klotz am Bein. Wer soll

dich auch noch heiraten, nachdem sich schon der Thomas, der gutmütige Kerl, zurückgezogen hat? Ja, ja, das war auch was, worüber man reden könnte, denn Ehre hast du keine gebracht über den Goldenen Grund, aber Schande genug. Was ist denn jetzt mit deinem Amerikaner? Hast du vielleicht gar gemeint, dass der noch was von sich hören lässt? Lachen wird er heut, und seinen Kameraden erzählen, was für ein dummes Luder er gefunden hat, das ihn im warmen Bett versteckt hat.«

Anna zuckte wie unter einem Schlag zusammen. Aber noch ehe sie Zeit fand, dem Bruder im Zorn ins Gesicht zu schreien, dass sie es bitter bereue, jemals für ihn und um seine baldige Heimkehr gebeten zu haben, war Matthias hinausgegangen.

»Das werde ich mir merken«, schluckte sie und verbarg das Gesicht aufschluchzend mit den Händen.

Matthias aber schlenderte, gemütlich vor sich hinpfeifend, in den Stall hinüber, wo er den Vater damit beschäftigt wusste, ein paar neue Bohlen aus Föhrenholz in den Stand der Haflingerstute einzupassen. Soeben noch von Spott und Hohn durchdrungen, wechselte er seine Stimmung hurtig und verkörperte nun Sorge und Freundlichkeit.

»Wie geht's dir denn, Vater? Wart, lass dir ein bissl helfen.«

Er nahm eine Brechstange und hob die Planke etwas in die Höhe, damit der Vater die Bohlen leichter einschieben konnte. Der Rauscher betrachtete zufrieden sein Werk. Dann fragte er:

»Wie spät ist es eigentlich schon?«

»Es geht auf vier Uhr, denk ich.«

»Dann geht es noch. Ich will nämlich einmal zum Sprenger hinaufschaun. Da sind doch drei Mädl da. Vielleicht kann ich eine überreden, dass sie zu uns geht. Wir brauchen unbedingt jemand auf der Alm. Die Anna kann heuer nicht hinauf.«

Matthias ließ einen bekümmerten Seufzer hören.

»Den Weg kannst dir sparen, Vater. Ich hab nämlich am letzten Sonntag beim Sprenger schon nachgefragt. Zwei sind schon fort und die dritte braucht er selber daheim, hat er mir gesagt.« Wieder ein tief hergeholter Seufzer. »Es ist schon ein Kreuz und ein Elend. So kann es auch nicht weitergehn. Die Anna arbeitet sich noch auf. Was für einen Menschen zu viel ist, ist zu viel. Schließlich hat sie ja auch bloß zwei Hände.«

Der Rauscher schlüpfte in seine Wolljacke, die er über den Rossstand gehängt hatte. Dann trat er an das kleine Fenster und schaute hinaus. Der Wald und die Berge waren noch tief verschneit. Nur gegen Blockstein zu zeigten sich auf den Wiesen ein paar apere Flecke.

»Du hast Recht«, sagte er versonnen. »Auf die Dauer wird es der Anna auch zu viel. Ich weiß mir keinen Rat mehr. Wenn man wenigstens die Emma noch haben könnt.«

Matthias nahm einen Halm aus dem Pferdefutter und steckte ihn zwischen die Zähne. Die Hände hinter dem Rücken verschränkt, schaute er auch hinaus. Mitten im Hof war ein großer Haufen mit Fichtenzweigen und Blasius war gerade mit dem Schlittengespann wieder um eine neue Fuhre unterwegs.

Vorsichtig räusperte sich Matthias. »Du hast Recht, Vater. Da ist guter Rat teuer.« Und nach einer Weile: »Das heißt – so teuer wär er auch wieder nicht, der gute Rat. Aber ich mag nichts sagen, sonst heißt es gleich wieder, ich möcht heiraten.«

Langsam drehte der Rauscher sein Gesicht über die Schulter. »Vielleicht nicht?«

»Ja, aber bloß deswegen, weil es die Anna auf die Dauer allein nicht schaffen kann.«

Der Rauscher schaute seinen Sprössling mit forschenden Augen an. »Das hab ich gar nicht gewusst, dass deine Schwester dir so am Herzen liegt. Aber ich werde über deinen Vorschlag nachdenken.«

Er dachte nach und kam in seinen Überlegungen dahin, dass er sich am Sonntag darauf auf den Weg machte nach der Einöde Dornbichl, die eine gute Wegstunde entfernt, etwa sechshundert Meter oberhalb des Dorfes Blockstein, in westlicher Richtung lag.

Daheim sagte er nichts von seinem Vorhaben und sie meinten, dass er ins Dorf zum Sonntagsbier ginge. Die Rissers von Dornbichl wurden von seinem Besuch vollständig überrascht. Das genau hatte er bezwecken wollen, weil sie bei einem früheren Besuch, von dem sie wussten, aufgedeckt hatten, als käme nicht bloß der Bauer vom Goldenen Grund, sondern gar der Weihbischof.

Er sah niemanden, als er auf den Hof zuging, der um einiges kleiner war als der seine. Auch im Flur blieb alles still, obwohl er sich vor der Tür die Schuhe vom Schnee ziemlich laut abgeklopft hatte. So öffnete er die Stubentür und trat ein.

Der Bauer Ferdinand Risser war mit seinem Mittagschlaf noch nicht fertig und der Rauscher musste ihn erst mit seinem Hakelstecken ein wenig gegen die Rippen stoßen, damit er zu sich kam. Langsam rekelte er sich herum und blinzelte mit den Augen.

»Ach – du bist es, Rauscher.« Er rieb sich die Augen und stand ächzend auf. Gegen den hoch gewachsenen Rauscher wirkte er klein und schmal. Er hatte ein hageres, von vielen Falten durchzogenes Gesicht, in dem ein Paar kleine Augen in ständiger Bewegung waren. »Hock dich nieder, Rauscher. Ich werd gleich einmal nachschauen, dass wir einen guten Kaffee kriegen.«

»Nein, lass nur«, wehrte der Rauscher ab. »Was ich zu sagen hab, rede ich lieber mit dir allein aus.«

Der Risser nahm eine von den vielen Pfeifen von der Wand und stopfte sie umständlich. »Wie geht's dir denn als Witwer?«

»Nichts ist's hinten und vorn. Plötzlich so allein, kommst dir vor wie ein Depp. Am besten wär's, man könnt auch gleich mitgehen in die Grube, wenn man zuerst so lang miteinander gehaust hat.«

»Und gut gehaust, was man so hört.«

»Ja, wir haben nie Streit gehabt miteinander.« Der Rauscher hängte dann Stock und Hut an die Ofenstange und setzte sich. »Also, pass auf, Risser. Mein Matthias will heiraten.«

Mit schnellen Zügen brachte der Risser seine Pfeife in Brand. »Die Cilli hat was gesagt, ja.« Noch mal ein paar hastige Züge an der Pfeife, dann war das Faltengesicht von Rauch eingehüllt. »Meine Bedingung kennst du ja.«

Der Rauscher nickte. »Deswegen bin ich gekommen, weil ich dich fragen möcht, ob du vielleicht mit sechzig Jahren schon alles aus der Hand geben und in den Austrag gehen möchtest.«

Eine lange Pause. In der Wärme zerrann der Schnee an den Schuhsohlen des Rauschers und bildete eine kleine Lache auf dem Boden. Der Pfeifenrauch schlängelte unter der niedrigen Decke hin. Die Uhr schlug gerade die dritte Nachmittagsstunde. Über der Stubendecke polterten Schritte.

Endlich antwortete der Risser: »Warum nicht? Müssen wir Bauern immer werkeln, bis wir in die Grube fallen? Jeder Beamte wird mit fünfundsechzig pensioniert. Die meisten haben mit sechzig schon da ein Zwicken und dort ein Drücken, im Magen oder am Herzen, dass sie frühzeitiger aufhören können. Bloß wir Bauern bilden uns immer ein, es geht nicht ohne uns, und merken gar nicht, wie wir den Jungen im Wege stehen.«

Lange hatte der Rauscher darüber nachzudenken. Dann nickt er. »Eigentlich hast du Recht.«

»Und ob ich Recht habe. Warum sollten wir nicht auch ein paar schöne Jahr für uns haben? Und dann – wenn ich die andere Seite betrachte – was wär denn meine Cilli, wenn du dem Matthias den Hof noch nicht übergeben willst? Eine billige Magd und nicht mehr! Nein, nein, Rauscher, da kommst nicht drum rum. Ich muss auf meiner Bedingung bestehen, jetzt noch mehr als früher.«

Der Rauscher horchte auf. »Wie meinst das?«

»Wie ich das meine? Wir wollen ganz ehrlich miteinander reden, Rauscher. Früher, da hat es so ausgeschaut, als ob deine Anna Sägemüllerin werden sollte. Was man aber so hört, soll der Thomas sich ganz von ihr zurückgezogen haben, seit die Gaudi war mit dem Amerikaner. Und so lang die nicht unter der Haube ist, ist es schon besser, wenn kein Irrtum besteht und man weiß, wer die Bäuerin ist.«

Der Bauer vom Goldenen Grund biss sich auf die Lippen. Er wollte etwas Heftiges erwidern, aber in diesem Augenblick kam die Cilli zur Tür herein. Sie war zierlich und dunkel, mit einem gewissen Charme, wie man ihn bei einem Bauernmädchen sonst kaum findet, eher bei einer Chefsekretärin, bei deren Augenaufschlag man sofort erkennen kann, ob der Besucher angenehm war oder nicht.

Mit einem Lächeln, das schön war von den Augen bis in die Wangengrübchen hinein, zeigte sie dem Rauscher, dass er willkommen sei. Und der Rauscher seinerseits begriff, dass sein Sohn diesem schlanken Mädel verfallen war. Er konnte sich nur nicht denken, dass sie bei so viel Zierlichkeit dem Hof im Goldenen Grund etwa ein halbes Dutzend Kinder schenken könnte.

Ihr Gang hatte etwas Schwebendes und die Geste, mit der sie dem Rauscher die Hand reichte, war herzlich.

»Grüß dich Gott, Schwiegervater«, sagte sie und der Rauscher hob wie in schmerzlicher Verwunderung die Brauen. So weit war es doch noch gar nicht. »Es ist nett von dir, dass du dich wieder einmal bei uns sehen lässt.«

»Schau nach, wo die Mutter steckt«, sagte der Risser, nahm seine Pfeife auseinander und blies das Wasser aus dem Rohr.

So nach und nach kamen sie dann alle herein, die jüngere Schwester der Cilli, ihre beiden Brüder und die

Mutter. Es wurde Kaffee getrunken und danach gingen der Risser und der Rauscher zusammen ins Dorf hinunter. Auf dem Weg dorthin erfuhr der Rauscher wie nebenbei, was die Cilli als Mitgift bekommen würde. Es war nicht gerade viel, aber der Rauscher sagte:

»Die Hauptsache ist, wenn sie arbeiten mag.«

»Schaut meine Cilli vielleicht so aus, als ob sie nicht anpacken könnt?«

»Das grad nicht. Aber ein bissl schmächtig kommt sie mir vor.«

»Die Mageren sind oft zäher als die Molligen«, versicherte der Risser eifrig. »Und du wirst dich wundern, wie gut die Cilli kochen kann. Gestern Abend zum Beispiel, da hat sie mir einen Rostbraten gemacht, den hättest auf der Zung zerdrücken können.«

Der Rauscher blieb stehen und schaute den anderen etwas erstaunt an. »Lebt ihr so nobel? Bei uns war es bisher Brauch, dass es am Abend bloß eine Milchsuppe gegeben hat.«

»Freilich gibts bei uns auch nicht alle Tag Rostbraten oder Schnitzel. Aber man redet ja nur. Ich sag dir das bloß, nicht dass du meinst, du kriegst vielleicht bei meiner Cilli nichts Gescheites.«

»Auf alle Fälle werd ich mir meinen Austrag schon so sichern, dass mir nichts abgehen kann.«

Der Risser antwortete darauf nichts, dachte sich nur: Mitnehmen kannst ja doch nichts, wenn du einmal den Löffel wegwirfst.

Dann kamen sie auf Blockstein zu und betraten die geräumige Gaststube bei den »Vier Aposteln«, die gerammelt voll war. Nicht nur diesen, sondern jeden Sonntag, denn der Apostelwirt hatte immer ein markenfreies Gericht zu bieten, wenn es auch nur Kuttelfleck und Kartoffeln waren. Wer Marken hatte, konnte auch Weißwürste haben. Der Risser hatte Marken und bestellte für den Rauscher auch gleich drei Weißwürste mit.

Das Ergebnis dieses sonntäglichen Ganges nach Dornbichl war, dass der junge Matthias Rauscher vom Goldenen Grund die Cäcilie Risser von Dornbichl heiratete. Der Trauer wegen konnte es freilich keine Hochzeit in altherkömmlichem Sinne geben. Aber was dem Rauscher, der ja von diesem Tag an als der »alte Rauscher« zu gelten hatte, das erste Stirnrunzeln aufzwang, war, dass die Braut nicht in der überlieferten Tracht getraut sein wollte, sondern in einem weißen Kleid aus Seide mit sparsam aufgestecktem Schleier.

Die Leute von Blockstein fanden es schön und bewunderten die weiße Braut, die den Mut aufgebracht hatte, mit der alten Überlieferung zu brechen. Neben Anna Rauscher, die zu diesem Anlass die schwere Festtagstracht trug, sah die Cilli wie ein weißes Osterlamm aus, das ein wenig verschüchtert zu der herrlich gewachsenen Schwägerin aufsah, die an diesem Tag zum ersten Mal ein silbernes Kettchen mit einem in Gold gefassten, merkwürdigen Stein trug. Oder war es gar kein Stein, sondern nur ein simpler Eisensplitter von blaugrauer Färbung?

Nach diesem seltsamen Schmuckstück griff Anna im Laufe des Tages mehrmals, als wolle sie sich versichern, dass es noch da sei, oder aber, als suche sie unbewusst daran einen Halt vor der dunklen Ahnung, die ihr kam, wenn sie die Cilli betrachtete.

Von ähnlichen Gedanken wurde auch der Rauscher bewegt, der sich, seit sie in der vorigen Woche beim Notar gewesen waren, wie um Jahre gealtert fühlte. Ihm gelang es nicht recht, sich von diesen Gedanken zu lösen. Darum trank er mehr, als ihm gut tat. Trank den Wein, den die Rissers mitgebracht hatten in stiller Wehmut in sich hinein, weil er denken musste, dass es diesen Tag noch nicht gegeben hätte, wenn seine Barbara noch lebte.

Die junge Rauscherin saß mit einem selig-unschuldsvollem Lächeln da und legte die Hand auf seinen Arm.

»Trink nicht so viel, Schwiegervater.«

Er sah sie verblüfft an. »Vergönnst du mir das Tröpferl Wein nicht? Das geht ja schon nett an.«

Das Lächeln in Cillis Gesicht veränderte sich um keine Nuance. Nur auf der Stirn bildete sich eine ganz dünne Falte.

»Wie kannst du nur so was glauben. Ich will doch nur, dass es deiner Gesundheit nicht schadet.«

»Das bissl Wein schadet mir nicht.«

»Dann ist es gut und es freut mich, wenn er dir schmeckt. Von jetzt ab sollst jeden Tag dein Schöpperl oder zwei haben. Ich schau schon auf dich und es wird dir gar nichts abgehen.«

Meine Barbara wird mir immer abgehen, dachte der Rauscher. Andererseits blieb die so offen dargebotene Freundlichkeit nicht ganz ohne Wirkung auf ihn. Es konnte aber auch der schwere Wein daran schuld sein, dass er seine Hand auf die Hand der Schwiegertochter legte, die darin verschwand wie ein schmales Gebilde auf Elfenbein.

»Es wird schon alles recht werden, Cilli«, sagte er.

Und es wurde alles recht. Die junge Bäuerin verstand es vortrefflich, sich auf alles einzustellen, fragte viel, wie sie dieses und jenes machen solle, und ordnete doch alles, teils mit scheuem Wagemut, teils mit zäher Verbissenheit nach ihrem Sinn, der von Matthias gelenkt wurde.

Am Anfang war es dem Rauscher gar nicht recht, dass für ihn immer extra Schmankerl gekocht wurden. Aber dann gewöhnte sich sein Gaumen daran und immer öfter fand er den Weg in die Küche zur Cilli und schnupperte mit hochgestellter Nase. »Was krieg ich denn heut Gutes?«

Die Cilli lachte. Sie lachte eigentlich immer und darum wurde Anna immer misstrauischer. Die Burgl hatte ihr einmal gesagt, vor Menschen, die immerzu lachen können, muss man sich hüten.

»Heut hab ich ein gedünstetes Kalbsherz für dich, Vater«, konnte die Cilli sagen.

Wo sie nur die Schmankerl alle her hatte? Der Rauscher fragte nicht danach, er mochte sie gern und wurde dick und fett dabei. Fett und träge.

O ja, die Cilli verstand es schon. Da sah sie ihn zum Beispiel vom Küchenfenster aus, wie er drüben unter dem Schuppendach schweres Buchenholz aufsammelte. Zuerst schaute sie ihm zu, dann öffnete sie das Fenster.

»Vater, jetzt kann ich dir nicht mehr länger zuschauen, wie du dich abplagst. Kommt zu mir herein, ich hab was für dich.«

Sie setzte ihm Tee mit Rum vor und feines Buttergebäck. Nebenbei hantierte sie am Herd. Es war gut ihr zuzusehen, weil sie flink und gewandt war.

»Es muss doch nicht sein, dass du dich so plagst«, sagte sie dann. »Das Holz kann doch auch der Matthias aufschichten oder der Blasius.«

»Na ja, ein bissl muss ich mich doch noch rühren«, meinte er. »Müßiggang ist aller Laster Anfang.«

»Als ob du Laster hättest«, lachte die Cilli und strich ihm über das Haar.

»Wart nur, vielleicht krieg ich noch meine Laster. Wo steckt denn eigentlich die Anna?«

»Hinterm Stadel ist sie, beim Holzhacken. Magst noch einen Tee, Vater?«

Sie wartete seine Antwort erst gar nicht ab und schenkte ihm noch mal ein. Er betrachtete sie eine Weile nachdenklich. Dann sagte er:

»Wie lang seid ihr jetzt verheiratet?«

»Zwei Monate sind es schon wieder. Wie bloß die Zeit vergeht.«

»Und, werd ich schon bald Großvater?«

Die Cilli konnte sich fast ausschütten vor lauter Lachen. »So pressiert es doch nicht.«

Der Rauscher schüttete Rum in seinen Tee und sagte scherzhaft: »Manchmal denk ich mir, ob so ein Krischperl wie du mich überhaupt zum Großvater machen kann.«

»Wart nur, du kannst deine Enkel noch früh genug schaukeln. Wie schmeckt dir denn das Spritzgebackene?«

»Ganz gut ist das.«

Ja, der Rauscher konnte alles von ihr haben. Aber andere bekamen nichts mehr im Goldenen Grund, der bisher dafür bekannt war, dass keiner umsonst anklopfte, der in Not war und Hunger hatte. Ein Liter Milch oder ein paar Eier waren immer zu haben gewesen. Jetzt war Schluss damit. Nicht, dass Cilli die Hamsterer unfreundlich abgefertigt hätte. Sie hatte auch da ihr Lachen bereit, wenn sie wie nach einer eingelernten Formel herunterleierte, dass man so viel abzuliefern habe und sie selber manchmal nicht wisse, was sie kochen solle. Anders war es, wenn vielleicht einer seinen Koffer aufmachte und Schmuck oder Anzugstoffe zu bieten hatte. Bald genügten ihr aber auch diese Dinge nicht mehr. Drei teure Radioapparate standen bereits in der guten Kammer oben, und nun hatte sie einen Kühlschrank in Aussicht. O ja, mit ihr kam der Aufschwung, mit dieser gertenschlanken Cilli. Sie war wie vom Glück berauscht, wenn sie handeln konnte, »kompensieren« hieß das neue Wort dafür. Sie war wie besessen, dem Goldenen Grund eine andere Bedeutung zu geben, als er bisher hatte, denn an den goldenen Sarg glaubte sie nicht. Er müsste doch längst einmal gefunden worden sein, denn gegraben hatte man oft genug danach.

Es schien so, als ließe ihr Mann sie schalten und walten. In Wirklichkeit stand er im Hintergrund. Sie sprachen alles miteinander ab, ihre Lust am Kompensieren passte wunderbar zu seiner Gier, die Cilli handelte ganz in seinem Sinn.

Da der alte Rauscher von den beiden in allem fein überspielt wurde, zollte er dieser tüchtigen Schwiegertochter sogar eine Art stille Bewunderung. Er war träge geworden, er überblickte die Dinge nicht mehr. Aber

Anna überblickte sie und die Cilli wusste, dass die Schwägerin mit einem heftigen Misstrauen alles beobachtete, soweit sie dazu in der Lage war.

Einmal sagte sie: »Ich weiß nicht, Cilli, ob das Glück bringt.«

»Wie meinst du das, liebe Schwägerin?«

Die Cilli vergaß nie, das »liebe« voranzusetzen, wenn sie mit Anna sprach.

»Ich meine, dass es doch nicht ganz ehrlich verdient ist.«

»Wer fragt heute schon groß nach Ehrlichkeit, liebe Schwägerin? Man muss nur die Zeichen der Zeit verstehen und sie nutzen.«

»Und du nutzt sie.«

»Weil man nicht weiß, wie lange das dauert. Aber weil wir uns grad unterhalten, liebe Schwägerin, manchmal hab ich das Gefühl, als könntest du mich nicht leiden.«

Anna warf den Kopf zurück mit jener Art von Trotz, den man ihr als Hochmut auslegte. Sie war sich nicht ganz klar darüber, wie sie die Frage beantworten sollte.

»Woraus schließt du das?«

»Ich hab das so im Gespür. Aber du musst zugeben, dass ich mir doch alle Mühe gebe, und du kannst nicht das Gefühl haben, unter mir zu stehen.«

»Was heißt unter dir? Jeder Mensch ist das, wofür er sich hält. Und ich bin immer noch die Anna Rauscher vom Goldenen Grund.«

In diesem Augenblick hätte sie der Cilli eine schallende Ohrfeige geben können, weil sie wieder so grell lachte, wo es nicht passte. Im Grunde genommen dachte sie aber manchmal: Macht doch ihr, was ihr wollt. Ich gehe sowieso bald wieder auf meine Alm, dann sehe und höre ich nichts mehr.

Ja, die Zeit dafür rückte wieder heran. Wie ganz anders war das im Vorjahr noch. Da war noch Krieg gewesen. Natascha war noch da und die beiden Franzosen

Jean und André. Und sie hatte noch nichts von Oliver gewusst.

Statt der Natascha war heute die Cilli mit auf dem Feld. Statt der beiden Franzosen Blasius und Matthias, der junge Bauer. Der Vater ging auch heute wieder hinter dem Pflug, aber er war der »alte Rauscher« geworden, ein Mann, den die plötzliche Vereinsamung verwandelt hatte und der mit Behäbigkeit alles an sich vorbeiziehen ließ, was ihn sonst noch zornig hätte aufbegehren lassen. Noch nie war ein Jahr so schnell im Strom der Zeit ertrunken wie dieses, obwohl es in jeder Hinsicht ein bewegtes Jahr gewesen war, mit einem verlorenen Krieg, mit Tod und Hochzeit und mit Oliver Pratt, der nichts mehr von sich hören ließ.

Die Glocke vom Dorf läutete wieder wie damals, die Stare flogen über den Acker hinweg und der Wind sang leise in den Haselnussbüschen, wo sie sich zur Brotzeit niederließen.

Und doch war alles ganz anders als vor einem Jahr. Anna hatte die Hände zusammengelegt und ihr kam es vor, als fielen die Monate zwischen ihren Fingern wie durch ein Sieb auf den Boden zu ihren Füßen. Sie hatte den brennenden Wunsch, das Jahr wie ein Rad zurückdrehen zu können, um alles nochmals zu erleben, und zwar bewusster zu erleben, das schnelle Schlagen des Herzens vor dem Wunder der Liebe, die Verzauberung, die Angst und den ersten Kuss. Aber das alles war ja vergangen wie ein Zauber, der sich im Wind der Zeit verloren hatte und liegen geblieben war, irgendwo, in der weiten Ferne.

Sie sah den Vater an, der langsam sein Brot mit dem Messer in kleine Stücke schnitt, und fragte plötzlich:

»Kannst du dich noch erinnern, Vater? Im vorigen Jahr, als wir hier saßen, stand plötzlich der Schleicher vor uns.«

Der Rauscher nickte. »Wo der bloß untergetaucht sein mag? Er ist einfach spurlos verschwunden.«

Matthias schaute zu einem Bussard auf, der hoch über dem Acker seine Kreise zog. Dabei sagte er:

»Es sind noch andere spurlos verschwunden und haben nichts mehr von sich hören lassen.«

Zuerst herrschte allgemeines Schweigen. Dann lachte die Cilli hell auf. Anna sprang das Blut ins Gesicht. Sie wusste, wer gemeint war, und war nahe daran, mit beiden Fäusten in das höhnisch grinsende Gesicht des Bruders hineinzuschlagen. Nur, weil der Vater dabei saß, beherrschte sie sich. Langsam stand sie auf und streifte ihren Rock glatt. Dann sagte sie:

»Ausgerechnet du hast es nötig, Pfeile auf mich abzuschießen. Wer weiß, wo du heut noch stecken würdest, wenn ich nicht gewesen wär.«

Matthias lächelte spöttisch. »Sag mir das nur recht oft, damit ich es nicht vergesse. Wenn ich es noch nicht getan haben sollte, dann sag ich dir halt nachträglich noch ein Vergelt's Gott für deine schwesterliche Fürsorge.«

»Auf dein Vergelt's Gott kann ich verzichten«, antwortete Anna und ging von der Gruppe weg auf den Acker hinauf, um die Kartoffeln noch nachzulegen in dem Stück, das ihr zugeteilt war.

»Nein, nein«, sagte die Cilli. »Sagen darf man überhaupt nichts mehr. Wegen jeder Kleinigkeit ist sie beleidigt.«

Der Rauscher steckte sein Messer in die Scheide und ließ es in einer Hosentasche verschwinden. Dann sah er den Matthias an und die Cilli.

»Ich bitt mir aus, dass an der Sache nicht mehr gerührt wird. Du sollst nicht vergessen, Matthias, dass du es tatsächlich deiner Schwester zu verdanken hast, dass du so früh heimgekommen bist.«

Dann stand er auf, ging auf den Pflug zu und griff nach dem Leitseil. Langsam setzten sich die beiden Goldfüchse in Bewegung.

Der Bussard schwebte immer noch über dem Acker.

Dann zog er jedoch langsam davon und fiel in den nahen Wald ein.

Der Frühling tänzelte durchs Tal, über saftig grünende Saaten, über Wiesen, die gelb waren voller Löwenzahn, und über die blühenden Kirschbäume. Die kleinen, weißen Frühlingswolken spielten sich im klaren Wasser der Riss, die ziemlich hoch ging, seit Sonnenwärme und Föhn den letzten Schnee oben im Gebirge geschmolzen hatten.

Unweit der Sägemühle Staffner saß Thomas am Ufer der Riss, hielt die Hände um die aufgezogenen Knie und starrte unverwandt auf die eilig dahinfließenden Wellen, als wolle er jede einzelne zählen.

Er dachte daran, dass er vor einem Jahr noch im Lazarett gewesen war, im Herzen zufrieden und umsorgt von jener Krankenschwester Ingeborg Schmeller, die ihm vor ein paar Tagen einen Brief geschrieben hatte. Eine ganz kurze Anfrage nur, wie es ihm jetzt gehe, und ob er noch manchmal an sie denke und ob sie nicht den Urlaub einmal dort verbringen könne, wo er zu Hause sei.

Sie ist eigentlich ein recht lieber Kerl, dachte er und spürte auf einmal das Verlangen, sie wieder zu sehen. Ihre heitere Art war es doch gewesen, die ihm das Unglück mit seinem Arm leichter gemacht hatte, die ihn zu trösten wusste, als er einmal Bedenken äußerte, ob die Anna Rauscher ihn auch als Krüppel noch möge. Jawohl, getröstet mit guten Worten und mit Küssen, wie er es seitdem nie mehr erlebt hatte.

Aber der Arm war nicht schuld. Ein Mann, Oliver Pratt, war schuld und vor allem Annas freimütiges Geständnis, dass sie für den anderen hätte sterben können. So lieb hatte sie ihn gehabt. So lieb hatte sie ihn immer noch, denn sie hatte ja gesagt, dass das nie zu Ende gehen würde.

Vielleicht hatte Anna gar keine Ahnung, in welches Dunkel sie ihn gestoßen hatte, und manchmal dachte er, es wäre doch besser gewesen, wenn sie ihn einfach belogen hätte. Ja, er war doch von allem tiefer berührt worden, als er es vor Anna gezeigt hatte. Auch die Zeit wollte diese Wunde in ihm nicht heilen. Ängstlich war er bemüht gewesen, ihr nie mehr zu begegnen, obwohl es ihn manchmal direkt drängte, ihr zu sagen, was sie alles in ihm zerstört hatte. Alle seine Pläne, all seine kühnen Vorhaben waren vergessen. Er fand zu nichts mehr den Mut und die Lust – er war nun ein Mensch ohne Antrieb und ohne Ziel.

Kaum, dass er noch unter die Leute ging. Er war ein Sonderling geworden und grübelte oft stundenlang vor sich hin; und das Sägewerk, das er hatte renovieren wollen, lief im alten Trott mit den veralteten zwei Sägegattern weiter.

Und doch schrie alles in dem Dreißigjährigen nach der Erfüllung des einzigen, großen Wunsches, in einer glücklichen Ehe Kinder zu haben und arbeiten und leben zu dürfen für eine geliebte Frau. Es machte ihn unruhig, wenn er an Anna dachte, und es konnte sich in seine Phantasien einfach kein anderes Frauengesicht einschieben. Immer war es Annas Gesicht, ihr blondes Haar, der herrliche Nacken, ihr Mund, der nicht lügen konnte oder nicht hatte lügen wollen, auch nicht aus Mitleid.

Oft saß er des Abends hier auf diesem Platz und heute hatte es ihn sogar mitten am Vormittag hierher getrieben, weil er von hier aus so gut in den Goldenen Grund sehen konnte, auf das Dach des Hofes unter den blühenden Bäumen. Und oftmals flüsterte er ihren Namen vor sich hin wie eine Bitte und es wurde ihm dann ganz eng um die Kehle.

Auf einmal riss es ihm den Kopf in die Höhe. Aus dem Goldenen Grund hörte er das Läuten von Almglocken. Dann sah er die Herde langsam aus dem Obstbaumgarten herauskommen, nach links abbiegen und sich am Ufer der Riss ihm nähern.

Und die vorausging, das musste Anna sein. Natürlich war es Anna. Es hatte doch sonst keine ein solch leuchtendes Haar, keine war so schlank gewachsen und hatte einen solch stolzen Schritt.

Thomas kroch näher an die Erlenstaude, weil sie ihn nicht sehen sollte. Dort vorn würde sie sowieso über die Brücke gehen. Sie hatte den Kopf ein wenig gesenkt. Die eine Hand hatte sie in den Riemen des Rucksacks eingehakt, in der anderen führte sie den Bergstock.

Thomas fühlte, wie rasend sein Herz bei ihrem Anblick schon wieder hämmerte. Sie betrat die Brücke. Die Herde trottete hinter ihr her. Den Schluss bildete der alte Rauscher mit dem Haflinger vor dem Almkarren.

Anna ging also wieder auf die Alm. Mit weiten, traurigen Augen umfasste er ihre Gestalt und auf einmal spürte er einen Stich im Herzen. Nun waren sie zum großen Teil wieder heimgekehrt, die Burschen des Dorfes Blockstein, außer den zweiundachtzig, die gefallen waren und nie mehr kommen würden, und einem Dutzend anderer, die noch in Sibirien schmachteten. Sie würden wieder über die Berge gehen, so wie früher, und dann einkehren auf den Almen. Auch bei Anna würden sie einkehren. Und es würde ihnen weniger ausmachen als ihm, dass sie einen Fremden so sehr liebte, dass sie für ihn gestorben wäre.

Das ganz allein war es ja, das ihn so ins Dunkel trieb. Dies, und dass sie meinte, diese Liebe würde nie zu Ende gehen. Falls sie es anderen auch erzählte, würde man es wahrscheinlich nicht glauben, weil kein anderer die Anna Rauscher so kannte wie er. Sie sagte heute nicht etwas, um es morgen zu widerrufen.

Im Dorf machte man sich über sie lustig. Oh, es kam ihm dies und jenes zu Ohren. Die Peitsche des Spottes schwang über dem Mädchen vom Goldenen Grund, die ihren Platz für die neue Bäuerin hatte freimachen müssen und nun nur noch eine bessere Magd war.

Die Herde verschwand im Wald, immer verschwommener wurde das Geläut, und erst als es ganz verstummte, stand Thomas auf und ging zurück ins Sägewerk, obwohl es auch dort nichts für ihn zu tun gab. Zwei mächtige Baumstämme waren eingespannt, die Gatter liefen und er konnte höchstens dabeistehen und zusehen, wie sich die Zähne kreischend durch das Fleisch des Baumes fraßen.

Er nahm das Ölkännchen, schmierte die Transmissionen und schaute auf die Uhr. Eine gute Stunde etwa, dann würden die Stämme durchgelaufen sein. Draußen lagen bereits ein paar neue und bis zum Abend würden es vielleicht acht Stück sein, die zu Brettern geworden waren, wo es leicht zwanzig sein könnten bei einer moderneren Anlage, wie sie ihm vorgeschwebt hatte. So lohnte es sich ja kaum und es kam wenig Verdienst dabei heraus.

Danach ging er hinüber ins Haus, das am anderen Ufer der Riss lag und zu dem ein eiserner Steg hinüberführte. In der Stube öffnete er das kleine Wandschränkchen, nahm die Flasche mit dem Zwetschgenschnaps heraus und setzte sie an den Mund.

In diesem Augenblick betrat die Sägemüllerin die Stube. Wortlos ging sie auf ihn zu und nahm ihm die Flasche aus der Hand.

»Hast du sie gesehen, das Luder?«

Thomas wollte auffahren. Aber wozu? Er war der Streiterei längst müde geworden.

Die Sägemüllerin war eine resolute Frau und hatte es schon auf alle mögliche Art versucht, ihm klarzumachen, dass so eine es doch nicht wert sei, hinter ihr her zu seufzen.

»Meinst, ich hab dich nicht sitzen sehen an der Riss, als sie vorbeigezogen ist. Bist denn du noch ein Mannsbild? Und dann die Schnapsflasche. Eine andere Rettung weißt du wohl nicht. Wo soll denn das noch hinführen?«

»Irgendwo wird es schon hinführen«, antwortete er.

»Ich versteh nicht –«

»Nein, das verstehst du nicht«, unterbrach er sie schroff, weil er schon wusste, was wieder kommen würde.

»Kommst du denn überhaupt nicht los von dem Frauenzimmer?«

»Ich hab dir ja gesagt, dass du das nicht verstehst.«

»Nein, das versteh ich nicht. Du kannst doch zehn andere haben. Anständige Mädel, die nicht so sind wie die Rauscher Anna.«

»Wie ist sie denn?«, schrie er. »Wer weiß denn etwas Genaues? Die Klatschmäuler reden viel, wenn der Tag lang ist, und es muss noch lang nicht alles wahr sein.«

»Warum hast dann du dich von ihr zurückgezogen, wenn es nicht wahr ist?«

Thomas glotzte seine Mutter dumm an. Was sollte er darauf antworten? Er wusste, dass es ihr Wunsch war, dass er die Stiegloher Evi heirate. Aber wenn er die Evi betrachtete, die zuweilen am Sonntagnachmittag in der Sägemühle unter nichtigen Vorwänden aufkreuzte, dann schob sich unwillkürlich Annas Erscheinung daneben und es war ihm zumute wie einem ausgehungerten Sträfling, dem man einen Schweinsbraten mit Kartoffelknödeln und daneben eine dünne Brotsuppe hinstellte, und der nun wählen solle, was ihm lieber sei.

Weil er keine rechte Antwort wusste, drehte er sich um und ging hinaus.

Thomas hatte mit seiner Vermutung schon Recht. Es kam mancher auf die Alm und versuchte, diesem noch strenger gewordenen Mädchengesicht ein Lachen zu entlocken. Aber es schien, als habe Anna das Lachen verlernt. Der Zeißler Vinzenz zum Beispiel sagte ihr ganz offen, dass ihm das Gerede, das über sie ginge, gar nichts ausmache und er machte ihr den eindeutigen Antrag, sie solle aus ihrer Lage das Bestmögliche herausschlagen und nicht so allein neben dem Leben und diesem herrlichen Sommer herlaufen.

Die Anna begriff nicht, dass ein Mensch ihr ein Anerbieten machen konnte, das nur für Stunden Geltung haben sollte. »Ich habe nicht im Sinn zu heiraten«, antwortete sie.

Da konnte der Vinzenz so herzlich lachen, als habe er soeben einen vortrefflichen Witz gehört. »Hab ich vielleicht etwas vom Heiraten gesagt?«

»Wie hättest du es sonst meinen können?«

Er sagte ihr in ganz derber Offenheit, wie er es meine. Da wusste Anna, was alle über sie dachten, und Vinzenz war schneller aus der Almhütte hinaus, als er hereingekommen war.

So ging der Sommer dahin. Immer noch wartete Anna, dass der Vater einen Brief bringen würde. Einen Brief von Oliver. Es kam weder ein Brief noch sonst ein Zeichen, das Anna aus ihrer Erstarrung erlöst und einen glücklichen Schimmer in ihre Augen gezaubert hätte.

In diesem Sommer fanden Bergsteiger in einer Spalte ein menschliches Skelett, von dem es dann hieß, dass dies einmal der Schleicher gewesen sei, der über das Gebirge gewollt hatte, zu einer Zeit, wo es für einen ungeübten Kletterer noch lebensgefährlich war.

Ja, es war tatsächlich der Schleicher und hinter seinem Sarg ging kaum ein Dutzend Menschen. Darunter die Emma Brommesberger, die als einzige weinte. Aber das hatte nicht viel zu bedeuten, denn die Emma weinte um jeden, der da auf dem kleinen Bergfriedhof begraben wurde, auch wenn sie ihn nur flüchtig gekannt hatte. Dabei war Emma in dieser Zeit recht glücklich, denn der Hausknecht Alois von den »Vier Aposteln« hatte längst durchblicken lassen, dass man eventuell bald heiraten könnte. Dieser Entschluss war bei seinem Phlegma geradezu heroisch und vielleicht trieb ihn zu diesem Schritt mehr seine Trägheit als die Liebe selber, denn er hatte längst erfasst, dass die Emma keine schlechte Partie mehr war. Ihr Geschäft blühte und der Alois sonnte sich in Emmas Erfolg nach dem Grundsatz: Die Hauptsache ist, dass man gesund ist und die Frau ständig ihre Arbeit hat.

Eines Tages kam statt des Vaters Matthias mit dem Almkarren auf die Hochalm.

»Warum kommst du heut?«, fragte Anna und die Enttäuschung klang deutlich in ihrer Stimme.

Matthias war jetzt der Bauer vom Goldenen Grund und wollte das der Schwester auch zeigen. »Warum, passt es dir nicht, wenn ich komm?«

»Das ist keine Antwort auf meine Frage.«

»Der Vater ist nicht gut beieinander.«

Anna erschrak. »Krank?«

»Nicht direkt, aber – er ist einfach nicht gut beieinander. Der Doktor meint, die Leber ist's. Vielleicht passt ihm das schöne Leben nicht, das er jetzt führt.«

Anna legte nachdenklich den Kopf zurück. Dann nickte sie: »Das kann sein. Der Vater hat sein Leben lang einfach gelebt und gearbeitet. Aber jetzt habt ihr ihn zum Alten gestempelt und mästet ihn mit lauter Leckerbissen. Das kann ihm nicht gut tun.«

Matthias knurrte etwas und zündete sich eine Zigarette an. »Ich möcht dich nicht hören, wenn wir ihn schlechter hielten. Da wärst du die erste, die 's Maul aufreißt. Wie man's macht, ist's verkehrt.«

»Das hab ich nicht gemeint. Aber mir ist der Hochtaler eingefallen, von dem man auch gesagt hat, dass die Schwiegertochter ihn auf dem Gewissen hat, weil sie ihn zu Tod gefüttert hat.«

»Wie man nur so etwas Blödes daherreden kann«, schrie Matthias sie an. »Dem Hochtaler seine Zeit war aus und da kann man nichts machen.«

»So abwegig ist meine Meinung gerade nicht. Ich hab mir in letzter Zeit schon öfter Gedanken darüber gemacht. Der Vater ist so dick geworden und war oft ganz außer Atem, wenn er auf die Alm gekommen ist.«

»Jeder Mensch setzt zu seiner Zeit den Altersspeck an. Das ist einmal so im Leben. Aber jetzt halt mich nicht länger auf. Ich muss wieder heim.«

Ungefähr einen Zentner Butter hatte Anna ihm mitzugeben. Aber das war ihm zu wenig. »Ist das alles für eine Woche?«

»Ist das vielleicht nicht genug?«

»Mir kommt es wenig vor. Hast du wieder Milch ausgeschenkt?«

»Soll ich vielleicht einen Durstigen fortschicken, wenn er vorbeikommt und um ein Glas Milch bittet?«

»Wenn einer Durst hat, soll er Wasser trinken. Also, wie viel hast da wieder verschleudert?«

»So genau weiß ich's nicht. Vielleicht zwanzig Liter, oder dreißig.«

Matthias bekam ganz entsetzte Augen. »Ja, bist denn du narrisch? Weißt denn du, was man heutzutag für dreißig Liter Milch kompensieren kann?«

»Genau neun Mark, wenn man den Liter zu dreißig Pfennig berechnet«, antwortete Anna und merkte, wie ihr nach langer Zeit wieder einmal das Lachen ankommen wollte, als sie die trostlose Miene des Bruders sah.

»Ich glaub gleich gar, du bist so dumm und gibst den Liter für dreißig Pfennig her.«

»Jawohl, ich bin so dumm.«

»Schon mehr als dumm. Hast du wenigstens genau Buch geführt darüber?«

»Das hab ich bis jetzt noch nie gebraucht.«

Matthias hatte gerade den Haflinger wieder einspannen wollen. Wie im Schreck ließ er das Zugscheit niederfallen. Aus seinem Gesicht war alle Farbe gewichen und jede Rücksichtnahme fallen lassend schrie er sie an: »Du, das geht aber nicht. Ich will, dass über jeden Liter Milch Buch geführt wird. Und zwar ganz genau.«

Anna merkte, wie ihre Hände zitterten. »Und ich kann dir ganz genau sagen, dass ich das nicht tun werde.«

In seiner Wut riss er die Peitsche vom Wagen. Anna rührte sich nicht vom Fleck, verschränkte nur die Arme über der Brust und sah ihn mit verächtlichem Blick an.

»Schlag zu, wenn du dich traust.«

Er getraute sich nicht. Irgendetwas in ihrem Blick schreckte ihn zurück.

»Du bist nicht nur ein gieriges, sondern auch ein recht trauriges Mannsbild. Ich tät mich bis in den Erdboden hinein schämen, wenn ich du wäre. Wenn dir mein Wirtschaften hier nicht passt, dann schick doch deine Cilli rauf. Die versteht es sicher besser, ein paar Liter Milch für den zehnfachen Preis zu verkaufen.«

»Ja, sie kann besser wirtschaften als du, das steht fest. Und überhaupt, was erlaubst du dir denn eigentlich? Mir Vorschriften zu machen? Die Cilli ist Bäuerin und du bist die Magd.«

Dieses Wort traf sie hart. »Das kann man ändern, Bruder, wenn du es willst.«

Diese Worte ernüchterten ihn und er begann zu rechnen. So eine billige Arbeitskraft bekam er nicht mehr, vorausgesetzt, dass er überhaupt eine Magd bekäme. Wütend hängte er nun den Strang in das Zugscheit und griff nach dem Zügel.

»Hü, geh weiter, dass wir wegkommen von dem unguten Frauenzimmer.« Den Hut aus der Stirn schiebend, drehte er sich noch mal um: »Behüt dich, du Zwiderwurzen.«

Anna gab keine Antwort. Starr stand sie da, mit unbewegtem Gesicht, die Lippen schmal, die Augen hart. Nur die Hände, die sie ineinander gelegt hatte, zitterten. Heute war ihr klar geworden, dass es mit dem Bruder kein Zusammenleben geben konnte, wenn der Vater einmal nicht mehr war.

Und als sie an den Vater dachte, krampfte sich ihr Herz schmerzhaft zusammen. Mit diesem Mann ging es abwärts, er hatte keine Lebenslust mehr, gab sich willenlos den Genüssen hin, die ihm von der Cilli – vielleicht in gar keiner schlechten Absicht – geboten wurden, die aber seinem Organismus nicht gut bekamen. Er war in letzter Zeit so aufgedunsen und seine ehemals gesunde Gesichtsfarbe war fahl. Sein Gang war nicht mehr aufrecht und sein Wille schien gebrochen zu sein, denn sonst wäre es kaum möglich, dass Matthias sich so anmaßend aufspielte und, so wie heute, sogar versucht war, gewalttätig zu werden.

Anna nahm sich vor, mit dem Vater über all das einmal ganz in Ruhe zu sprechen, wenn er wieder heraufkam.

Peter Rauscher, der Bauer vom Goldenen Grund, kam aber nicht mehr auf seine Alm. Er starb, noch bevor es Winter wurde, und die Leute sagten – weil ja auch der Arzt daraus kein Geheimnis machte –, er habe zu gut gelebt, um noch länger leben zu können. In dieser Zeit, in der andere noch hungerten, war dies wie eine Anklage, die sich aber weniger gegen den Toten richtete, als gegen das Schmalreh an der Seite des jungen Rauscher, die heute einen kurz gesteckten Schleier vor dem Gesicht trug, der vielleicht nur eine Handbreit länger war als der weiße seinerzeit zu ihrer Hochzeit.

Von dem Verstorbenen wusste man, dass er immer ein Herz für die Armen gehabt hatte. Und wer es nicht gewusst hätte, dem sagte es der Pfarrer Krandl am offenen Grab, der dem Toten ein Porträt malte, wie es nur die Wahrheit malen konnte, die nichts Verschleierndes duldete.

Die Cilli fuhr sich mit einem weißen Spitzentüchlein unter den Schleier, Matthias hatte den Kopf tief gesenkt und die Stirn in schwere Furchen gelegt. Nur Anna stand ganz aufrecht und hob keine Hand, um die Tränen wegzuwischen, die ihr über die Wangen liefen.

Vierzehn Tage später fuhren die Geschwister in die Kreisstadt zum Nachlassgericht, wo ihnen eröffnet wurde, dass der Verstorbene ein Testament hinterlassen habe, bei dem Matthias mehr als einmal die Farbe aus dem Gesicht wich.

Demnach hatte er seiner Schwester Anna dreißigtausend Mark auszuzahlen. Zweitens sollte Anna, falls sie nicht zu heiraten gedenke, im Grundhof ein Zimmer zugeteilt erhalten und lebenslanges Wohnrecht auf dem Hof haben. Sollte sie einmal arbeitsunfähig werden, so habe Matthias für seine Schwester zu sorgen bis zu ihrem Tod. Dies habe er auch seinem eventuellen Nachfolger zur Auflage zu machen.

Auf der Heimfahrt sprachen sie lange gar nichts. Erst als sie sich schon Blockstein näherten, brach es aus Matthias heraus: »Das hätt ich ihm nicht zugetraut, dem Vater.«

»Was hättest du ihm nicht zugetraut?«, fragte Anna.

»Dreißigtausend Mark. Das ist ja Wahnsinn!«

»Der Hof ist zweihunderttausend wert, wenn nicht mehr. Hättest vielleicht du alles allein haben mögen?«

»Zehntausend Mark hätten es auch getan, noch dazu, wo die andere Klausel drinsteht, dass ich dich erhalten muss bis ans Lebensende.«

Anna unterdrückte nur mühsam ein Lächeln. »Vorausgesetzt, dass ich nicht heirate.«

Da riss es ihm den Kopf in die Höhe. »Hat vielleicht doch noch einer angebissen? Da hast aber Glück gehabt.«

»Es hat keiner angebissen und ich will auch kein Glück haben in dem Sinn.«

Dann sprachen sie wieder nichts mehr, bis sie daheim ankamen. Dort wartete bereits die Cilli ungeduldig. Und kaum dass Matthias im gemeinsamen Schlafzimmer verschwunden war, um sich umzuziehen, folgte sie ihm.

»Wie ist es ausgegangen?«

»Schlecht genug. Jetzt hast ihn, deinen Herrn Schwiegervater, auf den du geschaut hast wie auf deinen Augapfel. Dreißigtausend Mark soll ich ihr auszahlen.«

Die Cilli erschrak darüber gar nicht. Sie überlegte nur eine Weile, dann fand sie ihr Lachen wieder.

»Dreißigtausend? Das ist doch kein Problem.«

»Du hast bloß fünf mitbracht«, antwortete er schroff und zerrte an seinem Selbstbinder.

War die Cilli über diesen versteckten Vorwurf beleidigt? Keine Spur. Wenn es sein musste, konnte sie genauso schonungslos sein.

»Wir sind ja auch fünf Geschwister und jeder sollte was haben. Dabei stehen bei uns nur fünfzehn Stück Vieh im Stall und im Goldenen Grund dreißig. Und außerdem hab ich noch was mitgebracht, das dir ganz und gar fehlt.«

»So? Was wär denn das?«

»Ein helles Köpfchen, das in einer Minute schneller denken kann, als du an einem ganzen Tag. Was sind schon dreißigtausend Mark? Zwei Küh bloß, wenn du verkaufst, hast du sie.«

Matthias schaute sie perplex an.

»Freilich nicht an den Metzger«, fuhr sie fort. »Schwarz musst du sie verkaufen. Und bald muss das sein. Wer weiß, wie lange sich das Geld noch hält. Später wäre es dann wirklich ein Problem, aber jetzt nicht. Lass nur mich machen, du bist ja doch zu ungeschickt dazu.«

Jetzt verschwand der finstere Ausdruck aus seinem Gesicht. »Du bist doch ein Prachtstück. Wenn ich dich nicht hätt.«

»Du hast mich aber und ich bring schon alles in Ordnung. Ist sonst auch noch was geschrieben für sie?«

»Das hätt ich jetzt beinah vergessen. Lebenslanges Wohnrecht ist ihr zugesichert und sorgen müssen wir für sie, wenn sie alt wird.«

Herzfrisch quirlte das Lachen der Cilli durch die Kammer. »Die wird nicht alt auf dem Grundhof, das garantier ich dir. Entweder sie heiratet bald, oder ich mach ihr das Leben so zur Hölle, dass sie gern geht. Ich hab bloß alles hinuntergeschluckt, solange der Alte gelebt hat. Jetzt muss sie sich ducken. Die Magd ist sie hier und sonst gar nichts. Und je eher wir sie draußen haben, desto besser ist es. Ich habe keine Lust, mir dauernd ihr Rühr-mich-nicht-an-Gesicht anzuschauen. Den Vorwurf in ihren Augen zu lesen, was ich da zu reden hätte. Der brech ich ihren Hochmut, verlass dich drauf. Möcht bloß wissen, worauf sie sich so viel einbildet. So eine wie die hat es gerade nötig, den Kopf so hoch zu tragen. Dass ich nicht lache.« Und sie lachte wieder.

Matthias hatte die Feiertagskleidung abgestreift und schlüpfte nun in die Werktagshose.

»Recht hast ja, Cilli. Auf der anderen Seite ist sie eine verlässliche Kraft. Noch dazu, wo man heutzutage niemanden mehr kriegt.«

»Ich hab schon eine für Lichtmess. Zwei sogar, weil es ja jetzt nicht mehr sein muss, dass ich mich so abrackere. Das hab ich bloß am Anfang auf mich genommen. Jetzt möcht ich es dann auch ein bissl schöner kriegen. Oder legst du Wert darauf, in zehn Jahren eine abgearbeitete Frau zu haben?«

Immer wieder musste er staunen über ihre Art, mit der sie alles voraus bedachte und plante. Er legte den Arm um ihre Schulter.

»Das will ich freilich nicht haben. Cilli, du bist doch ein gescheites Frauenzimmer. Mit dir hab ich einen guten Griff gemacht.« Er küsste sie und hielt dann ihr Gesicht in den Händen. »Du kannst einem einheizen, du kleiner Teufel. Magst mir jetzt eine Brotzeit herrichten? Aber nicht so fett, wenn ich bitten darf. Ich möcht nämlich ein bissl länger leben als der Vater.«

In den nächsten Tagen bekam Anna es bereits zu spüren, wofür die Cilli sie jetzt hielt. Hatten sie zu Lebzeiten des Rauschers die Arbeit im Haus noch zusammen abgesprochen, jetzt hielt sich die Cilli nicht mehr daran.

»Der Stall muss auch wieder einmal anständig geputzt werden«, sagte sie in schnippischem Ton. »Und morgen tust waschen.«

Früher hatte sie selbst immer dabei mitgeholfen. Jetzt überließ sie Anna alles allein.

In einer regendurchpeitschten Novembernacht fuhr ein großer Lastwagen mit Verdeck in den Hof. Zwei Kühe wurden aufgeladen. Anna lag noch wach in ihrem Bett und hörte die Geräusche, hörte den Wagen wieder wegfahren, dann wurde es still.

Am anderen Morgen ließ sich Matthias den Haflinger vor einen leichten Wagen spannen und fuhr mit Cilli in die Kreisstadt. Als sie am Abend zurückkamen, hatten sie beide fröhliche Gesichter und Anna hörte das Lachen der Cilli bis in den Stall hinein, in dem sie arbeitete.

Am Sonntagmorgen, als Anna sich in der Stube vor dem Spiegel den Bänderhut aufsetzte, saß Matthias am Tisch und kramte in irgendwelchen Papieren. Dann hob er langsam den Kopf.

»Was ich sagen will – dein Erbteil hab ich bei der Kreissparkasse eingezahlt.«

Als er das gesagt hatte, nahm er ein Schriftstück zur Hand und las es durch.

Anna stand eine Sekunde wie erstarrt, presste nachdenklich die Lippen aufeinander und sagte dann: »Hat das so pressiert?«

Matthias war auf einmal auffallend freundlich. »Schau, Anna, zahlen muss ich es doch, dann lieber gleich. Du hast jetzt dein Geld und –«

»Wo hast denn du plötzlich so viel Geld her?«, fragte Anna, die sofort misstrauisch geworden war. Es fiel ihr ein, dass sie eigentlich gar nicht wusste, ob und wie viel Bargeld der Vater zurückgelassen hatte. Was war sonst wohl noch alles weggeräumt worden von den beiden, von dem sie nichts wusste?

»Das braucht dich eigentlich nicht zu interessieren, Anna.«

»Du hast Recht. Aber dass ich mir über manches Gedanken mache, kannst du mir nicht verwehren. Kaum ist der Vater unter der Erde, fängst du schon an, Vieh zu verkaufen. Zwei Kühe auf einmal gleich. Und das bei der Nacht, im Schwarzhandel. Ob dir das Glück bringt, Matthias?«

»Das lass nur meine Sorge sein. Jetzt schau her, Anna. Da hast du dein Sparkassenbuch, kannst dich überzeugen, dass ich die Dreißigtausend wirklich einbezahlt hab, und da müsstest mir halt den Wisch unterschreiben.«

Mit gerunzelten Brauen sah Anna auf das Schriftstück nieder und las, dass sie die Einbezahlung ihres Erbteils in die Sparkasse gutheißt und damit einverstanden sei. Irgendein dumpfes Gefühl warnte sie zu unterschreiben. Dann wieder sagte sie sich, dass er eigentlich recht gehandelt habe. So trug das Geld wenigstens Zinsen und sie konnte auch jederzeit darüber verfügen.

Matthias schob ihr den Federhalter zwischen die Finger.

»Jetzt wenn du da unterschreiben möchtest, Annerl.«

Annas Hand zuckte zurück. Warum auf einmal so viel Freundlichkeit? Sie schaute den Bruder scharf an, doch sein Gesicht war ganz unbewegt. Nein, es konnten doch keine schlechten Gedanken sein hinter seiner jetzt glatten Stirn. Ein wenig herrisch war er ja immer gewesen, der Matthias, aber betrügen würde er sie sicher nicht. Schließlich waren sie Geschwister und wie es auch sein mochte, dreißigtausend Mark waren auch für ihn viel Geld. War es nicht schön und uneigennützig von ihm, dass er ihr jetzt schon ihr Erbteil gab, dass er mit ihrem Geld nicht wirtschaftete, sondern ihr die Zinsen zuteil werden ließ?

Da setzte sie zu ihrem Namenszug an und schrieb ihn deutlich und klar zu Ende. Jeder Buchstabe war wie gestochen und sie sah nicht das zufriedene Lächeln um des Bruders Mund. Er schwenkte das Schriftstück hin und her, damit die Tinte trockne, und sagte dann:

»So, das wär in Ordnung. Du kannst jederzeit heiraten jetzt.«

Anna nahm ihr Gesangbuch aus dem Kasten. Vom Dorf her hörte man das Dreiviertelläuten.

»Das hört sich ja an, als wolltest du mich so schnell wie möglich loswerden.«

Matthias sperrte die Papiere in eine Holzschatulle. Dann stand er auf. »Ja, weißt du, das ist so eine Sache. Mir ist das gleich, ob dich noch einer nimmt oder nicht. Aber es wird halt so sein, dass du dich auf die Dauer mit der Cilli nicht vertragen wirst.«

»Das kommt nicht auf mich an. Gesetzt den Fall, ich würde auf Knall und Fall heiraten, wer soll dann hier die Arbeit tun?«

Matthias band sich vor dem Spiegel die Krawatte zurecht. »Ja, siehst du, das ist auch wieder eine von deinen Einbildungen, in denen du lebst. Du bildest dir immer ein, es geht nicht ohne dich. O ja, es geht schon. Zu Lichtmess kommen zwei Mägde her.«

Das traf Anna wie ein Stoß.

»Ach, so ist das. Jetzt kenn ich mich aus. Ihr wollt mich aus dem Haus haben, so oder so.«

»Du begreifst eigentlich recht schnell.«

Anna konnte nichts mehr antworten und ging langsam hinaus. Das Wichtigste wusste sie ja nun: dass man sie forthaben wollte.

Während der Predigt gingen ihre Gedanken ganz abseitige Wege. Traurige und zukunftsuchende Gedanken waren es, die sie von der Predigt ablenkten. Nur einmal fing sie die Worte auf, dass der Mensch sich immer treu sein solle, sich selber und seinem Gewissen. Diese Worte drangen ihr tief ins Bewusstsein. Sie fragte sich, ob sie bisher immer sich selbst und ihrem Gewissen treu geblieben sei, und als sie es bestätigt fand, beschloss sie, auch weiterhin so zu leben.

Am Nachmittag machte sie sich auf den Weg zur Burgl. Es war ein windstiller Tag, einer von jenen Novembertagen, die noch ein wenig prahlerisch Herbst spielen wollen, mit etwas Sonnenschein und ein paar Marienfäden in der Luft und dem hellen Schrei eines Habichts über dem dunkelnden Fichtenwald.

Die alte Burgl saß vor der Hütte und sonnte sich in dem Bewusstsein, dass es ein geschenkter Tag war, denn morgen konnte schon alles weiß sein ringsum.

Als sie die Anna kommen sah, leuchteten ihre Augen aus den Runzeln heraus. »Ja, Anna, dass du zu mir kommst. So eine Freud!«

Anna setzte sich neben die Alte auf die Bank und hob ihr Gesicht der Sonne zu. So saßen sie eine lange Weile schweigend. Die Burgl schaute von der Seite her in Annas Gesicht und sah die messerscharfe Falte zwischen ihren Brauen. Das bedeutete Aufruhr in ihrem Innern. Aber sie fragte nicht, weil sie in ihrem langen Leben gelernt hatte, dass Fragen oft mehr Schaden bringt, als geduldiges Warten, bis der andere sich selbst mitteilt.

Da kam es auch schon hart über Annas Lippen: »Ich bleibe nicht mehr daheim.«

Die Burgl horchte auf und schwieg. Sie wusste, das war noch nicht alles.

Und da stieß Anna auch schon den zweiten Satz heraus: »Ich dürfte das Aschenputtel machen daheim und sie tät die Bäuerin spielen. Aber das machte mir noch weniger aus. Dass einmal eine Bäuerin ins Haus kommt, damit hab ich rechnen müssen. Vielleicht hätt ich mich mit einer anderen besser verstanden als mit der Cilli mit ihrem ewigen Lachen. Aber der Matthias hat mir ja so quasi die Schuh vor die Tür gestellt.«

»Ahsooo?«

»Und mir kommt's grad so vor, als hätten sie das schon lange beschlossen gehabt, die zwei, und haben damit bloß gewartet, bis der Vater stirbt.«

Die Burgl schnaufte, wickelte sich die Decke enger um die Knie und zog das Kopftuch weiter in die Stirn.

Dann schob sich ihre Hand herüber und umfasste Annas Finger.

»Wie ich dich kenn, Anna, ist das nicht das Ärgste. Du wartest und sehnst dir die Seele aus dem Leib nach ein paar Zeilen, die einfach nicht kommen wollen. Und vielleicht werden sie nie kommen, Anna. Du bist jung und stark und musst das überwinden.«

Da schlug Anna plötzlich die Hände vors Gesicht und begann verzweifelt zu weinen.

»Ja, du hast Recht, Burgl, ich müsst ihn vergessen können, den Oliver. Aber das kann ich hier nicht, wo mich alles an ihn erinnert. Und drum will ich fort, weit fort, Burgl. Weißt mir keinen Bauern, der eine Magd braucht?«

Die Alte dachte lange nach. Die Sonne war schon weit nach Westen gewandert. Es wurde kühler. Ein Wind kam auf und ging mit dumpfem Brausen durch die Bäume ringsum.

»Aus dem Ärmel kann ich dir auch nichts schütteln, Anna«, sagte sie dann. »Aber ich wüsst schon einen, fünf Stunden Fußmarsch von hier weg. Beim Ruderer in Aich. Er ist ein entfernter Cousin von mir. Das wär kein schlechter Platz. Wenn du meinst, dann schreib ich ihm. Vielleicht sucht er grad jemanden auf Lichtmess, oder wenn er selber niemanden braucht, vielleicht weiß er eine andere Stelle.«

»Ja, schreib ihm, Burgl. Ich bitt dich recht schön, schreib ihm. Das Porto zahl ich dir gern. Und schreibst ihm, ich könnt auch sofort eintreten. Ich will nicht warten, bis die zwei mich ausschaffen, wenn sie eingedeckt sind mit fremden Leuten.«

»Ich schreib ihm gleich heut noch«, versprach die Burgl.

»Ja, tu's, Burgl. Schreibst, wie alt ich bin, dass ich ehrlich bin und viel arbeiten kann.«

»Musst du mir das sagen?«, kicherte die Alte, stand auf und humpelte in die Hütte. Anna folgte ihr und sah ihr dann über die Schulter hinweg zu, wie die Burgl mit ihrer zittrigen Schrift an den Bauern Balthasar Ruderer in Aich, Post Friedham, schrieb, ob er nicht eine außerordentlich tüchtige und verlässliche Magd brauche.

»Ich schau am Sonntag wieder nach«, sagte Anna. »Vielleicht ist bis dahin schon eine Antwort da. Und einstweilen vielen Dank, Burgl. Vielleicht kann ich es dir irgendwie einmal lohnen.«

Die Antwort war bereits am Donnerstag da. Zunächst nannte der Ruderer von Aich die Burgl seine viel geliebte Cousine, obwohl sie das dem Verwandtschaftsgrad nach gar nicht war. Dann drückte er in seinen Zeilen einen starken Zweifel aus darüber, ob denn das auch auf Wahrheit beruhe, was sie ihm geschrieben habe, denn er könne sich nicht vorstellen, dass man in dieser Zeit tatsächlich noch jemand finden könnte, der Bauernarbeit tun möchte. Wenn dem aber so sei, so könne die Betreffende sofort bei ihm eintreten. Er bezahle sie bestens und die Behandlung, vielleicht wisse das die viel geliebte Cousine noch, sei in Aich auch gut. Wenn die Betreffende wirklich so tüchtig sei, wie sie schreibe, so werde er sich für die Vermittlung selbstverständlich erkenntlich zeigen. Sie möge ihm doch gleich schreiben, was sie am nötigsten brauche, dann werde ein Paket an sie abgeschickt.

Anna war nicht die Angestellte ihres Bruders Matthias. Sie war immer noch die Tochter des Hauses und konnte tun und lassen, was sie wollte, konnte gehen, wann es ihr beliebte, oder sie konnte dableiben. Da sie sich aber zu Ersterem entschlossen hatte, war es ihr geradezu eine Wonne, Matthias am Sonntagmorgen vor dem Kirchgang zu sagen:

»Morgen geh ich.«

Matthias rasierte sich gerade vor dem Spiegel und fuhr so heftig mit dem Gesicht herum, dass er sich in die Wange schnitt.

»Was hast du gesagt?«

»Dass ich morgen geh.«

»Wohin?«

»Das ist meine Sache.«

Es war, als begriffe er jetzt erst ganz, worum es ging. Sich mit dem Handtuch das Blut wegtupfend, riss er die Tür auf und schrie in den Gang hinaus:

»Cilli, komm einmal herein.«

Die Cilli kam, sah, dass er an der Wange blutete und sagte: »Dort liegt Heftplaster.«

»Ach was, um das geht es jetzt nicht. Stell dir vor, sie will fort.«

Die Cilli verplapperte sich und fragte: »Jetzt schon?«

»Ja, jetzt schon«, antwortete Anna fest. »Ich glaube es schon, dass es euch nicht recht passt, dass ich euch nicht bis zu Lichtmess den Trottel mach. Dann könnte ich ja sowieso gehen. Der Matthias hat das am letzten Sonntag deutlich durchblicken lassen. Aber bevor ich mir von euch die Schuhe vor die Tür stellen lasse, geh ich selber.«

»Und wer soll dann die Arbeit tun, bis wir jemand haben?«, fragte Matthias gereizt.

Da fand die Cilli ihr Lachen wieder. »Aber Matthias, reg dich doch nicht auf. In der Zwischenzeit hol ich mir meine Schwester zum Aushelfen. Lass sie doch gehen, wenn sie gern geht. Dann brauchen wir ihr kein Christkindl mehr zu kaufen.«

»Da hast auch wieder Recht«, sagte Matthias. Und zu Anna gewendet: »Geh nur, es hält dich niemand auf.«

Und so ging sie. Zunächst in die Kirche. Am Nachmittag packte sie ihre Sachen zusammen, die sie knapp in zwei schweren Koffern unterbringen konnte, die sie einstweilen zur Burgl in die Waldhütte trug.

Am andern Tag, noch bevor es hell wurde, verließ sie nur mit einem Rucksack bepackt den Goldenen Grund.

Der Rudererhof in Aich war nicht viel kleiner als der Hof im Goldenen Grund.

Der Ruderer war ein Mann Mitte vierzig, mittelgroß

und hager, mit einer ausgeprägten Hakennase und einem kurzen, angegrauten Schnurrbart darunter. Seine Augen waren hell und still. Sie leuchteten nur einmal kurz auf, als Anna Rauscher ihm die Hand gab und sagte, dass sie die neue Magd sei. Was er dabei dachte, sagte er ihr nicht, das sagte er erst seiner Frau am Abend.

»Ein verdammt schönes und stolzes Frauenzimmer«, meinte er.

Die Ruderin langte nach seiner Hand und hielt sie eine Weile fest in der ihren.

»Ich hab ihr in die Augen geschaut«, sagte sie, »und weiß, dass ich vor ihr keine Angst zu haben brauche.«

»Ah so«, lachte er. »Was ihr Frauen gleich immer denkt. Hab ich vielleicht schon einmal eine andere angeschaut außer dir?«

»Das weiß ich nicht, Balthasar, und ich trau es dir auch gar nicht zu. Meistens sind es ja die Frauen, die euch schöne Augen machen. Aber bei der Anna, wie gesagt, da habe ich keine Angst. Was sie wohl von daheim fortgetrieben hat?«

»Da wollen wir lieber nicht fragen, Berta. Wenn sie es uns selber sagt, ist es recht. Die Hauptsache ist, dass sie arbeiten mag. Verstehen tut sie was von der Bauernarbeit, das hast du ja gesehen beim Melken heut Abend.«

»Der Kleidung nach muss sie aus einem guten Haus stammen«, rätselte die Frau.

»Ach ja«, erinnerte sich der Ruderer. »Da muss ich jetzt morgen gleich einmal schaun, ob der Brunnhuber Franzl mit seinem Lastwagen nicht in den nächsten Tagen in die dortige Gegend kommt. Sie sagt, dass sie noch zwei Koffer bei der Burgl in der Hütte untergestellt hat.«

Die Ruderin war eine ruhige, besonnene Frau, die gerade zum zweiten Mal schwanger war. Sie war der neuen Magd vom ersten Augenblick an gewogen. Des Weiteren war noch ein alter Knecht, der Girgl, auf dem Hof und ein sechzehnjähriges Bürscherl, der Anderl, der

Anna bei der Stallarbeit zur Hand gehen musste. Dann war noch die zweijährige Gretl da, das erstgeborene Kind der Rudererleute, das Anna sofort in ihr Herz schloss. Es war ein herziges Kind, weißblond und helläugig wie der Vater.

Soweit Anna es nach den ersten Tagen einschätzen konnte, herrschte auf dem Hof eine herzliche Atmosphäre. Sie stürzte sich bewusst, und weil es anders auch gar nicht ihre Art gewesen wäre, in die viele Arbeit, die sich angehäuft hatte, denn vor einem halben Jahr hatte die Magd geheiratet, und seitdem musste die Ruderin ganz allein dem großen Hauswesen vorstehen.

Ja, viel Arbeit hatte auf Anna gewartet und das war ganz gut so. Dann konnte sie nicht so viel nachdenken. Sie wollte durch nichts mehr an daheim erinnert werden, auch nicht an Thomas Staffner, von dem sie insgeheim immer gehofft hatte, dass er ihr vielleicht ein Freund bleiben möge.

Und doch konnte sie es nicht verhindern, dass besonders in der ersten Zeit das abendliche Glockenläuten von Friedham herauf die Erinnerungen wieder wach rief. Die Glocke hatte einen ähnlichen Ton wie jene in Blockstein, die man während des Krieges versteckt gehabt hatte. Durch diesen vertrauten Glockenklang wurde sie an die Heimat erinnert, die sie doch vergessen wollte.

Eines Abends nun saß Anna etwas länger als sonst in der Stube. Das Greterl war in ihrem Schoß eingeschlafen und sie wollte nicht aufstehen, um das Kind nicht zu wecken.

Sonst waren nur noch die Bäuerin und der Bauer da, der am Tisch vorn die Milchliste durchschaute. Als er einmal die erloschene kurze Pfeife neu anzündete, fragte er unvermittelt:

»Du bist doch von Blockstein, oder?«

Anna schrak aus ihrem Dahindösen auf.

»In der Nähe bin ich daheim, ja.«

»Dann müsstest du eigentlich von dem Vorfall wissen, der sich dort zugetragen hat.«

Sofort wusste Anna, was er meinte. Ihre Kehle wurde eng. »Von was für einem Vorfall?«

»Hat da nicht eine Bauerntochter auf der Alm einen amerikanischen Flieger versteckt gehabt, ein halbes Jahr lang oder noch länger? Hast du sie gekannt?«

Annas Finger spielten nervös mit dem Haar des Kindes in ihrem Schoß. Das Kind fing zu greinen an und die Bäuerin nahm es ihr ab.

»Ja, ich habe sie gekannt«, sagte Anna. »Ist die Sache bis hierher gedrungen?«

»Man hat davon gesprochen. So was passiert ja auch nicht alle Tage. Eigentlich muss sie ein verdammt schneidiges Frauenzimmer gewesen sein. In der damaligen Zeit hat schon was dazugehört.«

»Schneid wohl weniger. Eher Mitleid. Der arme Teufel lag ja verwundet auf dem Almfeld. Hätte sie ihn vielleicht liegen lassen sollen?«

»Natürlich nicht«, antwortete jetzt die Bäuerin. »Vielleicht hätte ich nicht anders gehandelt.«

Anna blickte die Frau dankbar an. Dann antwortete sie: »Und manch andere auch nicht, die sich danach nicht genug aufregen konnten, um das Mädchen schlecht zu machen.«

»Der Neid!«, lachte der Bauer wieder. »Wenn es ein hübsches Mädchen war, hätt ich ganz gern der Flieger sein mögen.«

»Ach, du«, sagte die Bäuerin. »Mach doch nicht immer solche Sprüch. Man müsst wahrlich meinen, was du für ein Draufgänger wärst.«

Sie trug das Kind in die Kammer nebenan und Anna stand auch auf. Bevor sie an der Tür war, wiederholte der Bauer seine Frage: »Du hast sie also gekannt? Was war sie für eine?«

»Ich weiß nicht«, sagte Anna. »Vielleicht ist sie nicht jedermanns Geschmack.«

Dann schloss sich die Tür hinter ihr. Man hörte ihren Schritt über die Stiege gehen und es wurde still.

Der Ruderer aber beschloss, der Burgl einen Brief zu schreiben, um Näheres über seine neue Magd zu erfahren.

Er schrieb den Brief auch am nachfolgenden Sonntag. Aber die Burgl beantwortete ihn nicht. Sie sagte auch dem Lastwagenfahrer nichts, der sich eines Tages bis in ihren Waldwinkel durchgefragt hatte und die zwei Koffer abholte.

Dieser erste Sonntag aber, den Anna fort war, verunsicherte jemanden in Blockstein. Er stand während des Hochamtes hinter der Säule unter der Empore wie jeden Sonntag. Aber der Platz da vorn unter dem Predigtstuhl blieb heute leer.

Dem Thomas Staffner war eigentümlich zumute. Dieser sonntägliche Anblick von Annas schönem Nacken, über dem das blonde Haar leuchtete, war immer wie ein Sonnenleuchten durch ihn hindurch gegangen. Ist sie vielleicht krank?, dachte er. Seit Anna von der Alm wieder zurück war, hatte sie keinen Sonntag gefehlt.

Erst als er sie auch im Laufe der Woche vom kleinen Fenster des Sägestüberls aus, von wo man so schön in den Goldenen Grund sehen konnte, auch nirgends sah, überkam ihn so etwas wie Unruhe. Mit dieser Unruhe ging er am nächsten Sonntag wieder zum Hochamt. Und wieder war der Kirchenstuhl leer.

Nach dem Hochamt schaute er sich fast die Augen aus. Auf der verschneiten Grät des Gasthauses »Zu den vier Aposteln« standen wie jeden Sonntag die Burschen beisammen. Da sah er den Blasius, den Knecht vom Grundhofer. Langsam schlängelte sich Thomas an ihn heran.

»Guten Morgen, Blasi.«

»Grüß dich, Thomas.«

»Ist auf einmal Winter geworden jetzt, was?«

»Ist ja nicht mehr zu früh«, meinte Blasius, den es ein wenig wunderte, dass Thomas Staffner seine Gesellschaft suchte.

»Habt ihr ’s Holzarbeiten schon angefangen?«, fragte Thomas weiter um den heißen Brei herum.

»Nein, nächste Woche soll es losgehen.«

Thomas grübelte krampfhaft, was er nun weiter fragen solle. »Bleibst du zu Lichtmess wieder im Goldenen Grund?«

»Ja.«

»Und –« Thomas schob einen Schneebatzen mit dem Schuh weg.

»Was und?«, fragte Blasius.

»Der Anna geht es immer gut?«

»Die Anna ist fort.«

»Fort?«

»Ja, leider.«

»Wohin denn?«

»Weiß ich nicht. Nein, Thomas, weiß ich wirklich nicht.«

In diesem Augenblick kam der Postbote mit einer Handvoll Briefe aus der Agentur und verteilte sie wie jeden Sonntag, weil ihm dann am Montag vielleicht der weite Weg zu den Einöden erspart blieb.

»Für euch hab ich was«, sagte er und reichte dem Blasius einen Brief. »Für Fräulein Anna Rauscher. Gibst ihr den Brief, gelt.«

Es war ein Brief mit ausländischen Marken.

»Wo wird denn der her sein?«, sinnierte Blasius.

»Lass sehen«, drängte Thomas, besah sich die Marken und drehte den Brief um. Dann verfärbte sich sein Gesicht, als er den Absender las: »Oliver Pratt, Philadelphia, 143. Street.«

Er gab den Brief zurück und ging davon. Es begann wieder leicht zu schneien. Thomas Staffner schlug den Jackenkragen hoch und zog die Schultern ein wenig ein, so, als habe ihn soeben jemand ins Genick geschlagen.

Dem Matthias Rauscher riss es die Augendeckel hoch, als Blasius ihm den Brief aushändigte.

»Du wirst ja wissen, wo sie steckt, die Anna«, sagte Blasius. »Dann kannst ihr den Brief ja nachschicken.«

»Nachschicken? Freilich schick ich ihn ihr nach«, lächelte Matthias mit dünnen Lippen und ging mit dem Brief in die Küche zur Cilli.

Zusammen lasen sie dann, was Oliver Pratt der Anna Rauscher auf vier eng beschriebenen Seiten zu sagen hatte, dass man ihn damals, nach kurzem Lazarettaufenthalt, an die Pazifikfront beordert habe. Vor kurzem erst sei er aus Tokio zurückgekommen und nun nehme er die erste Möglichkeit einer Postverbindung wahr, um ihr zu sagen, dass er sie nicht vergessen habe und sie immer noch liebe wie damals. Mehr vielleicht noch und dazu komme nun auch noch seine grenzenlose Sehnsucht nach ihr. Er hoffe inständig, dass auch sie ihn in ihrem Herzen bewahrt habe. Er bitte sie dringendst, noch Geduld zu haben. Noch gäbe es keine Möglichkeit für ihn, nach Europa zu fahren. Es könne vielleicht noch zwei oder drei Jahre dauern. Trotzdem bitte er sie, auf ihn zu warten. Mit seinen Eltern habe er bereits gesprochen. Sie würden sich von Herzen freuen, das Mädchen, das ihm so tapfer das Leben gerettet habe, in ihr Herz schließen zu können. Zum Schluss hieß es noch: »Alles, was du jetzt noch haben musst, Engel, ist Geduld. Ich bitte dich, schreib mir, sobald du meinen Brief erhalten hast. Und bereite Deine Eltern vor, denn ich werde nicht ohne dich zurückkehren, weil ich mir mein Leben nicht mehr ohne dich vorstellen kann. Dein Oliver.«

»So ein verliebter Gockel«, grinste Matthias, zerriss den Brief in kleine Stücke und schob die Fetzen in den Küchenherd.

»Engel«, spöttelte die Cilli kichernd. Dann schlug sie das Ofentürchen zu, schaute auf die Uhr und sagte: »In einer halben Stunde können wir essen.«

Nie in ihrem Leben hatte Anna gedacht, dass sie sich jemals damit abfinden könnte, bei fremden Leuten als Magd zu arbeiten. Nun aber, da sie schon ein halbes Jahr auf dem Rudererhof war, hatte sie sich wunderbar eingelebt, und immer seltener sprang das Heimweh sie an.

Vor kurzem hatte die Bäuerin einen Sohn geboren und die Gretl schloss sich jetzt noch mehr an Anna an. Sie schlief auch bei ihr in der Kammer, dem Ruderer war das ganz recht so, denn er hatte schon daran gedacht, ob er nicht neue und festere Eisenstangen an Annas Schlafzimmerfenster anbringen lassen sollte.

Der Sohn des Mühlenbesitzers Mutzler war nicht der einzige, der mit undurchsichtigem Vorwand an einem Sonntagnachmittag auf dem Hof erschien, der so frei auf seiner Höhe lag, dass man einen herrlichen Blick hatte in die Ebene hinaus und nach Süden bis hin zu den Bergen. Wenn Anna sonntags zur Kirche ging, starrten viele Burschen dieser fremden, schönen Frau nach.

Alle aber, die auf den Rudererhof kamen oder in der Dämmerung um ihn herumschlichen, mussten erleben, dass sie keine Chancen hatten bei dieser herbschönen Magd, die doch wohl nur der Hochmut so eisig ablehnend sein ließ, wie es einer Magd eigentlich nicht zukam.

Nein, es war keiner dabei, der auch nur ganz leicht Annas Herz hätte bewegen können. Was sie brauchte, das wäre ein wirklich guter Freund gewesen, bei dem sie sich alles vom Herzen hätte sprechen können.

Aber wo gab es diesen Freund? Wo gab es überhaupt einen Menschen, bei dem sie Verständnis erwarten könnte für all das, mit dem sie nicht fertig wurde? Sie schrieb der alten Burgl, weil diese ihr als eine Verbündete erschien. Aber die alte Frau ging in ihren Antwortbriefen auf bestimmte Punkte einfach nicht ein. Sie teilte nur mit, dass im Goldenen Grund die junge Bäuerin mehr Maklerin als Bäuerin sei, eine Großmaklerin, die nun in Ziegelsteinen, Zement und Dachplatten mache, die sie wieder in Perserteppiche und Ölgemälde verwandle. Sie sei eine solch emsige Händlerin, dass sie anscheinend keine Zeit fände, Kinder zu kriegen. Sie steckte aber mit ihrem schwunghaften Handel auch andere an. Der Thomas Staffner zum Beispiel habe die alte Säge niedergerissen, um ein ganz modernes Werk hinzustellen. Die Emma ziehe in gleicher Spur und habe nun eine noch größere Waschmaschine, eine Bügelmaschine und auch einen Mann, den Hausknecht von den »Vier Aposteln« nämlich, den sie ernähren müsse, weil er, um noch fauler leben zu können als bisher, mit der Emma die Eheringe getauscht habe.

Lauter Neuigkeiten aus der Welt ihrer Kindheit! Aber kein Wort von Oliver Pratt.

Die Alte glaubte wohl auch nicht mehr, dass Oliver je einmal wiederkäme. Aber Anna wollte die Hoffnung einfach nicht aufgeben.

Die Amerikaner waren längst aus den Dörfern abgezogen. Nur hin und wieder verirrte sich ein Jeep in diese Hügellandschaft. Ein Major kam vielleicht zur Jagd oder es durchstreiften übungsmäßig ein paar Jeeps die Gegend. Aber jedes Mal, wenn Anna so ein Fahrzeug mit dem großen Stern auftauchen sah, gab es ihr einen Stich ins Herz, und sie wurde hinterher sehr traurig, weil sie jedes Mal gehofft hatte, Oliver säße in einem der Fahrzeuge und käme zu ihr.

So gingen die Wochen dahin und der Sommer war hier anders als die Sommer, die Anna bisher erlebt hatte. Es gab keinen Almfrieden hier und keine Herdenglocken, die den Grund erfüllten, keine besinnlichen Abende, an denen sie auf der Hüttenschwelle sitzen konnte, während langsam der Mond über die Berge heraufstieg.

Dafür gab es hier weite Roggenschläge und goldene Weizenfelder, die schön waren, solange sie in der Reife standen, die aber dem Menschen viel abverlangten, sobald der erste Sensenschnitt in sie hineinrauschte. Daheim hatten sie nur einen kleinen Streifen als Roggenfeld gehabt, der in zwei Stunden abgemäht war. Und darum bekam Anna hier die Plage des Erntens mehr zu spüren als andere. Hier dauerte das Ernten eine ganze lange Woche, während unbarmherzig die Sonne niederbrannte, die keine einzige, mitleidige Wolke unter sich dulden wollte, die ihr Glühen wenigstens für ein paar Minuten gemildert hätte.

Die Arbeit zermürbte Anna, die Hitze glühte sie aus, sie wurde mager in diesen Tagen und so gebräunt, bis tief in den Nacken hinein und über die Arme hin, wie sie es bisher nie gewesen war.

Nie aber kam ein Wort der Klage aus ihrem Mund. Die Rudererleute konnten sich gar nicht genug wundern, so ein Glück gehabt zu haben, und ringsum blühte der Neid bei diesem allgemeinen Mangel an Leuten. Darum legten Bauer und Bäuerin es nie darauf an, in ihr nur die Magd des Hofes zu sehen, sondern zogen sie bewusst hinein in ihren familiären Kreis, hielten sie wie eine Tochter des Hauses, so dass Anna eigentlich nie das Gefühl hätte haben dürfen, in der Fremde zu sein.

Die Plage des Sommers ging vorüber. Es kam ein Herbst mit viel Regen, und als es ein Jahr her war, dass Anna die Heimat verlassen hatte, fragte Balthasar Ruderer sie beinahe ängstlich, ob sie ein weiteres Jahr bleiben möchte.

Anna sah ihn erstaunt an. In diesem Augenblick merkte sie erst, wie sehr sie sich in diesen Kreis eingelebt hatte und wie tief sie mit diesen Leuten, besonders mit dem Mädchen Margret, verbunden war.

»Seh ich vielleicht aus wie eine, die jedes Jahr den Platz wechseln möchte?«, fragte sie.

»Nein, das nicht. Aber ich weiß, dass dir der Turnsteiner auch ein Angebot gemacht hat.«

»Am letzten Sonntag, als ich von der Frühmesse

heimging, fing mich einer auf dem Weg ab. Ich weiß nicht, ob das der Turnsteiner war.«

»Ja, der war es. Und er hat dir viel geboten. Daran soll es aber nicht liegen. Das kannst du bei uns auch haben.«

»Reden wir nicht lang, Bauer. Ich bleibe bei euch, weil es mir hier gefällt.«

Sie standen bei diesem Gespräch im Stall, hinter einer Kuh, die kalben sollte. Der Ruderer strich sich mit zwei Fingern über die Bartbürste. Dann sagte er: »Es ging mir was ab, wenn du auf einmal nicht mehr da wärst.«

Anna nahm die Gabel und richtete die Streu hinter der Kuh. »Ich glaub, dass sie vor dem Abend nicht kalben wird.«

Eine leichte Röte huschte über seine Stirn. Hatte sie ihn denn nicht verstanden? Er fasste nach ihrem Arm. »Das weißt du gar nicht, was mir abging, wenn du nicht mehr da wärst.«

Langsam machte Anna ihren Arm frei und lehnte die Gabel an die Mauer. Dann verschränkte sie die Arme über der Brust und sah ihn aus schmalen Augen an. »Was soll denn dir schon abgehen? Du hast alles, was zum Glück gehört. Einen schönen Besitz, eine herzensgute Frau und zwei liebe Kinder.«

»Ja, ist ja recht«, gab er zögernd zu. »Aber manchmal, wenn ich dich so ansehe …«

Anna unterbrach ihn sofort mit einer Schroffheit, die ihn erschreckte. »Das, was du dir jetzt denkst, ist eine große Gemeinheit gegenüber deiner lieben Frau. Wenn du aber meinst, du könntest dir solche Dummheiten nicht aus dem Kopf schlagen, dann müsste ich gehen, und zwar auf der Stelle.«

»So hab ich's doch nicht gemeint«, entfuhr es ihm. Dunkle Röte übergoss sein ganzes Gesicht bis in den Hals hinein. Er schluckte und fand nicht die rechten Worte. Zerknirscht und beschämt stand er vor ihr.

»Was musst du bloß von mir denken, Anna.«

»Gar nichts.«

»Sag ihr nichts, Anna.«

Fast mitleidig sah sie ihn an. »Als ob ich der Bäuerin weh tun könnte.«

»Jetzt weiß ich, wie ich dran bin«, seufzte er wie erlöst auf.

»Merk dir das nur recht gut, Bauer. Dann bleib ich gern auf deinem Hof.«

Und er merkte es sich. Nie wieder ließ er Anna gegenüber ein verfängliches Wort fallen.

So gingen die Tage in den Advent hinein, und ehe man sich's recht versah, meldete sich auch schon wieder der Frühling an.

Man hörte um diese Zeit, dass bald eine Währungsreform käme. Anna hatte sich nie viele Gedanken um Geld gemacht, aber sie merkte es am Gespräch anderer, an ihren sorgenvollen Mienen und ihrer Geringschätzigkeit, dass sie von der gegenwärtigen Währung nicht mehr viel hielten.

Einmal hörte sie, dass man für eine Schachtel Zigaretten auf dem schwarzen Markt bis zu hundert Mark bezahle. Das jagte ihr einen ungeheuren Schrecken ein. Sie lag die ganze Nacht schlaflos, während die kleine Margret im anderen Bett sorglos und noch unberührt von den Wirnissen der Zeit tief schlafen konnte.

Sie rechnete hin und rechnete her und kam immer wieder nur zu dem traurigen Ergebnis, dass sie für ihr ganzes Erbteil nur dreihundert Schachteln Zigaretten zu zwanzig Stück bekommen würde.

Es konnte doch nicht möglich sein, dass ihr Erbteil so an Wert verlieren sollte. Und Matthias hatte den schönen Hof im Goldenen Grund, der nichts an Wert verlor.

Nein, das konnte und durfte nicht sein. Und im Vertrauen darauf, dass sich die Gerechtigkeit durchsetzen würde, schlief sie schließlich ein. Aber nach einer einzigen Stunde unruhigen Schlafes war es Tag und die Sorge stieg mit ihm wieder ins Riesenhafte. So quälte sie sich einige Zeit dahin, sprach kaum ein Wort, geschweige, dass sie noch lachte.

Das fiel schließlich auch dem Ruderer auf, und als er in der Küche seine Pfeife mit einer Hühnerfeder sauber machte, fragte er seine Frau: »Ist dir noch nichts aufgefallen, Berta? Die Anna ist seit ein paar Tagen so merkwürdig.«

»Doch, es ist mir aufgefallen«, antwortete die Ruderin, und sah ihren Mann scharf an: »Hast du vielleicht was Unrechtes gesagt zu ihr?«

Sofort fiel ihm seine Aussprache mit Anna ein. »Ich? Was dir nicht einfällt. Überhaupt kein unrechtes Wort hab ich gesagt.«

»Dann wird es am besten sein, du fragst sie, was sie hat. Vielleicht ist sie ja krank und will es nicht sagen.«

Dazu kam der Ruderer aber nicht, denn Anna fragte ihn von selber. Er stand gerade im Schuppen und hantierte an der Werkbank. Verblüfft schaute er auf, als Anna plötzlich vor ihm stand.

»Ich möcht dich was fragen, Bauer.«

Er nahm ein Eisenstück aus dem Schraubstock und legte es beiseite.

»Ja, was ist denn, Anna?«

»Wie schaut es eigentlich jetzt mit unserem Geld aus, Bauer?«

Der Ruderer hob die Schultern und ließ sie wieder sinken. »Wenn ich das wüsst, Anna! Hast vielleicht recht viel?«

»Mein Erbteil halt. Es liegt auf der Sparkasse. Dreißigtausend Mark sind es.«

»In Friedenszeiten war das viel Geld«, meinte der Ruderer. »Da wärst du eine begehrte Partie gewesen. Das heißt, das bist du heut genauso.«

»Viel Geld in Friedenszeiten. Und heut, Bauer? Ich hab nachgerechnet, stimmt es, dass ich heut dafür höchstens dreihundert Schachteln Amizigaretten krieg?«

Der Ruderer schaute zu den Dachsparren hinauf, die von Spinnwebhäuten verhangen waren. Dann nickte er. »Das wird ungefähr stimmen. Aber du rauchst ja nicht.«

»Nein, freilich nicht, aber ich begreife allmählich, dass ich um mein Erbteil betrogen worden bin.«

»Da kann man jetzt noch gar nichts sagen, Anna, bevor nicht die Umstellung kommt. Und kommen muss sie ja.«

»Und wie die Umstellung auch sein wird, Grund und Boden werden immer ihren Wert behalten.«

Der Ruderer sah sie mit seinen hellen Augen lange und nachdenklich an. Irgendwie freute es ihn, dass sie so vertrauensvoll zu ihm kam, und sie tat ihm ein wenig Leid.

»Siehst, Anna, du hast uns zwar nie viel erzählt von dir daheim. Aber soweit ich die Dinge überschauen kann, wäre es besser gewesen, dein Vater hätte dir ein Waldstück vererbt oder ein paar Baugrundstücke. Einen bleibenden Wert. Alles andere wankt und wird bald einmal zusammenbrechen. Kürzlich hätte ich einmal für zwei Kühe das haben können, was dein ganzes Erbe ausmacht. Aber was nützt mir das viele Geld, wenn ich dafür nichts kaufen kann.«

Anna lehnte sich an das Schuppentor. Ihr war auf einmal schwarz vor den Augen geworden.

»Was hast, Anna?«

Sie schlug die Augen wieder auf und sah in die seinen hinein.

Sein Blick war ruhig und hell und doch teilnehmend. Nichts mehr von dem unruhigen Flimmern, das sie auch einmal darin gesehen hatte.

»Jetzt weiß ich auch, warum es dem Matthias so pressiert hat, dass ich mein Erbteil bekomme. Förmlich in die Hand gedrückt hat er mir den Federhalter, dass ich schnell unterschreib.«

»Das war ein Fehler. Obwohl – er hätte das Geld dann wahrscheinlich beim Amtsgericht hinterlegt. Die

Ausgeschmierte bist du auf alle Fälle. Der Matthias? Ist das dein Bruder?«

»Bis heut gewesen. Jetzt hab ich keinen Bruder mehr.«

»Nun, verzweifeln brauchst nicht gleich«, meinte der Ruderer. »Warten wir ab, was kommt. Wird nicht gleich wieder so werden, dass das ganze Geld hin ist.«

»Und – wenn ich dich um einen Rat fragen darf –«

»Aber bitt schön, Anna, wenn ich dir helfen kann?«

»Sollt ich mein Geld bei der Bank abheben und dafür etwas kaufen?«

Er überlegte lange und wollte ihr gewiss nach besten Kräften behilflich sein. »Das möcht ich dir nicht raten, Anna. Was kannst dafür heut schon kaufen? Es müsst was Wertbeständiges sein. Aber wer gibt so was ab?«

Da senkte Anna tief, ganz tief den Kopf. Tränen wollten aufsteigen, aber sie drängte sie gewaltsam zurück. Ihre Stimme klang wie erloschen: »Jetzt hab ich begriffen. Mein Erbteil ist also nicht mehr wert als höchstens dreihundert Schachteln Zigaretten.«

»Leider, Anna. Gegen Ami-Zigaretten kann man heut alles haben.«

»Ich dank dir, Ruderer, für deine Offenheit.«

»Geh, Anna, du kannst mich doch um alles fragen, und wenn ich einen Rat weiß, helf ich dir gern. Und ich will es mir auch genau überlegen, ob du dein Erbteil nicht doch irgendwo sicher anlegen könntest.«

Genau um diese Zeit kam Olivers zweiter Brief in den Goldenen Grund. Oliver konnte sich nicht erklären, warum Anna ihm nicht antwortete.

»Wenn es so sein sollte«, schrieb er unter anderem, »dass du dich anderweitig gebunden und mich vergessen hast, was ich aber nicht annehmen kann, so bitte ich dich, teile es mir mit. Im Übrigen erzählt man hier, dass bei euch in Deutschland amerikanische Zigaretten die Währung seien, für die man alles bekommen kann. Ich werde dir deshalb zwanzig Stangen schicken und stelle es dir anheim, ob du nicht auch jener Burgl, die uns so treulich beistand, ein paar davon abtreten willst …«

Die Zigaretten kamen und Matthias Rauscher baute damit seinen Stall um, und die Cilli handelte zudem noch zehn Ballen Stoff ein, der für fünfzig Anzüge gereicht hätte.

Anna erfuhr nie etwas davon. Aber sie erfuhr ein paar Monate später bei der Währungsumstellung, was ihr Erbteil noch wert war, nämlich genau noch dreitausend Mark.

Das Jahr rauschte vorüber wie ein Flügelschlag. Anna hatte mit den Monaten den Schock überwunden und sich damit abgefunden, dass sie nicht mehr als eine Kleinhäuslertochter in dieser neuen Währung als Mitgift bekam.

Aber der Zorn gegen den Bruder blieb, der sie so billig aus der Heimat fortgeschoben hatte in ein Leben als Magd. Hier blieb sie unversöhnlich, und wie ihr Leben sich auch noch gestalten mochte, es gab keinen Weg mehr in den Goldenen Grund zurück.

Anna kleidete sich neu ein, sonst aber legte sie Mark um Mark auf die Raiffeisenkasse, zu der ihr der Ruderer geraten hatte, weil er dort im Vorstand war.

So kam der Winter wieder heran. Eines Tages nun, als Anna auf dem unteren Anger Mist ausgebreitet hatte und bei Einbruch der Dämmerung auf den Hof zuging, sah sie vor der Haustür ein neues Auto stehen.

Drinnen in der Stube saßen der Ruderer und der Besitzer dieses Wagens, der dem Ruderer Holz abkaufen wollte, das noch nicht geschlagen war.

Der Ruderer überlegte noch. Dann sah er ihn an. »Also gut, fünfzig Kubikmeter bis zum Februar. Den Preis können wir aber jetzt noch nicht festlegen, weil ich nicht weiß, wie bis dahin das Holz im Preis steht.«

Das war zwar nicht ganz im Sinne des Händlers, der

genau wusste, dass bis dann der Holzpreis gestiegen sein würde. Aber schließlich konnte er dem Ruderer seinen Willen nicht aufzwingen.

Auf einmal stand er auf und trat näher ans Fenster. Der Schreck war seinem Gesicht anzusehen. »Wer ist denn das?«

Der Ruderer trat neben ihn und stieß dabei an den künstlichen Arm des anderen. »Die Anna. Kennst du sie vielleicht?«

»Kann schon sein«, antwortete der Holzhändler, drehte sich um und ging hinaus.

Anna hielt erschrocken ihren Schritt inne und ihre Züge waren einen Augenblick lang wie versteint. Dann aber löste sich der Krampf und es kam ein winziger, froher Schimmer in ihre Augen.

»Hier bist du also?«, sagte Thomas Staffner.

»Ja, hier bin ich, Thomas«, antwortete Anna, immer noch der Meinung, dass er irgendwo erfahren hatte, wo sie sich aufhielt, und sie nun gesucht habe. Gleich darauf aber erfuhr sie, dass dies nicht der Fall war.

»So ein Zufall«, sagte Thomas. »Ein paarmal bin ich schon in der Nähe gewesen und hab keine Ahnung gehabt, dass du hier oben sein könntest.«

Anna stemmte die Gabel in den Boden, verschränkte die Hände über dem Stiel und legte das Kinn darauf.

»Und wenn du es gewusst hättest, Thomas?«

»Wär ich natürlich schon viel früher gekommen.«

»Und warum? Als ich noch daheim war, hast du ein ganzes Jahr lang einen weiten Bogen um mich gemacht und nicht mehr mit mir gesprochen.«

»Ja, das war dumm von mir«, antwortete er und sah sie offen an. Er ist nicht mehr der gleiche unbeholfene Mensch, stellte Anna fest. Wo er früher unbeholfen war, strahlte er jetzt ruhige Zuversicht aus.

»So dumm war das gar nicht«, sagte Anna nach einer Weile. »Und ich hab dich ja auch verstanden, Thomas. Ich hätte an deiner Stelle nicht anders gehandelt.«

»Das sagst jetzt«, meinte er, »weil dadurch mein Verhalten weniger dumm ausschauen soll.« Plötzlich griff er nach ihrer rechten Hand, betrachtete sie flüchtig und ließ sie wieder sinken. Ein befreiender Atemzug hob seine Brust. »Jetzt hab ich schon gemeint, du wärst verheiratet mit dem Ruderer. Schon wieder so eine Dummheit von mir. Wenn man auch nichts mehr redet von dir in Blockstein, aber wenn du geheiratet hättest, das hätte sich doch herumgesprochen.«

»Wahrscheinlich«, antwortete sie. »Ich hätte ja doch nach Blockstein schreiben müssen wegen der Papiere. Dir hätte es doch nichts ausgemacht?«

Er schluckte und tat, als habe er ihre Frage nicht gehört. »Dann bist du also hier –«

»Bloß die Magd«, fiel sie ihm ins Wort.

»Hat das so sein müssen?«

»Ja, Thomas. Lieber noch bei fremden Leuten arbeiten, als daheim im Goldenen Grund.«

Nachdem auch sie seine rechte Hand genau angesehen hatte, sah sie an seiner Schulter vorbei zum Stubenfenster hin und in das Gesicht des Ruderers hinter den Scheiben hinein.

»Ich hab schon gehört, dass der Matthias nicht ganz recht an dir gehandelt hat.«

Anna lachte bitter auf. »Nur ein Lump kann seine Schwester so behandeln. Aber Glück wird es ihm auch nicht bringen. Wenn du mir einen Gefallen tun willst, Thomas, dann sag niemanden, dass ich hier bin.«

»Kennst du mich als Ratschen?«

»Nein, entschuldige, Thomas. Aber ich muss jetzt an meine Arbeit gehen. Behüt dich Gott, Thomas.«

Sie reichte ihm die Hand, und ehe er sie festhalten konnte, eilte sie dem Stall zu, in dem die Kühe schon unruhig an den Ketten zerrten, weil Futterzeit war.

In dieser Nacht lag Anna wieder einmal lange wach. Die unvermutete Begegnung mit dem Thomas hatte sie doch tiefer berührt, als sie sich eingestehen wollte. Sein plötzliches Auftauchen hatte die unbeschwerten Kinder- und Jugendjahre aus der Erinnerung hervorgezerrt und auch die Zeit, in der sie diesen Thomas Staffner doch recht gern gehabt hatte. Die Gewissheit, dass auch er noch nicht verheiratet war, erfüllte sie mit einer Freude, die wie Sonnenleuchten nach langen Nebeltagen war.

Aber nun wusste er ja, dass sie nur eine Magd bei einem fremden Bauern war. Eine der vielen hundert Mägde, die in dieser weiten Hügellandschaft arbeiteten. Sie war abgestiegen, Thomas aber hatte sich aufgeschwungen zu einem Unternehmer, der weithin bekannt war, ein Holzfachmann, der über den Daumennagel hin einen Holzeinschlag auf das Maß beurteilte und die Preise mitbestimmte mit denen, die noch größere Unternehmer waren als er.

Das wusste sie vom Ruderer, der ihn »Herr Staffner« und den »Holzkönig von Blockstein« nannte. Vom Ruderer erfuhr sie aber auch, dass Thomas Staffner einer von den wenigen Ehrlichen war, die nicht versuchten, einen Bauern übers Ohr zu hauen, der sogar ein gewichtiges Wort in den großen Bauernversammlungen sprach, weil ihm der neue Reichtum nicht in den Kopf gestiegen und er im Grunde seines Wesens Bauer geblieben war, wenn er auch seine Landwirtschaft verpachtet hatte.

Anna Rauscher kam in dieser Nacht zu der Erkenntnis, dass man ihn eigentlich bewundern müsse. Und sie wusste nicht, dass gerade sie die Ursache zu seiner Wandlung geworden war. In der immer gleich bleibenden Sehnsucht nach ihr war ihm endlich der Wille erwachsen, das Minderwertigkeitsgefühl von sich abzuschütteln und jemand zu werden, dessen Namen man mit Achtung nannte.

An einem Freitag hatten sie sich wieder gesehen.

Am Sonntagnachmittag, als der Ruderer sich gerade anschickte ins Dorf zu gehen, fuhr draußen ein Wagen vor. Ein schneller Blick aus dem Fenster genügte, dann sagte er mit einem merkwürdigen Seufzer: »Jetzt kommt der heut schon wieder.«

Die Bäuerin legte die »Stadt Gottes« weg, in der sie gerade gelesen hatte, und fragte: »Wer kommt?«

»Der Holzkönig von Blockstein.«

Anna, die gerade ein Paar Fäustlinge auf der Innenfläche mit Lederresten besetzte, hatte sofort geahnt, wer käme, als sie das Brummen des Motors den Hügel heraufkommen hörte. Um ihren Mund breitete sich ein weiches Lächeln.

Da betrat Thomas auch schon die Stube. Annas Augen weiteten sich vor Überraschung. Thomas sah beinahe elegant aus. Er trug zwar einen Anzug von bäuerlichem Schnitt, aber aus teuerstem Stoff. Und die Ungezwungenheit, mit der er zuerst der Bäuerin, dann ihr und dann erst dem Bauern die Hand reichte!

Er setzte sich neben Anna auf die Ofenbank, als wäre das schon immer so gewesen.

»Die Anna wird euch ja schon gesagt haben, dass wir uns von Jugend an kennen.«

»Eigentlich hat sie uns das nicht gesagt«, antwortete der Ruderer.

»Nicht? Das wundert mich.« Er legte seine Kunsthand auf das kleine Tischchen, die andere auf Annas Schulter. »Aber es ist doch so, Anna, nicht wahr?«

Sie nickte nur und konnte sich nicht genug wundern.

»Und weil das so ist, darum möcht ich heute die Anna ganz gern einmal abholen zu einer Tasse Kaffee oder so.«

»Kaffee können wir auch kochen«, warf der Ruderer hurtig ein.

Und wieder war Anna aufs Höchste verwundert, denn Thomas sagte mit der Ruhe eines Menschen, der von seiner Meinung um keinen Finger breit abweichen durfte:

»Ja, das glaub ich schon. Aber ich möcht ja mit der Anna allein sein.«

»Ach so«, sagte die Ruderin, sie schaltete schneller als ihr Mann und meinte in völlig harmloser Art, die durchaus nicht so harmlos war: »Dann könntet ihr ja das Margretl mitnehmen. Die hat noch nie in einem Auto gesessen.«

Anna sah, wie sich die Nasenflügel des »Herrn Thomas Staffner« ein wenig hochzogen. Aber sie konnte den Vorschlag nicht gut ablehnen, zumal sie dem Mädchen die Freude herzlich gönnte.

Eine Viertelstunde später war sie wegbereit, und als sie aus dem Hof fuhren, sagte der Ruderer zu seiner Bäuerin:

»Der freut mich. Jetzt, mein ich, haben wir die Anna die längste Zeit gehabt.«

Weil in Friedham kein Café war, wie Thomas es sich wünschte, fuhren sie bis in die nächste Kleinstadt. Thomas ertrug die kleine Margret geduldig, zumal er Kinder sehr gern mochte, und dachte, immer können sie uns das kleine Plappermaul nicht aufhängen, das zwischen Sahne und Eis stets noch etwas zu fragen hatte.

Und darin täuschte er sich auch nicht.

Thomas kam nun jeden Sonntag. Manchmal fuhr er gar nicht bis Aich und wartete unten bei der Wegkreuzung auf Anna. Sie fuhren einmal dahin und einmal dorthin. Thomas entwickelte eine Beredsamkeit, die sie an ihm noch nie erlebt hatte. Doch bei allem, was er auch sprach, niemals erwähnte er den Namen Oliver. Ganz langsam holte er das nach, was er früher versäumt hatte und warb mit einer scheuen Leidenschaft, aber doch unmissverständlich um Annas Herz. Ein feuriger Liebhaber war er auch jetzt nicht, aber Anna fühlte sich bei ihm geborgen und mochte ihn von einem zum anderen Mal lieber.

An einem Sonntag nun, als es schon auf Ostern zuging und die Palmkätzchen überall prangten, schlug

Thomas eine andere Richtung ein. Anna sagte zunächst noch nichts, aber ihr Herz begann in einem hetzenden Rhythmus zu schlagen, als sie merkte, wohin er fuhr. Sie betrachtete seine Hand, die ganz ruhig auf dem Steuer lag. Bis sie sich nicht mehr beherrschen konnte und ihre Hand auf die seine legte.

»Das hättest du mir vorher sagen sollen, Thomas.«

»Warum, Anna? Meine Leute wissen, dass du kommst.«

Ganz weinerlich war ihr zumute, als sie sich Blockstein näherten. Ihr Blick suchte den Goldenen Grund und die alte Bitterkeit wollte wieder in ihr aufsteigen, als sie die neuen Gebäude auf dem Hof sah. Gewaltsam wandte sie ihren Blick ab zum Kirchenhügel hinauf, von wo damals so verheißungsvoll das Licht zum andern Ufer geleuchtet hatte als Zeichen, dass sie nun frei sei und keine Angst mehr zu haben brauche um ihre Liebe zu Oliver.

Oliver, dachte sie wehmütig, wo wird er sein? Ob er noch an das dumme Bauernmädchen in Bayern dachte, das ihm das Leben gerettet hatte? Sein Bild verschwamm wie im Nebel, aber in ihrem Herzen klang leise und wehmütig die Erinnerung an jene Tage und vielleicht verlor dieses Läuten niemals seinen heimlichen Klang und blieb für den Rest ihres Lebens als leise Sehnsucht.

Ja, Thomas hatte seinen Eltern gesagt, dass er Anna bringen würde. Aber bevor sie die neu geteerte Straße zum Sägewerk einbogen, legte Anna zum zweiten Mal ihre Hand auf die seine.

»Halt einmal an, Thomas. Das kann doch nicht –«

Ein groß angelegtes Werk mit weit gedehnten Gebäuden. Dazwischen mächtige Holzgatter und haushohe Bretterstapel. Eine steinerne Brücke führte über die Riss und am anderen Ufer stand ein schneeweißes Haus, zu dem ein breit angelegter Kiesweg führte, der mit Fliederbüschen gesäumt war.

Thomas lächelte ein wenig und legte seinen gesunden Arm zum ersten Mal wieder um Annas Schultern.

»Ja, Anna, das alles – wartet auf dich. Geht es denn immer noch nicht?«

Da stieß Annas Stirn aufschluchzend an seine Schulter. »Thomas, du darfst nicht schlecht denken von mir.«

»Was denn, was denn?«, stammelte er hilflos.

»Was die anderen über mich denken, tut mir nicht weh. Bloß von dir könnte ich es jetzt nicht mehr ertragen.«

»Anna – wenn du so redest –, dann liegt dir doch etwas an mir.«

»Merkst du denn das jetzt erst, Thomas? Ich weiß, du bist ein guter Mensch. Du müsstest nur Geduld haben mit mir. Viel Geduld.«

»War ich schon jemals ungeduldig?«

Nach dem Kaffee führte er sie durch sein Werk. In der Sonntagsstille wirkten die weiten Hallen ein wenig gespenstisch, das Sägewerk selber mit den acht Gattern, die Trockenhalle, die Sperrholzhalle, die Büroräume und alles, was es zu sehen gab. Anna stockte fast der Atem von all dem Großen, das er in so kurzer Zeit geschaffen hatte. Im Büro des Ingenieurs, durch dessen großes Fenster man auf die Riss hinaussah und auf die Berge im Hintergrund, tat Thomas Staffner, scheu und ängstlich wie ein Knabe, die entscheidende Frage:

»Meinst du nicht, Anna, dass wir alles, was hinter uns liegt, vergessen sollten, um ein Leben miteinander zu beginnen?«

Anna lächelte ein verlorenes Lächeln. Um ihren Mund zuckte es wie unter einem Anprall schwerer Erinnerungen. Dann sah sie ihn nachdenklich an: »Wenn du es vergessen kannst, Thomas, was zwischen uns gekommen ist, dann – ja.«

Der Holzkönig aber, statt jauchzend sein Glück in die Arme zu nehmen, lehnte nur seine Stirn gegen das Fensterglas. So sah er auch nicht die Träne in Annas weit aufgerissenen Augen, kam erst zu sich, als er Annas Wange warm an der seinen spürte. Da riss er sie an sich.

»Anna – oh, so ein Glück. So ein Glück.«

Danach gingen sie Hand in Hand wieder hinüber ins Haus.

Die Hochzeit wurde mit allem Prunk gefeiert. Wochenlang vorher waren schon die Einladungen verschickt worden. Nur in den Goldenen Grund war keine gegangen. Hier blieb Anna unerbittlich und Thomas fügte sich gern ihrem Willen.

Am Hochzeitsmorgen horchte Anna noch einmal ganz tief in sich hinein. Einst hatte sie ihrem Vater gesagt: »Ich werde Thomas heiraten, wenn du es willst, aber Oliver im Herzen behalten …«

Heute war es so weit, dass sie über diesen Ausspruch lächeln konnte. Thomas hatte mit seiner stillen, unaufdringlichen Geduld das Bild des anderen verblassen lassen. Nie erinnerte er sie an jene Zeit und verlor selbst am Hochzeitsmorgen kein Wort darüber, dass sie auch heute diesen merkwürdigen, in Gold gefassten Granatsplitter um ihren Hals trug.

»Er ist mein Talisman«, hatte sie zu ihm gesagt. »Er hat mir Glück gebracht, indem ich dich wieder finden durfte, und er wird weiterhin wie ein Glücksstern über meinem und deinem Leben stehen.«

Auch die Ruderers kamen zur Hochzeit, ausgesöhnt dadurch, dass Thomas Staffner ihnen als Ersatz eine gute Magd auf den Hof gebracht hatte.

Das Dröhnen der Blechmusik, die den Hochzeitszug zur Kirche geleitete, schwang in seinem Echo bis in den Goldenen Grund. Ärgerlich warf die Cilli das Küchenfenster zu und geiferte:

»Froh wird sie sein, dass sie nun doch noch unter die Haube kommt. Aber dass sie uns nicht zur Hochzeit geladen hat, werde ich ihr nie vergessen.«

Matthias sagte nichts dazu. Ihm war an diesem Morgen gar nicht recht wohl zumute. Und während die Kirchenglocken läuteten, kam es ihm vielleicht zum Bewusstsein, dass er an der Schwester nicht recht gehandelt hatte. Vielleicht war es aber auch nur gekränkter Ehrgeiz, weil diesem groß gewordenen Holzkönig der Bauer im Goldenen Grund gar nichts bedeutete, obwohl er sein Schwager wurde.

»Wer weiß, ob das gerade ein recht großes Glück wird«, orakelte die Cilli.

»Halt jetzt einmal deinen Mund«, wies Matthias sie zurecht, obwohl er wusste, dass er sich später bei ihr wieder entschuldigen musste, weil diese immer noch birkenschlanke Frau ihn vollends beherrschte und sich von ihm bestimmt nicht den Mund verbieten ließ.

»Hoffentlich kommt das mit den Zigaretten nicht auf«, sagte die Cilli nach eine Weile.

Er schaute sie unsicher an. »Das wäre saudumm. Wissen sollte er es halt, dass sie geheiratet hat, dann schreibt er vielleicht nicht mehr.«

Die Cilli lachte und zog ihn vom Fenster weg. »Gestern hab ich ihm geschrieben«, gestand sie. »Hab ich ja müssen«, fügte sie hinzu. »Am End tät es ihm tatsächlich noch einfallen, dass er noch mal rüberkommt. Dann sitzen wir in der Tinte.«

Jawohl, die Cilli hatte an Oliver Pratt geschrieben, dass ihre liebe Schwägerin Anna Rauscher mit dem Thomas Staffner Hochzeit gehalten und nun eine glückliche Frau sei.

Sie gab den Brief nicht in Blockstein auf, sondern fuhr damit in die Kreisstadt und ließ ihn einschreiben, damit er ja nicht verloren gehe.

Der Gedanke aber, dass Anna wirklich eine glückliche Frau werden könnte, ließ ihr keine Ruhe, denn wenn sie es recht bedachte, war sie selbst es nicht. Der Goldene Grund war kein ruhender Pol für sie geworden, sondern mehr eine Quelle der Unrast, der Unruhe und hektischer Betriebsamkeit. Ihre Seele war gerade um diese Zeit von einem Unfrieden zerrissen, weil sie immerzu bedenken musste, dass Anna nun doch das größere Los gezogen hatte. Früher freilich, da war ihr der flotte Matthias Rauscher begehrenswerter erschienen als der gutmütige Narr aus der Sägemühle, dem man jedes Wort hatte abbetteln müssen. Heute war das anders. Thomas Staffner war aus seiner Schweigsamkeit herausgewachsen und hatte sich zu einem Mann entwickelt, dessen Name weit über das Tal hinaus Klang und Bedeutung hatte. Verglichen mit ihm war Matthias nur mehr ein Schatten, ein von Habgier zerfressener Jungbauer, der vergebens nach dem Frieden suchte, der im Goldenen Grund über zwei Jahrhunderte auf dem Haus gelegen hatte.

Wenn die Cilli vom oberen Stockwerk zum Sägewerk hinsah, wollte sie schier der Neid auffressen. Ausgerechnet vor ihren Augen saß nun die verhasste Schwägerin und sonnte sich im Reichtum. Sie war zweifellos eine Frau geworden, die von der weißen Villa aus wahrscheinlich mit großer Schadenfreude in den Goldenen Grund herübersah, voller Hass und voll Genugtuung.

Die Emma wusste zu berichten, dass der Sägemüller sie auf Händen trage, und das gar nicht einmal bildlich gesprochen. Als sie einmal die Wäsche in die Sägemühle brachte, habe sie es mit eigenen Augen gesehen, wie der Thomas Staffner seine junge Frau auf die Arme genommen und über die Schwelle des Wohnzimmers getragen habe, obwohl der eine Arm nur künstlich war. Des Weiteren wusste die Emma zu berichten, wie dort die Zimmer eingerichtet waren. Eine große Stube im Bauernstil, eine modernes Wohnzimmer mit schweren Polstermöbeln, ein Schlafzimmer, so groß wie das Nebenzimmer beim »Apostel«-Wirt, zwei Kinderzimmer, zwei Gästezimmer, ein Bad mit himmelblauen Fliesen.

Die Emma hatte keinen Grund aufzuschneiden, aber im Goldenen Grund erzählte sie diese Dinge mit Wonne. Die Cilli lachte zwar dazu, aber sie wurde gelb vor Neid.

»Und was tut sie den ganzen Tag?«, fragte sie. »Wenn sie sogar die Wäsche aus dem Haus gibt, hat sie doch überhaupt nichts mehr zu tun.«

»Vormittags ist sie vollauf beschäftigt. Sie kocht doch auch für die alten Sägemüllers mit und hält das kleine Nebenhaus instand, in dem die Alten wohnen. Am Nachmittag geht sie ein bissl spazieren oder liest.«

Das letztere stimmte zwar nicht ganz, denn Anna war mit dem großen Haushalt vollauf beschäftigt. Manchmal nahm Thomas sie auch mit über Land, wenn er auf Holzhandel fuhr.

»Ich weiß nicht«, sagte die Cilli spitz. »Mir wär nicht wohl, wenn ich nicht meine Arbeit hätt von früh bis spät. – Schimpft sie recht über uns?«

»Über dich meinst?« Die Emma schüttelte den Kopf. »Ich hab noch nichts gehört.«

»Na ja, das sagst du uns halt nicht. Aber ich kann es mir ja denken.«

Gerade hier aber irrte die Cilli am meisten. Anna verlor nie ein Wort über die Verwandten im Goldenen Grund. Sie hatte sich längst innerlich von ihnen gelöst.

Ihr Leben war schön geworden und sie wartete in freudiger Erregtheit auf ihr erstes Kind. Seit sie schwanger war, war eine ruhige Ausgeglichenheit über sie gekommen. Nichts mehr konnte sie aufregen und der verachtende Hass, der ihr Herz gegen den Bruder und die Schwägerin so verhärtet hatte, verlor an Kraft, je näher der Geburtstermin rückte. Sie wurde noch schöner und in tiefer Dankbarkeit las sie Thomas jeden Wunsch von den Augen ab, weil er sie mit seiner grenzenlose Liebe überschüttete.

Das Sägewerk Staffner hatte jetzt etwa achtzig Arbeiter und Angestellte. Aber niemand unter all den vielen sagte Sägemüllerin zu ihr. Sie war die Frau Staffner. Und Thomas war der Chef.

Aber nicht nur sie war eine glückliche Frau geworden. Noch viel glücklicher war Thomas. Seine Liebe war von einem wundersamen Gleichmaß getragen. Nie hörte sie ein böses Wort von ihm. Und so warteten sie voller Freude auf ihr Kind.

Im Goldenen Grund hatten sie alles, was eines Menschen Herz begehrte. Nur eines blieb ihnen versagt, ein Kind. Sonntag, in der Kirche, passierte es manchmal, dass Cilli die Schwägerin ganz vorn im Betstuhl sah, und sie verglich dann mit brennendem Neid ihre kränklich wirkende Magerkeit mit der gesunden Schönheit der Schwägerin.

Und als es dann ins Jahr ging, lag ein kräftiger Stammhalter in der Wiege. Im Jahr darauf kam ein Mädchen dazu. Bei diesen beiden sollte es zunächst einmal bleiben.

Anna war von einer unglaublichen Schönheit. Kamen Vertreter oder Industrielle ins Haus, dann zollten sie dieser hoch gewachsenen Frau ihre unverhohlene Bewunderung. Und es kamen derer viele, denn Thomas vergrößerte sein Werk immer noch. Ein halbes Dutzend schwerer Lastwagen lieferten die Schnittware ins Rheinland und bis zur Küste hinauf. Aber jedem, der es hören wollte, erzählte er voller Stolz, dass ihm erst diese Frau den Aufschwung geschenkt habe.

Die Zeit ging dahin, ein Jahr gab dem anderen die Hand; die Zeit verging und zog heimliche Spuren von Licht und Schatten nach sich und brachte neue.

So stieg ein Junitag voller blühender Herrlichkeit aus dem Meer der Zeiten. In stiller Schönheit standen wieder einmal die Wiesen und die grünenden Felder. Durch die singende Stille dieses Sommermorgens flogen windverwehte Blütenblätter und die Berge waren von jenem zarten dunstigen Blau behangen, das darauf hindeutete, dass es noch länger so schön bleiben würde.

Anna Staffner stand auf der Terrasse an der Südseite

des Hauses, hatte die Hand gegen das blendende Sonnenlicht über die Augen gelegt und schaute nach den beiden Kindern aus, die inzwischen drei und vier Jahre alt geworden waren. Sie spielten unten an der Riss, die derzeit wenig Wasser führte, mit einem selbst gebastelten Floß. Sie wollten damit eines Tages bis ans Meer hinauffahren, von dem der Vater ihnen manchmal erzählte, wenn er von einer seiner weiten Reisen zurückkam.

Die Geräusche des Sägewerks drangen gedämpft herüber. Nur manchmal hörte man das Poltern von Baumstämmen. Dann war wieder Stille bis auf das feine Singen der Sägeblätter.

Thomas war am Morgen über Land gefahren, um eine größere Menge Holz einzukaufen. Anna konnte von hier aus nicht hinübersehen ins Werk und so sah sie auch nicht, dass ein schwerer Wagen langsam über die Brücke fuhr und vor dem Wohnhaus hielt.

Die Mädchen im Büro reckten die Hälse nach dem schnittigen Wagen und nach dem Mann, der jetzt ausstieg und auf das Haus zuging. Er trug einen hellgrauen, gut sitzenden Anzug, war groß und schlank. Ein ausländischer Vertreter vielleicht, dachten die Mädchen. Nun, sie würden ihn ja noch zu sehen bekommen, denn er würde ja sicher mit dem Chef herüberkommen, um in das kleine Büro zu gehen, wo alle Verhandlungen stattfanden.

Sie wussten nicht, dass der Chef nicht da war.

Aus ihren Gedanken fuhr Anna auf, als sie den summenden Ton der Haustürklingel hörte. Sie brauchte nicht hinauszugehen, um zu öffnen. Man konnte dies mit einem Druckschalter vom Wohnzimmer aus erledigen. So früh am Tag bekam sie nie Besuch. Vielleicht war es Emma, die die Wäsche abholen wollte. Oder der Mann von den Überlandwerken, der den Zähler abzulesen hatte.

Wenige Minuten später stieß sie einen leichten Schrei aus, als der Fremde über die Schwelle des großen, hellen

Wohnzimmers trat. Auf den ersten Blick erkannte sie ihn wieder. Unwillkürlich machte ihre Hand eine Bewegung in Richtung Herzen, das ein paarmal ganz wild aufzuckte. Dann wurde es ruhig, ganz ruhig.

»Oliver …« stammelte Anna schließlich, wollte lächeln und konnte es nicht. Dafür fiel es ihm weniger schwer, obwohl es auch ein fremdes Lächeln war, das er ihr zeigte.

Oliver hatte sich kaum verändert, vielleicht war er im Gesicht ein wenig stärker geworden. Nur kam er ihr in Zivil jetzt ein wenig fremd vor.

»Ja, ich bin es, Anna. Sei nicht böse, aber ich habe noch einmal in meinem Leben hierher kommen müssen. Ich bin schon seit gestern hier. Gestern war ich oben auf der Niederalm. Alles ist noch so wie damals, nur der Jungwald ist etwas gewachsen und du bist nicht mehr da gewesen.«

Inzwischen hatte sich Anna gefasst. »Oliver – dass wir uns noch einmal sehen.«

Sie fühlte selber, dass sie etwas Plattes gesagt hatte, aber es fiel ihr nichts anderes ein.

»Ich bin gestern auch bei der Burgl gewesen«, sagte er.

»Dann wirst du ja alles wissen, Oliver.«

»Vielleicht nicht alles. Dass du heiratest, hast du mir allerdings selber geschrieben.«

Anna verlor alle Farbe. »Ich? Oliver, was sagst du da? Ich hatte doch deine Adresse gar nicht. Du hast mir doch nie geschrieben!?«

»Zweimal habe ich dir geschrieben, Anna. Vielleicht zu spät. Aber es ging beim besten Willen nicht früher.«

»Ich habe nie ein Lebenszeichen von dir erhalten.«

»Auch das hat mir die Burgl erzählt. Man hat dir meine Briefe unterschlagen. Auch Zigaretten, die ich dir einmal geschickt habe.«

Über Annas Gesicht flog eine flammende Röte des Zornes. »Ich weiß auch, wer das getan haben kann.«

»Nicht aufregen, Anna. Dafür ist es jetzt zu spät. Wir

können nichts mehr rückgängig machen. Das heißt, du. Ich bin bis heute noch nicht verheiratet.«

Unwillkürlich griff ihre Hand nach dem Anhänger an ihrem Hals, als wolle sie ihm zeigen, dass sie ihn immer noch trage. Er hatte es aber längst gesehen und hob seine Hand ans Licht, damit auch sie sehe, dass er den Ring noch trage, in den er den zweiten Teil des Splitters hatte fassen lassen.

»Ich bin eigentlich nur gekommen, Anna, weil ich es von dir selber hören will. Sag mir ganz ehrlich, Anna: Bist du glücklich geworden?«

»Ja, Oliver, ich bin sehr glücklich geworden. Aber ich habe auch lange auf dich gewartet.«

Sie sah ihn an und merkte, dass ihr Herz ganz ruhig blieb. Nur eine tiefe und ehrliche Freude bewegte sie. Dass sie ihn noch einmal sehen konnte, war ihr wie ein überraschendes Geschenk. Sie war froh über sein Kommen, denn damit bewies er, dass er sie nicht vergessen hatte. »Ich habe zwei Kinder«, sagte sie dann.

»Weiß ich, Anna. Die Burgl hat mir alles erzählt. Auch was du meinetwegen alles auf dich hast nehmen müssen. Es lag wirklich nicht an mir, Anna, dass ich nicht früher kommen konnte. Dann wäre sicher alles anders geworden, denn ich habe dich im Herzen behalten, Anna, die ganze, lange Zeit. Wir sind ein Opfer der Zeit und der Umstände geworden. Wenn sie mich damals nicht gleich an die Pazifikfront verlegt hätten, vielleicht hätte ich dann doch einmal zu dir kommen können. Aber warum sich heute noch darüber den Kopf zerbrechen? Es ist zu spät.«

»Ja, zu spät, Oliver. Für uns beide zu spät. Es war ein schöner Traum mit uns beiden – so wollen wir's denken. Und nun ist er ausgeträumt. Willst du nicht Platz nehmen, Oliver?«

»Danke, Anna. Ich möchte nicht länger bleiben. Deine Kinder wollte ich zwar sehr gerne sehen. Ich habe mir erlaubt, etwas Spielzeug mitzubringen. Leider gibt es in diesem Nest nichts Vernünftiges. Meinst du, dass es deinen Mann stören wird? Dann verschenke es halt an andere Kinder. Auch an die Burgl habe ich gedacht. Sie sagte zwar, sie wisse nicht, was sie mit den fünfhundert Dollar anfangen soll. Vielleicht bist du ihr ein wenig behilflich, wie sie sie verwenden soll. Sie sagte etwas von einem schönen Grabstein, den sie einmal haben will. Vielleicht kannst du sie umstimmen?«

Anna schüttelte lächelnd den Kopf. »Die kann man nicht mehr ändern, Oliver. Wenn das möglich wäre, ich hätte sie längst zu mir genommen. Aber sie will ja aus ihrem Wald nicht mehr heraus.« Sie hob eine Hand und nahm eine Blütenfaser von seinem Rockaufschlag weg. »Die Burgl wird dir auch gesagt haben, dass ich einen sehr guten Mann habe, der mir wirklich keine Vorhaltungen macht. Du kannst über Mittag gerne bleiben.«

Wehmütig schüttelte er den Kopf. »Es könnte doch niemals mehr so sein wie damals, als du mich gerettet hast …« Er machte eine Pause. »Wenn ich dir Blumen geben darf?«, fragte er dann. »Ich habe alles noch draußen im Wagen, weil ich ja nicht hab wissen können, ob man mir nicht die Tür weist.«

»Das hast du wirklich gedacht, Oliver?«

»Ich habe damit gerechnet.« Er streckte ihr die Hand hin. »Lass mich jetzt gehen, Anna.«

Sie ergriff mit beiden Händen seine Hand. »Sehen wir uns jemals wieder, Oliver?«

»Ich weiß es nicht. Aber wenn ich dir schreiben darf?«

»Schreib mir, Oliver, und denk daran, dass ich mich auch darüber freue, wenn du ein Mädchen findest, das dich von Herzen liebt.«

Sein Mund wurde für einen Augenblick ganz schmal, als zerdrückte er einen inneren Schmerz. »Ich werde keine mehr so lieben können wie dich.« Er fuhr sich flüchtig mit der Hand über die Augen. »Alles Glück der Erde für dich, Anna. Du verdienst es. Und – leb – wohl …«

Er sah, dass es in ihren Augen feucht schimmerte und nahm ihr Gesicht in seine Hände.

»Nicht weinen, Engel. Das steht dir nicht, und du musst tapfer sein, so tapfer, wie du damals warst.«

Er küsste sie auf die Stirn und wandte sich ab.

Sie begleitete ihn hinaus und nahm die Blumen in Empfang, einen herrlichen Strauß Orchideen. Sie nahm auch die Geschenke für die Kinder entgegen, weil die beiden nirgends zu sehen waren.

»Ich danke dir für alles, Oliver«, sagte sie mit dünner Stimme.

Ihre Hände lagen nochmals ineinander. Liebe Hände, dachte er voller Sehnsucht. Dann sahen sie sich in die Augen und an diesem letzten Blick erkannten sie beide, dass sie sich zum letzten Mal im Leben gesehen hatten.

Oliver Pratt stieg jetzt schnell in den Wagen ein. Der Motor sprang an. Eine graue Wolke stieg auf und verschwand hinter fernen Wäldern, über denen als ewiges Wahrzeichen der Blockstein mit seiner spitzen Nadel in den Himmel stach, so unschuldsvoll und majestätisch wie damals, als ein brennendes Flugzeug an seinem Fuß zerschellte und ein hilfloser Mensch am Fallschirm niederschwebte, nicht wissend, was nun sein Schicksal sei, und dass er einmal die schöne Legende der Anna Staffner, geborene Rauscher, sein würde, die an diesem und an vielen Abenden noch ihren Kindern dieses Geschehen zum Einschlafen als Märchen erzählte.